DAAG ME UIT

EEN KANTOORROMANCE MET DE BESTE VRIEND
VAN JE BROER

SYNERGY
BOEK 6

MICHELLE MCCRAW

Copyright © 2025 Michelle McCraw

Alle rechten voorbehouden. Niets uit deze uitgave mag worden verveelvoudigd, opgeslagen in een geautomatiseerd gegevensbestand, of openbaar gemaakt, in enige vorm of op enige wijze, hetzij elektronisch, mechanisch, door fotokopieën, opnamen, of enige andere manier, zonder voorafgaande schriftelijke toestemming van de uitgever.

CONTENTWAARSCHUWING

Daag me Uit is een pikante romance met expliciete intieme scènes en grof taalgebruik. Dit verhaal bevat ook ouderlijke verwaarlozing en overlijden (off page, in het verleden) en een poging tot seksueel geweld (off page, in het verleden).

Als dit niet het juiste moment voor je is om een verhaal met deze elementen te lezen, overweeg dan om dit boek voorlopig over te slaan. Zorg goed voor jezelf.

1

DE KRAALOOGJES VAN Larry leken op de zwarte pareloorbellen van mijn moeder: rond, glanzend en veroordelend.

'Kijk me niet zo aan,' fluisterde ik, en richtte mijn aandacht weer op chef Guillaume.

Met een talent voor multitasken dat hij in de beste restaurants van Frankrijk had aangescherpt, wierp de docent me een dreigende blik toe zonder de flow van zijn les over schaaldieren te onderbreken.

Larry knipperde met zijn ogen, wat raar was, want ik was er vrij zeker van dat kreeften geen oogleden hadden. Als dat wel zo was, dan had chef Guillaume ons wel geleerd hoe we ze moesten fileren.

Ik verplaatste mijn gewicht van de ene op de andere voet, die pijn deden van het staan in die ellendige klompen die meedogenloos over de bovenkant van mijn voet schuurden. Ik trok de keukenhanddoek van de band van mijn schort en gooide hem over Larry, die op de snijplank bij mijn werkstation lag. Nu kon ik me concentreren op chef Guillaume, die een uitweiding was begonnen over schaaldierallergieën.

Veel beter.

De handdoek bewoog en een van zijn vastgebonden scharen

zwaaide zwakjes naar me. Mijn hart kromp ineen. De chef legde uit dat onze lokale Californische langoesten voor exorbitante prijzen naar China werden verscheept.

Arme Larry.

Een paar dagen geleden hing hij nog rond met zijn kreeftenvriendjes in de Noord-Atlantische Oceaan. Vandaag stikte hij hier langzaam in mijn kookles op een openbare school in San Francisco, verblekend onder het onflatteuze tl-licht, wachtend om in de pan met water te duiken die bijna kookte.

Ik staarde naar zijn vastgebonden schaar. *Dan zijn we met z'n tweeën, maat.*

Ik trok de handdoek van zijn kop en stopte die onder zijn roodbruine lijf, zodat hij niet op de glibberige snijplank lag. Die moest ruiken naar de andere arme wezens die ik tijdens mijn slagersles had afgemaakt.

Hadden kreeften een neus?

Waarschijnlijk niet, godzijdank. Als hij die wel had, zou hij mijn angst ruiken.

We waren het semester begonnen met gevogelte. In tegenstelling tot Larry waren die al overleden en onthoofd bij ons aangekomen. Ik had bijna moeten overgeven bij het zien van de bleke, veerloze lichamen, maar in plaats daarvan stelde ik me voor wat moeder zou zeggen als ik ook van deze school af zou gaan. Ik had geslikt en was doorgegaan, en de delen goed genoeg verdeeld voor een voldoende van chef Guillaume.

Het volgende onderdeel was rundvlees geweest, maar ook dat was zonder gezicht bij ons binnengekomen. Ik had geleerd de ribben van de lende te scheiden en een gerolde runderribrollade gemaakt waar de chef niet minachtend over had gedaan. Hij had het 'niet slecht' genoemd, wat in elke andere les net zo goed was als een tien. Hoewel ik niet veel ervaring had met tienen op school, culinair of anderszins.

We waren overgestapt op vis, en hoewel die gezichten hadden, waren ze tenminste dood bij aankomst.

Tot Larry.

'Juffrouw Natalie Jones, let u wel op?' Hoe had chef Guillaume me zo kunnen besluipen? Hij keek me nors aan vanaf de andere kant van mijn werktafel met zijn handen in zijn zij.

'Ja, chef,' piepte ik. Ik durfde niet naar Larry te kijken.

'Waarom is uw kreeft dan ingebakerd als *un bébé* en kookt hij niet in de pan?'

O-o. Ik keek naar rechts, waar mijn buurman Gregory zijn werkstation schoonmaakte. Er steeg stoom op van het deksel van zijn soeppan.

'Ik wacht tot het water goed kookt, chef,' zei ik, en keek naar mijn pan, waar belletjes aan de oppervlakte begonnen te breken.

'Laat het me zien.' Zijn lip krulde op terwijl hij naar de kreeft staarde. 'Haal die handdoek weg.'

'Sorry.' Voorzichtig haalde ik mijn handdoek bij Larry weg. De arme kerel zag er niet zo goed uit.

De neusvleugels van de chef trilden. 'Demonstreer voor de klas hoe u een kreeft diervriendelijk doodt.'

'Ik… eh.' *Diervriendelijk doden* klonk voor mij als een contradictio in terminis. 'Kunt u de techniek nog eens voordoen?'

Hij reikte naar Larry.

Ik sprong op om het schaaldier met mijn lichaam te bedekken. 'Niet hij!' Ik verstijfde. 'Ik bedoel, ik doe het wel.' Dat was het minste wat ik Larry verschuldigd was.

De chef trok een wenkbrauw op. '*Bon*. Ik zal het demonstreren, dan herhaalt u het.'

Hij draaide zich om en griste de kreeft van de tafel van Chantal. Hij smeet hem op de snijplank naast Larry. In één soepele beweging pakte hij mijn mes en stak de punt in de hersenen van de kreeft. Toen die stuiptrok, krabbelde Larry zwakjes op de snijplank.

'Ziet u? Snel en diervriendelijk.' Hij liet de dode kreeft in de pan van Chantal vallen. Ze mompelde een bedankje en legde het deksel op de pan.

'Nu u.' Hij hield mijn mes naar me uit, met het handvat naar voren.

Ik keek naar mijn pan. Verdomde efficiënte gaspitten. Het water kookte volop. Ik nam het handvat aan en richtte mijn aandacht op Larry. Hij had zich bij zijn lot neergelegd en liet zijn voelsprieten hangen.

Mijn hart brak voor hem.

Hij zou vermengd met zijn vrienden eindigen in een kreeftenbisque die in de schoolkantine werd geserveerd of in een broodje kreeft om mee te nemen.

Waarom moest hij sterven voor een zompig broodje met te veel saus?

Het enige wat hij wilde was zijn beste kreeftenleven leiden. Wat maakte het uit dat hij nog niet had bepaald wat dat zou zijn? Hij verdiende een nieuwe kans om zijn leven uit te zoeken.

Wacht. Ging dit over Larry of over mij?

'Juffrouw Jones. Mag ik u eraan herinneren dat we nog maar dertig minuten lestijd hebben?'

Dertig minuten. Chef Guillaume accepteerde geen te laat ingeleverde opdrachten. Ik zou die arme Larry nu moeten vermoorden als ik enige hoop had om zijn karkas op tijd uit elkaar te halen. De zilveren kreeftenprikker schitterde in het tl-licht. Degene die de chef van me verwachtte te gebruiken om Larry's vlees uit zijn schaal te trekken.

Larry hief zijn schaar ten afscheid, en toonde me de blauwe band. Blauw als de oceaan. Blauw als de tere randjes van de schaal die zijn slanke knieën bedekten, die ik er geacht werd uit te trekken met het vorkje.

Ik slikte. *Niet vandaag, Larry.*

'Sorry, chef.'

Ik liet mijn mes vallen, gooide de handdoek weer over Larry en tilde hem op. Hij was niet zwaar, slechts een paar pond, maar zijn oversized scharen bungelden.

'Wat doet u, juffrouw Jones?'

Ik hield mijn hoofd gebogen. 'Ik ga weg, chef.'

Het was doodstil geworden in de klas.

'Als u door die deur loopt, zakt u voor mijn les. Het zal moeilijk zijn om zonder dit vak af te studeren.'

Zelfs met een voldoende voor zijn les zou het moeilijk zijn geweest om af te studeren. Ik duwde Larry onder mijn arm, trok mijn Louboutin-tas uit het vakje onder mijn werkstation en slingerde hem over mijn schouder. 'Dat begrijp ik, chef.'

'Begrijpt u dat, juffrouw Jones?' Zijn grijze wenkbrauw ging omhoog. Hij moet de druk hebben gevoeld die me dag na dag terugbracht naar een les waarvoor ik aan het zakken was.

Ik keek naar mijn messentas. Ik hield van het gewicht van het grote koksmes en de manier waarop het handvat in mijn hand lag. Het was zonde om het hier achter te laten. Maar dan zou ik Larry moeten neerleggen, en als ik dat deed, zou mijn opvliegende docent hem misschien in mijn pan gooien en levend koken.

Beter om het te laten liggen. Ik knikte naar Gregory. Hij had talent. Hij verdiende ze meer dan ik. De koksschool was aan mij verspild, net als de universiteit, de modeopleiding, de stage evenementenplanning en zelfs de bloemenwinkel die mijn stiefvader voor me had gekocht.

'Sorry, chef,' herhaalde ik, en met een stevige greep op Larry draaide ik me op mijn klompen om.

Ik wou dat ik kon zeggen dat ik naar buiten zweefde, maar mijn verdomde klomp bleef haken aan de vloer en werd van mijn voet gerukt. Ik had ze sowieso altijd al gehaat. Ik stapte uit de andere en schuifelde op mijn sokken de klas uit.

DE UBER-CHAUFFEUR SCHEURDE weg bij de stoeprand van Rincon Park. Ik was aan de vislucht gewend geraakt in de twee uur die we in de klas hadden doorgebracht, maar Larry in de kleine Mazda was behoorlijk overweldigend, vooral nadat hij een beetje wagenziek was geworden.

Ondanks de laaghangende bewolking was de lucht frisser in het park, en ik liep recht op de pier af.

'Maak je geen zorgen, Larry. Ik red je wel. De langoesten zien er misschien anders uit, maar ik weet zeker dat ze aardig zijn. Je gaat zo veel nieuwe vrienden maken.'

Hij rolde zijn oogstelen naar me toe.

'Serieus, gozer. Ik denk niet dat je het zou overleven als ik je terugstuurde naar Maine of waar je ook vandaan komt. Dit is veel beter dan geserveerd worden in de kantine. Als de baai je niet bevalt, kun je zo om het schiereiland heen zwemmen naar de oceaan.'

Bij nader inzien had ik hem waarschijnlijk beter naar de oceaankant van de stad kunnen brengen, maar daar was het nu te laat voor. Het water was hier diep en er werd niet commercieel gevist in de baai.

Toen ik de reling bereikte, zette ik Larry erop, nog steeds ingebakerd in mijn keukenhanddoek. Zijn oogstelen draaiden heen en weer tussen mij en het water beneden.

'Kijk, Larry. Ik weet dat dit een nieuwe plek is en dat je bang bent. Ik ben vaak aan nieuwe dingen begonnen, en dit is wat voor mij altijd werkte: zoek een manier om anderen te helpen. Dan hebben ze je nodig, of ze je nu mogen of niet.'

Larry trapte er niet in. Hij tikte met zijn schaar op de reling.

'Je hoeft mijn advies niet op te volgen. Wat weet ik er nou van? Geen van mijn scholen of banen zijn een succes geworden, en ik ga een helse tijd tegemoet om aan moeder en Charles uit te leggen wat er vandaag is gebeurd. Maar het juiste voor mij is daarbuiten, en het juiste voor jou is daaronder.'

We keken allebei in het water. Het was diep en blauw.

'Zoek een mooie rots en hou je gedeisd tot je weer op krachten bent. Doe je tegoed aan... Wat eten jullie eigenlijk? Plankton? Zeewier? Kleine visjes? Ik weet zeker dat het daaronder te vinden is. Misschien ontmoet je wel een leuke kreeftendame – of een kerel, wat jou ook gelukkig maakt – en strijken jullie neer in een mooi, diep deel van de oceaan, om samen wat kleintjes groot te brengen. Oké?' Ik veegde een beetje zeespray van mijn wang.

Hij bewoog zijn scharen zwakjes.

'Juist. Die moeten af.' Ik greep in mijn tas en vond het roze Zwitserse zakmes dat mijn broer Jackson me had gegeven toen ik twaalf was. Ik klapte het lange lemmet open en sneed de elastiek van zijn rechterschaar door, en daarna van zijn linker. Aarzelend opende en sloot hij zijn scharen.

'Beter? Oké, ik laat je erin vallen.'

Maar dat deed ik niet. Ik staarde in zijn troebele ogen.

'Dit is je tweede kans, gozer. Verspil hem niet.' Wie was ik om hem advies te geven? Hoeveel tweede, derde of vierde kansen had ik verspild? Hoe vaak had moeder me haar starende blik met samengeperste lippen gegeven, die me vertelde hoezeer ik haar had teleurgesteld? Hoe vaak had ze de woorden daadwerkelijk gezegd: *Natalie, wanneer ga je je eens settelen? Waarom kun je niet meer zoals je broers of je zus zijn?*

Ik zou nooit zo succesvol zijn als mijn broers en zussen. Ik zou moeten doen wat moeder had gedaan en met een man met potentieel trouwen. Ze had me aan genoeg zonen van haar rijke vrienden voorgesteld, ik had er nu toch wel een moeten vinden die ik leuk vond.

Larry tikte met zijn schaar op mijn hand.

'O ja, sorry. Dit gaat niet over mij. Het gaat over jou. Oké, één… twee… drie.' Ik kantelde hem en liet hem met zijn kop eerst in het water vallen, drie meter lager. Hij schoot er spetterloos in, als een Olympische duiker. Hij zweefde een seconde onder water en deinde mee met de golven die tegen de pier sloegen. Het leek bijna alsof hij naar me zwaaide. Toen, met een zwiep van zijn staart, dook hij onder, zijn bruine schaal verdween in het donkere water. Ik wachtte een minuut lang, de stinkende keukenhanddoek in mijn hand geklemd. Toen liet ik nog een minuut voorbijgaan. Maar Larry kwam niet meer boven.

Ik hoopte dat hij het beter zou doen met zijn tweede kans dan ik met de mijne had gedaan.

Ik draaide me weer om naar de stad. Ik kon nog een Uber naar huis nemen, me opfrissen en uitzoeken hoe ik mijn ouders moest uitleggen dat ik twee weken voor het einde van het semester van de koksschool was afgegaan. Of…

Mijn oog viel op het hoge gebouw dat het kortere gebouw van mijn broer in de schaduw zette.

Hij had zijn portie tweede kansen ook wel gehad. Misschien kon hij me wat advies geven. Of op zijn minst meer sympathie dan ik van onze moeder zou krijgen.

2

TOEN IK OP de zesde verdieping uit de lift stapte, besefte ik de fout in mijn plan. De dresscode bij Synergy was casual, maar mijn witte jas met vlekken van wat voor vloeistof Larry dan ook over me heen had gekotst, mijn slobberige koksbroek en de neongroene slippers die ik bij een souvenirwinkeltje bij de pier had gekocht, stonden in schril contrast met de designerjurken die ik gewoonlijk droeg. Iedereen staarde me met open mond aan toen ik langsliep.

Ik deed mijn moeder na, stak mijn kin op alsof ik Hermès droeg en schuifelde naar de balie van de assistente van mijn broer. Ik miste het om Marlee daar te zien, maar sinds haar promotie zat ze beneden bij de andere ontwikkelaars.

Zijn nieuwe assistente, Paulina, was een oudere vrouw uit het Caribisch gebied. Ze nam mijn uiterlijk in zich op en glimlachte. 'Kom je rechtstreeks van school, cariño?'

'Ja', vanbinnen kromp ik ineen. 'Is mijn broer in zijn kantoor?' Ik wierp een blik op de glazen deur achter haar.

'Nee, hij is in het kantoor van meneer Fallon.'

Ik zuchtte. Ik wilde Jackson zien, maar zijn vriend Cooper had de sneltrein naar succes genomen. Cooper zei nooit iets over mijn kronkelige levenspad, maar hij keek altijd van onder de rand van zijn borstelige wenkbrauwen vandaan en doorboorde me met een afkeurende blik.

Ik wenste dat ik kon wegsluipen, maar Paulina zou Jackson vertellen dat ik hier was geweest. Ik moest mijn halfbakken plan doorzetten.

'Bedankt, Paulina.' Ik schuifelde over de vloer naar Coopers kantoor. Zijn assistent zat niet aan zijn bureau, maar zijn neef annex beveiliger, Mateo, stond bij de deur. Hij grijnsde toen ik naderde.

'Natalie! Wat brengt onze kleine Cat Cora hier?'

Met mijn één meter vierenzeventig was ik niet klein, maar vergeleken met Mateo's lange, potige postuur moet ik wel tenger hebben geleken, zeker zonder mijn hakken.

'Ik wilde mijn broer spreken. Zit hij nog steeds bij Cooper?'

'Ze zijn er allemaal. Ga maar binnen', zei hij. Ik duwde de deurklink omlaag.

Pas toen mijn blik van Cooper, die aan zijn bureau zat, en mijn broer, die tegen de vensterbank leunde, naar de derde persoon in de kamer gleed, herhaalde ik wat Mateo had gezegd: *Ze zijn er allemaal.* Ik realiseerde me wie hij bedoelde met 'allemaal'.

Zij was daar. Mijn hersenen sloegen op tilt. Het was niet de bedoeling dat ze in San Francisco was, bij Synergy. Ze hoorde in haar kantoor te zijn, een uur rijden verderop in Silicon Valley.

'Pindakaasje!' Jackson schoot door de kamer en sloeg zijn armen om me heen. Hij gaf me er voor de zekerheid ook nog een pets op mijn kop bij, waardoor mijn kunstig rommelige knot in de war raakte.

Waarom moest hij me die maffe naam noemen? Toen ik een onhandig negenjarig meisje was, liet ik hem me noemen wat hij maar wilde, omdat ik snakte naar welke aandacht dan ook van mijn grote broer. Nu was ik net zo volwassen als hij. Toch liet hij nooit na te benadrukken dat volwassenen een baan hadden en niet bij hun ouders woonden.

'Laat me los.' Ik duwde tegen zijn ellenlange armen.

Hij liet me losser, maar hield één arm om mijn schouders

geslagen, waarschijnlijk om me binnen bereik voor een nieuwe pets te houden. 'Wat doe je hier?'

'Ik, eh...' Opeens leek het een vreselijk idee om mijn snikverhaal te vertellen voor wat medeleven van mijn broer. 'Ik miste mijn grote broer?'

'Aah.' Hij wreef opnieuw met zijn knokkels door mijn haar. 'Nou, je bent net op tijd om Jamila uit te lachen om wat ze nu weer heeft gedaan.'

Jamila uitlachen? Ze was niet alleen de prachtigste vrouw die ik ooit had ontmoet, maar ze was ook alles wat ik wilde zijn: slim, zelfverzekerd, bekwaam. Net als Cooper had ze nooit getwijfeld tijdens haar mars naar succes.

Ik had haar vier maanden lang ontweken sinds dat rampzalige feestje bij Billie Woods. En nu had ze me op mijn absolute dieptepunt getroffen, zonder merkkleding of make-up om me te wapenen en ruikend naar de inhoud van Larry's spijsverteringsstelsel.

Ze lag languit op Coopers leren bank, met haar rechterbeen gestrekt naar de vloer en haar linkerbeen op de rugleuning van de bank, haar beige naaldhak bungelend aan haar tenen. Haar soepelvallende witte, wijd uitlopende pantalon was opgestroopt en toonde de gladde, donkere huid van haar slanke enkels en gespierde kuiten. Ze droeg een lila mouwloze blouse en een parel choker. De parels en pasteltinten suggereerden zachtheid, maar haar scherpe woorden doorbraken die illusie altijd.

Toen ze negentien was, had ze een weelderige bos krullen waar ik jaloers op was. Nu was haar haar kortgeschoren, wat haar lange, elegante nek accentueerde. Het runnen van een softwarebedrijf van een miljard dollar liet geen tijd over voor het onderhouden van krullen.

Ze gooide een arm over haar ogen en liet een gefrustreerde grom horen. 'Ik zeg je, het enige wat ik deed was proberen mijn bedrijf te beschermen. Die verslaggever is een klootzak.'

'Dat is niet hoe die klootzak van een verslaggever het in zijn artikel heeft verwoord', zei Cooper droogjes.

'Wat is er gebeurd?' vroeg ik.

Ze haalde haar arm van haar gezicht en wuifde nonchalant naar me. 'Hé, Nat.'

Ze klonk vriendelijk genoeg. Misschien was vier maanden genoeg tijd voor haar om het te vergeten, hoewel ik dat nooit zou doen. Mijn stem trilde toen ik vroeg: 'Is alles in orde?'

Ze zuchtte. 'Het is niets waar jij je zorgen over hoeft te maken, schatje. Ik...'

Zoals gewoonlijk was er kortsluiting in mijn hoofd toen ze me *schatje* noemde. Ik wou dat ze het als een koosnaampje bedoelde, maar ze noemde me al zo sinds ze met Jackson thuiskwam tijdens de voorjaarsvakantie van hun eerste jaar op de universiteit. Zelfs als negentienjarige, in een kort Stanford-sweatshirt en strakke jeans, was Jamila in mijn negenjarige ogen onmogelijk verfijnd. Ze zag me nog steeds als een prépuber met vlechtjes, en vandaag zag ik eruit als een peuter die in de modder had gespeeld.

'...het is niets, echt waar.'

'Niets?' Coopers donkere wenkbrauwen schoten omhoog. 'Het artikel in de *Wall Street Journal* was bijzonder onflatteus.'

'Wacht. Wat?' vroeg ik.

'Even opletten, zus.' Haar neusgaten trilden en mijn gezicht werd nog roder. Natuurlijk was ze gevoelig voor het feit dat ik haar niet hoorde. Sinds het feestje van Billie moest ze wel denken dat ik een dom blondje was. Want dat was precies hoe ik me had gedragen.

Mijn gezicht brandde. 'Sorry, ik was even afgedwaald. Kunt u het nog eens vertellen? Alstublieft?'

Jamila rolde met haar ogen. 'Er is iets niet pluis bij Moo-Lah. Ik hoorde dat ze een product lanceren dat erg lijkt op onze nieuwe app. Bij elke stap die ik zet, lijken ze me een stap voor te zijn. Ik heb een privédetective ingehuurd om te zien of een van mijn mensen met hen praat.'

'En de pers kwam erachter', voegde Cooper eraan toe. 'Ze noemden u paranoïde.'

'Alleen de paranoïden overleven', zei Jamila. 'Dat zei Andy Grove altijd.'

'Ik ben het met Mila eens', zei mijn broer. 'Niet over het paranoïde gedeelte, maar dat iedereen het zal vergeten. Ik heb ergere dingen gedaan, en nu ben ik een medialieveling.' Hij straalde.

'Dat komt omdat je je hebt gesetteld met Alicia, en zij houdt je in het gareel', zei Jamila.

Ik had half verwacht dat hij het zou ontkennen, maar hij omhelsde me steviger en zei: 'Dat doet ze.'

'Vergeet niet dat ik degene ben die jullie twee heeft gekoppeld.' Jamila wierp hem een zelfvoldane glimlach toe.

'Nooit', zei hij. 'Alhoewel ik betwijfel of je een huwelijk in gedachten had toen je haar aanbeval als consultant – en als mijn baas.'

Als ze zo doorgingen met hun gekibbel zou ik nooit achter de kern van Jamila's probleem komen. Ik maakte me los uit de omhelzing van mijn broer. 'Paranoïde genoemd worden door de *Wall Street Journal* is nogal wat.'

'Precies.' Cooper wees naar mij. 'Er stonden vandaag paps bij Mila's kantoor. Dat lijkt me niet iets wat zomaar overwaait.'

'Zoiets als, meer dan vijf?' vroeg ik.

'Niet meer dan twintig.' Jamila wuifde met een elegante hand. Haar nagels waren kort, maar onberispelijk gemanicuurd en geverfd in een levendig paars.

'Jemig', zei ik. 'Dat is serieus.' Ze had hulp nodig. Ik pakte mijn telefoon en zocht naar het artikel. Ik scande het door, half luisterend naar mijn broer en zijn vrienden.

'Neem de rest van de dag vrij', zei Cooper. 'Maandag stuur ik Mateo met u mee. Hij houdt de paps op afstand en brengt u veilig uw kantoor in.'

Ze snov. 'Dan zou ik eruitzien als een of andere jonkvrouw in nood, met jouw potige neef achter me aan. Alles zal dit weekend wel tot rust komen. Ik kan het me niet veroorloven om de dag vrij te nemen. Het is de bedoeling dat we de app in juni uitbrengen.' Ze haalde haar telefoon uit haar zak en keek erop. 'Sorry, deze moet ik aannemen.' Ze duwde zich van de bank en liep het kantoor uit.

'Dit is niet goed', zei ik, terwijl ik door het artikel scrolde. 'Ze hebben haar afgeschilderd als een paranoïde gek. Wie is die privé-detective in hemelsnaam? Denken jullie dat die de bron van de perslekken was?'

Jackson haalde zijn schouders op. 'Niet als ze hun bedrijf willen behouden. Als Jamila erachter komt dat zij het verhaal hebben verkocht, zorgt ze ervoor dat ze nooit meer werk vinden in San Francisco.'

Cooper knikte. 'Je wilt de wraak van Jamila niet over je afroepen.'

'Dat is het probleem', zei ik. 'Ze kan het zich niet veroorloven om over te komen als een wraakzuchtige gekkin.'

'Een beetje preventieve agressie heeft nog nooit iemand kwaad gedaan', zei Jackson.

'Niemand kwaad gedaan?' Ik snov. 'Vraag Martha Stewart maar hoe dat is afgelopen. Vrouwen komen niet weg met wat mannen wel kunnen.'

Beide mannen staarden me wezenloos aan.

Ik rolde met mijn ogen. 'Jullie zouden het niet begrijpen. Ik denk dat ik kan helpen.'

'Natuurlijk, Pindakaasje.' Gelukkig was Jackson te ver weg om me een pets op mijn kop te geven.

'Jawel.' Ik ging zo rechtop mogelijk staan op mijn slippers in mijn slobberbroek. Opgegroeid in de techwereld, had ik mijn hele leven in de schijnwerpers gestaan. Zelfs langer dan Jamila. 'Ik heb wat ideeën.'

Jackson snov diep in zijn keel, zoals hij altijd deed als ik iets zei wat hij belachelijk vond. 'Je klaagt altijd over hoeveel tijd de koksschool kost. Wanneer zou je tijd hebben om Jamila te helpen?'

Ik keek naar mijn voeten. De rode nagellak was half van mijn rechter grote teen af.

'O, nee.' Jacksons stem droop van het medeleven. 'Je bent toch niet gestopt, hè?'

Ik was hier gekomen op zoek naar zijn medeleven, maar het bleek dat zijn treurige toon het ergste was. 'Niet precies.'

'Verdomme. Is mijn perfecte zusje van school gestuurd?'

'Misschien?' Ik wreef met mijn teen over de rand van het dikke tapijt. 'Ik heb, eh, een kreeft bevrijd uit mijn slagersles.'

'Echt?' Hij barstte in lachen uit. 'Kreeften zijn eigenlijk gewoon uit de kluiten gewassen insecten. Het is niet alsof hij je hulp op prijs stelde.'

Ik zette mijn handen in mijn zij. 'Larry *was* wel dankbaar dat hij niet vermoord werd.'

'Larry?' Jacksons stem steeg van hilariteit. 'Je hebt iemands avondeten een naam gegeven?'

Cooper leunde met zijn kin op zijn hand en bedekte zijn mond. Lachte hij?

'Stik erin. Dierenmishandeling is niet grappig.'

'Je moet toegeven', zei mijn broer, 'dat het verdomd grappig is om van een koksschool van de volksuniversiteit geschopt te worden voor het stelen van een kreeft. Net als denken dat je Jamila kunt helpen met haar PR-blunder. Je kunt misschien een goed feestje plannen, maar je hebt nul ervaring met pr.'

'Maar…' Ik wierp Cooper een smekende blik toe.

Hij hield zijn handen omhoog. 'Sorry, Natalie. Jay heeft gelijk. Mensen gaan naar school om de fijne kneepjes van public relations te leren. Laat het aan de professionals over.'

'Maar…' Hoe had ik ooit het medeleven van mijn broer kunnen willen? Het was absoluut het ergste. Wat ik van hem – of van wie dan ook – nodig had, was een greintje vertrouwen in mijn kunnen. Blijkbaar was het kantoor van Synergy niet de plek om dat te vinden.

'Ga naar huis', zei Jackson. 'Ga met je voeten omhoog liggen. Eet wat chocola. Probeer wat winkeltherapie. Ik app je vanavond om te kijken hoe het met je gaat, oké?'

Ik haalde adem door mijn neus en zuchtte die weer uit. Hij had gelijk. Wie was ik om Jamila te helpen? Ik was niet eens afgestudeerd. Ik woonde nog thuis bij mijn ouders. In een suite

met een luxe douche met meerdere jets die mijn naam riep.
'Oké.'

'Ben je met de auto?' vroeg Jackson.

'Nee, ik—'

'Vraag Paulina of ze je naar huis brengt. Dan geef ik haar de rest van de dag vrij.'

'Bedankt. Tot ziens, Cooper.' Ik zwaaide en sjokte op mijn belachelijke slippers het kantoor uit. Jamila stond aan de andere kant van de deur, één arm over haar buik gekruist en met haar andere hand veegde ze een traan van haar wang.

Ik liet alle gedachten aan een douche varen.

3

'JAMILA?'

In de vijftien jaar dat ik haar kende, had ik haar nog nooit zien huilen. Niet toen Jackson haar met Thanksgiving per ongeluk een elleboogstoot gaf en haar neus brak, niet toen haar app op de vierde plaats eindigde in die wedstrijd en ze niet de financiering kreeg die ze verdiende, en niet na die rare scharrel met Cooper, die waar ik niets van mocht weten en (wist ik vrijwel zeker) Jackson ook niet.

Maar buiten het kantoor van mijn broer glinsterde het vocht in haar ogen.

'O, hé.' Ze knipperde met haar ogen en snoof, en ze was weer de keiharde Jamila Jallow. Ik zou gedacht hebben dat ik die traan had verzonnen, maar haar mascara was in de ooghoek een heel klein beetje uitgelopen.

'Alles goed met je?'

'Kon niet beter.' Ze rechtte haar rug. 'Ga je naar huis?'

Ik aarzelde minder dan een seconde. 'Nee. Blijf jij hier?'

'Mijn secretaresse zei dat de pers weg is, dus ik ga terug naar kantoor.'

'Ik ga met je mee.' De woorden schoten als een mitrailleursalvo in een van Jacksons videogames uit mijn mond.

Ze fronste haar voorhoofd. 'Waarom zou je helemaal naar Silicon Valley willen?'

Shit. Ik was vergeten dat ze in Mountain View werkte. Het zou lastig worden om zonder auto weer thuis te komen, maar het zou het waard zijn om er zeker van te zijn dat het goed met haar ging. 'Ik heb je kantoor nog nooit gezien.' Dat was waar. 'Ik overweeg over te stappen van opleiding naar softwareontwikkeling.' Dat was een leugen.

Haar blik doorboorde me. 'Van koksschool naar programmeren is een behoorlijke verandering.'

'O, je weet wel' — ik maakte een luchtig handgebaar — 'het zit in mijn bloed.'

'Niet doen.' Het woord was scherp. 'Je bent slim en tot alles in staat wat je maar wilt. Steek je licht niet onder de korenmaat.'

Ze was het kerstfeest niet vergeten. Toen had ze bijna precies diezelfde woorden gezegd, en daarna had ik iets echt idioots gedaan.

'Jamila, ik—'

'Waarom blijf je niet hier? Jackson geeft je wel een stageplek en leert je alles wat je moet weten over coderen.'

Mijn wangen werden rood en de waarheid borrelde naar boven. 'Ik wil niet dat hij me iets geeft. Ik wil het verdienen.'

Mijn familie had geld, maar ze droegen allemaal op hun eigen manier een steentje bij. Dat varieerde van het vrijwilligerswerk van mijn moeder tot Jacksons bedrijf van miljarden dollars.

Behalve ik. Ik had mijn hele leven alles in de schoot geworpen gekregen. Als ik respect wilde van mijn familie, en van mezelf, moest ik een manier vinden om bij te dragen aan de maatschappij. Jamila zou dat kunnen begrijpen, ook al was ze niet net als ik opgegroeid in een landhuis.

Ik keek in haar donkerchocoladebruine ogen. Ik kon haar niet laten gaan zonder haar op de een of andere manier te helpen.

'Ik snap het', zei ze. 'Ik pak even mijn jasje en dan geef ik je de rondleiding door het wereldwijde hoofdkantoor van Jamilow

Software.' Ze knipoogde en gooide de deur van Jacksons kantoor open.

Een minuut later was ze terug en hees zich in haar witte blazer. Ik moest bijna lachen om het verschil tussen haar vlekkeloze blazer en mijn besmeurde koksbuis, maar ik moest mijn adem sparen om haar lange passen naar de lift bij te kunnen houden.

'Hé, Paulina', riep ik toen we langs haar bureau liepen. 'Jackson zei dat je de rest van de dag vrij mag nemen. Fijn weekend!' Dat zou hem leren voor al die kopstoten.

Vanwege de vislucht die aan mijn kleren kleefde, deden we de ramen van haar witte Porsche Cayenne omlaag tijdens de rit naar Mountain View. Ze ontfutselde me het verhaal over Larry en mijn rampzalige dag. Ik vond het niet erg, want haar muzikale lach was mijn favoriet. Het was geen fluitachtig gegiechel, maar een helder, stralend en luid geluid als een trompet. Het gaf me altijd het gevoel van zonlicht op mijn gezicht, en ik lachte ook.

Zodra we op de 101 zaten, belette het lawaai van de wind ons om veel te praten, dus ik kreeg niet de kans om te vragen wat haar eerder dwarszat. Dat zou ik op haar kantoor wel uitzoeken. Dan zou ik een manier vinden om het beter te maken. Dat was iets waar ik niet slecht in was.

Ze parkeerde haar SUV op de gereserveerde plek van de CEO. Een verslaggever zat boven op een van de reusachtige plantenbakken voor de glazen voordeuren, maar Jamila snelde langs hem heen. Ik hield mijn gezicht afgewend en volgde in haar kielzog. Het laatste wat ze nodig had, was dat hij me herkende in mijn besmeurde outfit en moest uitleggen waarom de societydochter van de Joneses gekleed was als een van Jamilows koks.

Zodra we in de lobby waren, haastte een blonde, witte man van in de dertig zich naar Jamila. Hij droeg een onverstandige combinatie van een frambooskleurige broek die te los zat bij zijn kont en een duur uitziend paar marineblauwe met bruine brogues. Zijn witte slimfitoverhemd was gekreukt en zijn mouwen waren opgerold tot halverwege zijn onderarmen.

'Godzijdank ben je er. Ik heb de hele dag telefoontjes beant-woord. We moeten praten—' Hij bekeek me van mijn warrige haar tot mijn groene slippers, en terwijl hij op me neerkeek, zei hij: 'De ingang voor het keukenpersoneel is naast het laadperron.'

'Het is goed', zei Jamila. 'Natalie, dit is Winslow Keating-Ashworth, mijn COO. Winslow, dit is Natalie Jones. Ik heb haar een rondleiding door het kantoor beloofd.'

Winslow nam me langer op. Zijn roodomrande blauwe ogen werden groter. 'Natalie Jones, van de Jasper Joneses?'

Mijn borstkas kromp ineen, telkens wanneer iemand het over mijn vader had. Ze leken hem allemaal beter te herinneren — te kennen — dan ik. 'Ja', zei ik.

'Sorry, ik…' Hij gebaarde naar mijn besmeurde uniform.

Ik rolde met mijn ogen. Jamila's tweede man of niet, hij zou het personeel beter moeten behandelen, zelfs al werkten ze in de kantine.

'Laten we lopend praten', zei Jamila, en ze gebaarde dat we haar moesten flankeren. De beveiliger probeerde me tegen te houden, maar één staalharde blik van Jamila zorgde ervoor dat hij het poortje voor me opende zodat ik zonder pasje door kon lopen.

'De kantine is daarlangs.' Jamila zwaaide naar een stel dubbele deuren terwijl ze de open trap naar de tweede verdieping op stapte. 'Ik stel je later wel voor aan de keukenmanager als je besluit dat dat nog steeds je passie is.' Ze knipoogde.

Ik glimlachte terug, en wou dat ik die knipoog kon vangen en wegbergen. Had ik ooit eerder zoveel tijd alleen met Jamila door-gebracht? Mijn broer was er altijd om haar aandacht op te eisen met hun onderonsjes, zijn vergelijkbare carrière en hun gemoede-lijke kameraadschap. Niet vandaag. Vandaag was Jamila helemaal van mij tijdens onze privérondleiding. Ondanks mijn vieze kleren zou ik elk moment koesteren dat ze vandaag met me doorbracht.

'Billie is op oorlogspad', zei Winslow. 'Ze heeft twee keer gebeld. Ze wil weten waarom u de raad van bestuur niet heeft geraadpleegd voordat u een privédetective inhuurde.'

Ik kromp ineen bij de herinnering aan de gastvrouw van het kerstfeest. Tech-erfgename Billie Woods was een vriendin van mijn moeder die start-ups financierde en in verschillende besturen zat, waaronder dat van Jamila. Ze had de reputatie een scherpe investeerder te zijn. Ik benijdde Jamila niet dat zij het doelwit van haar woede was. Ik voelde nog steeds de brandende blik van haar terwijl ik uit haar feest werd gedragen.

'Ze heeft me geappt', zei Jamila. 'Ik bel haar zo wel terug om haar te kalmeren. Blijf jij bij haar uit de buurt. We hoeven haar niet nog meer op de kast te jagen.'

Winslows wangen kleurden net zo rood als zijn broek. 'Ik heb vanmiddag een vergadering gepland met de mensen van beleggersrelaties.'

'Waarom?' vroeg Jamila terwijl ze door een glazen deur liep. Ik haastte me nog de trap op en Winslow deed niet de moeite om de deur voor me open te houden. Ik ving hem net op voordat hij dichtviel en haastte me erdoorheen.

Tot zover mijn privérondleiding.

We liepen langs een rij kantoren. Achter de deuren van matglas leken de meeste bezet, zelfs op een vrijdagmiddag. Op de bordjes naast de deuren stonden alleen namen, maar ik ging ervan uit dat het het hogere management was, gezien de grote ramen en de houten meubels die ik door het glas kon zien.

'Denkt u dat we de aandeelhouders een bericht moeten sturen over de situatie?' vroeg Winslow.

Ik mocht die vent eerst niet, maar hij leek de juiste dingen te doen. Soms zijn eerste indrukken misleidend. Met tegenzin waardeerde ik hem een treetje hoger, ondanks zijn rampzalige modekeuzes.

'Nee', zei ze. 'Dit hele gedoe is maandag weer vergeten.'

'Nee, dat is het niet', zei ik.

Ze keek over haar schouder en haar ogen werden groot, alsof ze was vergeten dat ik er was. 'Echt wel.'

'Je stond in de *Wall Street Journal*', zei ik. 'Reguliere pers. Zelfs als zij het laten vallen, doen de technieuwssites dat niet. Ze zullen op dit verhaal duiken als… als…'

'Als vliegen op de stroop?' opperde Jamila. Ze keek weer voor zich uit, haar kaak strak. 'Het is goed. Dat hebben we voortdurend. Alles wat je doet is een nieuwsverhaal als je een van de weinige gekleurde tech-CEO's bent.'

'Je kunt dit in je voordeel gebruiken', protesteerde ik. 'Waarom pak je het niet proactief aan, zoals Winslow voorstelt?'

'Omdat jullie er allebei naast zitten.' Ze maakte een hakbeweging met haar hand. 'Ik spin niks. Ik ben recht door zee. Dat weet iedereen.' Ze hield de deur van een hoekkantoor open voor Winslow en mij. 'Mijn kantoor, Natalie', zei ze met een groots gebaar.

Ze had alle recht om trots te zijn op haar kantoor. Het uitzicht was veel rustgevender dan dat van mijn broers kantoor, dat recht op de wolkenkrabber aan de overkant uitkeek, of dat van Cooper, dat een glimp van de Bay Bridge bood tussen twee andere gebouwen. Haar kantoorraam omlijstte een groen gazon dat eindigde bij een fonkelende vijver omringd door groenblijvende bomen.

In haar kantoor stond een strak bureau met een glazen blad en een crèmekleurige leren stoel met hoge rugleuning. Toen Jamila erin plaatsnam, leek ze een koningin op haar troon. Winslow plofte neer in een van de fauteuils aan de andere kant van haar bureau, terwijl ik op de andere ging zitten.

'Testvraag, Nat. Wat doet Jamilow?' Ze legde haar vingertoppen tegen elkaar.

'Jullie maken apps', zei ik zelfverzekerd. Dat wist iedereen.

'Apps die wat doen?' vroeg Jamila.

Ik had er nog nooit een gedownload. Ik kromp ineen door mijn onwetendheid. 'Iets met advies?'

Ze glimlachte spottend. 'Niet iedereen heeft toegang tot generaties aan universitair onderwijs of financiële adviseurs van wereldklasse. De Jam-In-app begon destijds met het aanbieden van hulp bij toelating tot de universiteit, gericht op studenten met een lager inkomen. Hij rangschikte scholen op betaalbaarheid, gemak van het krijgen van financiële steun, waarde, enzovoort.'

'Maar wat hem onderscheidde', zei Winslow, 'was het zoeken in natuurlijke taal, waardoor studenten konden intypen waar ze naar op zoek waren. Het algoritme gebruikte die informatie en gaf een lijst met doelscholen en voorgestelde studiebeurzen.'

'Het was mijn kindje', zei Jamila met een liefdevolle glimlach. 'Uit de analyses bleek dat studenten meer hulp zochten, dus we zijn uitgebreid naar lifecoaching. Doelen stellen, verantwoordelijkheid, dat soort dingen.'

'Toen nam het echt een vlucht', legde Winslow uit. 'We gingen samenwerken met echte coaches om individuele coaching te bieden aan betalende abonnees.'

'En' — Jamila zwaaide met een vinger — 'we rekruteerden een aantal van onze voormalige geadviseerden om mentor en coach te worden, de Jammers.'

'Daarna zijn we ons gaan bezighouden met financieel advies. Nu breiden we uit naar—'

'Dat is genoeg over wat we doen.' Jamila kapte Winslow af. 'We hebben verschillende partnerschappen die helpen het woord te verspreiden. De combinatie van kunstmatige intelligentie en menselijke hulp is ons geheime ingrediënt. Niemand is erin geslaagd het te kopiëren.'

'Nog niet.' Winslow trok zijn wenkbrauwen op.

Jamila tuitte haar lippen. 'Nog niet.' Zij en Winslow gebruikten een geheime taal die ik niet begreep.

Ze typte razendsnel op het toetsenbord en een paar seconden later lichtte er een organigram op het scherm achter haar aan de muur. 'Dus, Nat, zo werken we. Dat ben ik aan de top, en Winslow, financiën, marketing en R&D rapporteren aan mij. Je zei dat je geïnteresseerd bent in programmeren, wat valt onder onderzoek en ontwikkeling voor onze nieuwe producten of operations voor bestaande producten. Dat is Winslows team.'

Haar telefoon zoemde. Ze keek ernaar, zette hem op stil en draaide hem om.

'Jamila, u kunt niet zomaar—' begon Winslow.

'Wat kan ik niet?' Ze keek hem zo scherp aan dat ik verbaasd was dat hij niet terugdeinsde.

Hij keek haar standvastig aan. 'U kunt dit niet onder het tapijt vegen.'

'Hij heeft gelijk', zei ik. 'Je zou een persconferentie moeten overwegen. Smoor dit in de kiem.'

'Een persconferentie?' O-o, nu was die staalharde blik op mij gericht. Ik voelde mijn schouders in elkaar zakken. 'Er is geen kiem om te smoren. Dit is zo dood als mijn kerstster. Er was vandaag maar één zielige verslaggever. Maandag zijn ze alweer overgestapt op wat de Kardashians ook aan het doen zijn.'

'Die verslaggevers werken niet eens op hetzelfde gebied!' protesteerde ik. Waarom weigerde ze het probleem in te zien?

Ze staarde langs me heen en hief haar hand, wenkend naar iemand.

De vrouw begon te praten voordat ze helemaal in het kantoor was. 'Jamila, je moet deze shit opruimen.'

Ik draaide me om en keek haar aan. Ze was rond en klein met een massa donker krullend haar en een getinte huid. Haar combinatie van een rimpelloze huid en wereldwijze bruine ogen maakte het moeilijk voor me om haar leeftijd te schatten; ze had overal tussen de vijfendertig en een goed geconserveerde vijftig kunnen zijn. Hoewel haar zakelijk-casual blauwe poloshirt en kakikleurige broek zo uit een Best Buy-reclame uit de jaren '90 konden komen.

'Welke shit, Ree?' vroeg Jamila.

'Ik werd gebeld door niet één maar twee journalisten die vroegen naar die onzin met die privédetective. En ik heb echt de puf niet om me daarmee bezig te houden. Niet sinds je de lanceringsdatum met twee weken hebt vervroegd.'

Jamila's neusvleugels trilden. 'Journalisten horen jou niet te bellen.'

'Nou, dat doen ze verdomme wel.' Ree sloeg haar armen over elkaar en trok een wenkbrauw op.

'Ik zet Felicia op je telefoon. Zij regelt het wel.'

'En wie neemt dan jouw telefoon op?' Ree stak haar kin naar voren.

Ooh, ik mocht haar wel.

'Ikzelf.' Jamila's woorden bleven in de lucht hangen toen de zwarte telefoon op haar bureau rinkelde. Ze nam de hoorn op en legde hem onmiddellijk weer op de haak, waardoor hij stil werd. 'Zie je wel?'

'Hmpf.' Ree schuifelde van de ene voet op de andere. 'We hebben een groter probleem. QA heeft een bug gevonden. Mijn team zegt dat het een week duurt om het te repareren.'

'Een week? We hebben geen enkele speling in de planning.'

'Precies. We zullen de lancering moeten uitstellen.'

'We stellen de lancering niet uit', gromde Jamila.

'Geef me meer ontwikkelaars.'

'Natuurlijk.' Jamila's ogen dansten naar mij en de hoeken van haar lippen krulden omhoog. 'Maak kennis met Natalie Jones. Ze heeft interesse getoond om ons team als ontwikkelaar te komen versterken. Natalie, dit is Rhiannon Verlaine, hoofd ontwikkeling.'

Ik stond op om Ree's — Rhiannons — hand te schudden. Jamila kon niet serieus zijn. Ik kon me waarschijnlijk nog wel iets herinneren van wat Jackson me had proberen te leren tijdens een voorjaarsvakantie toen hij zich verveelde. Ik was twaalf en snotterig, en ik had niet veel geleerd. Maar als Jamila mijn hulp nodig had, zou ik een cursus 'leren-coderen-in-een-dag' volgen en mijn geniale broer als mijn reddingslijn gebruiken.

Rhiannons hand was warm en droog tegen mijn koude en klamme hand. 'Absoluut niet. Sorry, meid. Laat me duidelijk zijn. Ik heb *bekwame* ontwikkelaars nodig, geen kinderen.'

Ik voelde mijn glimlach bevriezen. Een kind? Ik was zesentwintig. Misschien zag ik er jonger uit met mijn make-up die van mijn gezicht was gesmolten door de kreeftenstoom. Toch kon ze niet aan mijn uiterlijk zien dat ik niet in staat was om te helpen. Ik had het eerder bij het verkeerde eind: ik mocht Rhiannon Verlaine helemaal niet.

'Huur dan maar wat bekwame ontwikkelaars in', zei Jamila gladjes.

Rhiannon gooide haar handen in de lucht. 'Alsof ik tijd heb om iemand in te huren.'

'Klinkt alsof je het zult moeten doen met wat je hebt, want we houden ons aan de planning. We kunnen het ons niet veroorloven om ook maar één dag te laat te zijn. Als Moo-Lah ons voor is op de markt, zijn we er geweest.'

Ik kende Moo-Lah. Iedereen had de betaal-app op zijn telefoon. Hun irritante loeiende-koe-reclames hadden mijn jacht op edelstenen wel duizend keer onderbroken in het spelletje dat ik op mijn telefoon speelde als ik me verveelde.

'Zijn we er geweest?' Rhiannons ogen werden groot.

Jamila tuitte haar lippen alsof ze het niet had willen zeggen. 'Niet helemaal geweest, maar we hebben het voordeel van de eerste op de markt te zijn verloren. Het zal moeilijker zijn om dat marktaandeel terug te winnen. Ik heb het nodig dat je je aan de deadlines houdt, Ree.'

Ik keek omhoog naar het organigram dat nog steeds achter Jamila te zien was. Iedereen in dit gebouw rapporteerde aan haar. Dat was veel gewicht op Jamila's smalle schouders. De woorden *Ik heb je nodig* toonden een zeldzame kwetsbaarheid in haar.

Ik wou dat ze het tegen mij had gezegd.

Rhiannon zuchtte door haar neus. 'Oké. Ik kijk wel wat we kunnen doen. Het zal een hoop pizza's kosten.'

'Doe maar', zei Jamila. 'Regel vervoer naar huis voor het team na werktijd. En als je wilt dat ik mijn handen vuil maak...' Ze kraakte haar knokkels.

Rhiannon snoof. 'Houd je vuile handen uit mijn code. De laatste keer dat je een module programmeerde, kon niemand erachter komen wat je had gedaan. We moesten het weggooien omdat we het niet konden onderhouden. Bewaar je handen maar voor het afhandelen van die onzin.' Ze wees uit het raam dat uitkeek op de weg waar een busje van een nieuwszender naar het gebouw hobbelde.

'O, shit', was Winslows behulpzame bijdrage.

Rhiannon draaide op de neus van haar Chucks om en liep weg.

'Luister, Jamila', zei ik. 'Laat me helpen. Ik ben misschien geen gekwalificeerde ontwikkelaar, maar ik kan een persconferentie voor je opzetten. We pakken dit proactief aan voordat het uit de hand loopt.'

Winslow verborg een lach met een kuchje.

Jamila was vriendelijker. 'Ik waardeer het aanbod, meisje, maar laat het aan de… aan ons over. Wij regelen het wel.'

Had ze bijna gezegd, *Laat het aan de volwassenen over?* Ik was weer negen jaar oud, met vlechtjes, en zij aaide me over mijn hoofd. Ik zakte in de fauteuil weg.

'Sorry, ik heb geen tijd voor de rest van die rondleiding', zei ze. 'Felicia zit hier recht buiten, en zij belt wel een auto voor je om naar huis te gaan. Oké? Fijn je gezien te hebben, Nat.'

Alsof ik die dag nog niet genoeg vernederd was, had ze me weggestuurd. Winslow wachtte niet eens tot ik het kantoor verliet voordat hij met haar begon te praten over run rates en burndowns. Ik sloop naar buiten, sloot zachtjes de deur achter me, en liet Felicia een luxe auto voor me bellen. In tegenstelling tot mijn Uber-chauffeur zei hij geen woord over mijn vislucht.

Jamila had hulp nodig. Ik moest een manier vinden om die aan te bieden zodat ze het zou accepteren. Dus tijdens de rit terug naar de stad, belde ik een vriendin. Of een vriendin van mijn moeder.

Ze nam bij de eerste keer overgaan op. 'Lippman PR. U spreekt met Della Lippman.'

'Hé, Della. Met Natalie Jones.'

'Natalie! Hoe gaat het met je? Hoe gaat het met je moeder?'

'Het gaat goed met ons. Moeder werkt momenteel aan een project tegen boekverboden, in Texas geloof ik. Ze heeft daar zo'n hekel aan.'

'Ik zou niet graag een voorstander van boekverboden zijn met Audrey Jones op de zaak.'

'Ik ook niet.' Ik huiverde. Ik hoopte dat Moeder, als ik thuiskwam, te opgewonden zou zijn over racisten om zich druk te maken over wat ik met Larry had gedaan. 'Hé, ik heb een gunst nodig.'

'O-o. Niemand belt me ooit voor een gunst omdat ze heuglijk nieuws met de wereld te delen hebben.'

'Omdat je de beste crisiscommunicatieadviseur aan de westkust bent.'

'Dat ben ik inderdaad.' Ik kon de glimlach in haar stem horen.

'Dus, een vriendin van me, Jamila Jallow—'

'O, nee.'

Ik kromp ineen. 'U heeft het gehoord.'

'Ze heeft zich aardig in de nesten gewerkt met dat gedoe met die privédetective.'

'Ze denkt dat het wel overwaait, maar—'

'Dat doet het niet', zei Della.

'Ik weet het, hè? Dus u helpt haar?'

'Het spijt me, schat. Die klus gaat veel werk kosten en ik heb net een groot project aangenomen voor... voor iemand anders. Ik wou dat ik kon helpen.'

'O.' Ik zonk terug in de leren stoel, te teleurgesteld om zelfs maar uit te vissen wie die 'iemand anders' met een 'groot project' zou kunnen zijn. 'Kunt u iemand aanbevelen? Ik heb alleen een consult nodig. Ik zou het meeste werk zelf willen doen.'

Ze was een minuut stil. 'Weet je, ik denk dat je dat zou kunnen. Je hebt mij in actie gezien. Je moeder ook. En je hebt een koel hoofd. Dat is wat je nodig hebt in dit soort situaties. Blijf bij je boodschap. Vertel zoveel mogelijk van de waarheid, en laat je door niemand verleiden om meer te zeggen. Ik heb een nichtje, Hannah, die net is afgestudeerd in communicatie. Ze is op zoek naar een baan. Ik denk dat ze kan helpen. Ze is een beetje verlegen, maar ik denk dat jullie een goed team zouden kunnen vormen.'

Iemand met een echt diploma zou misschien geen aanwijzingen willen aannemen van iemand die duizenden dollars van haar ouders had gestoken in drie afgebroken studies en die — ik snoof — *nog steeds* naar vis rook. Maar Hannah met haar communicatiediploma was mijn beste kans om Jamila te helpen.

'Wilt u me haar gegevens sturen, alstublieft?'

'Absoluut. Veel succes.'

Dat zou ik nodig hebben.

4

ZONDAG STIPT OM 11.00 uur deed ik de deur van de villa van mijn ouders in Presidio Heights open en trof daar Jamila Jallow aan met een plastic bakje in haar handen.

'W—' was mijn intelligente reactie.

'Morgen.' Haar glimlach verblindde me. Toen trokken haar mondhoeken naar beneden. 'Vind je het goed als ik binnenkom?'

'Sorry.' Ik deed een stap opzij en nam haar jeans met wijde pijpen en haar botergele blazer in me op. Ik wou dat ik ook iets ingetogens en elegants had aangetrokken. Mijn zuurstokroze Alexander McQueen-minijurk met uitlopende rok deed te veel denken aan de jurkjes met ruches die ik droeg toen ze nog boven me uittorende. Ik wenste dat ik door de grond kon zakken en zei: 'Mijn moeder heeft niet gezegd dat je vandaag zou komen.'

'Waarschijnlijk omdat ze me niet heeft uitgenodigd. Charles wel.'

'Jamila, lieverd, je bent altijd welkom.' Moeder snelde langs me heen om Jamila op haar wang te kussen. 'Jij hebt nooit een uitnodiging nodig.'

'Bedankt, mevrouw H. Ik heb citroencakejes meegenomen.'

'Wat attent.'

Jamila had moeders trillende ooglid misschien gemist, maar ik niet. Mijn moeder was dol op Jamila, maar niet op haar zuidelijke gewoonten. Een cadeautje voor de gastvrouw in de vorm van eten verstoorde haar zorgvuldig geplande maaltijden.

Moeder nam het bakje aan en haakte haar arm in die van Jamila. 'Kom even met Charles praten. Natalie, Jackson en zijn gezin komen net aanlopen. Laat ze even binnen, wil je? En loop niet zo onderuitgezakt.'

Ik rechtte mijn rug en wendde me af van het uitzicht op Jamila's kont in die spijkerbroek om de deur te openen voor mijn luidruchtige broer en zijn gezin.

Nadat ik mijn broer en schoonzus had geknuffeld en mijn tienerneefje een boks had gegeven, liet ik de slaperige baby Valentine op mijn heup rusten – hoewel ik haar geen baby meer moest noemen nu ze een lopende en pratende peuter was – en volgde haar familie naar de eetkamer. Ik had een minuutje nodig om mijn gezicht in de plooi te krijgen, dus kuste ik Valentines zachte wang en ademde de geur van babyshampoo in.

Ze pakte mijn hand en glimlachte zoals altijd naar mijn robijnen ring. 'Mooi.'

'Mooi,' mompelde ik. 'Dat was de ring van je betovergrootmoeder. Ooit is hij van jou.'

Ik wierp een steelse blik op Jamila. Waarom was mijn tienerverliefdheid in alle hevigheid weer opgelaaid? Jamila kwam meerdere keren per jaar bij ons brunchen en sinds ik op de middelbare school had geleerd mijn emoties te verbergen, had ik me altijd normaal bij haar kunnen gedragen.

Misschien waren de vlinders in mijn buik toch geen verliefdheid, maar een schuldgevoel over hoe ik me had gedragen op dat vreselijke kerstfeest. Ik zou me beter voelen als ik mijn excuses aanbood. Maar hoe kon ik dat doen met Charles die dicht bij Jamila leunde om met haar te praten, en mijn broer en zijn vrouw die op haar af stormden om haar te omhelzen?

Misschien niet op dit moment, maar ik zou het snel goedmaken. Ik nam de kinderen mee naar het toilet om onze handen te wassen.

———

EEN KWARTIER LATER zat ik de pannenkoeken over mijn bord te schuiven, en Jamila was het middelpunt van de aandacht terwijl mijn stiefvader haar het hemd van het lijf vroeg. Hoe vaak had ze niet bij ons aan tafel gezeten voor de brunch, terwijl ze de wijsheid opzoog van een van de weinige zwarte leidinggevenden in de Bay Area? Nu was ze er zelf een, en waren de mentorsessies van Charles uitgegroeid tot gesprekken tussen gelijken.

'Geen woord.' Ze maakte een ritsgebaar voor haar lippen. 'De lancering is geheim.'

'Ik hoor dat het iets te maken heeft met financiële dienstverlening.'

Ze fronste en bracht haar kop koffie naar haar lippen. Een veeg van haar paarse lippenstift tekende de rand. 'We hebben eerder dit jaar financieel advies toegevoegd als bètaversie.'

'AI-financieel advies,' zei Charles. 'Ik hoorde dat u menselijk advies gaat toevoegen.'

'Huh. Dan is het dus geen geheim, denk ik.' Ze prikte een aardbei aan haar vork en sloot haar volle lippen eromheen, wat een explosie van vlinders in mijn buik veroorzaakte. Zachtjes legde ik mijn vork neer.

'De vraag is,' peinsde hij, 'wie? Ik betwijfel of u uw amateurcoaches hun collega's laat adviseren over geld.'

'Het peer-coachingmodel is erg populair voor onze lifecoachingdienst,' zei Jamila. 'En de AI heeft geweldige feedback gekregen.'

'Probeer niet van onderwerp te veranderen.' Charles stak zijn vinger op. 'Waarom bent u niet naar mij toe gekomen? Ik run een bank. Ik weet het een en ander over financieel advies. De bank van Andrew zou u ook kunnen helpen.'

'Waar is Andrew?' Jamila keek de tafel rond op zoek naar mijn andere broer.

Ik beet op mijn lip, niet bereid het gevoelige onderwerp aan te snijden. Moeder tuitte haar lippen, maar ze zei: 'Ik heb een gecompliceerde relatie met de vrouw met wie hij een relatie heeft. Ze vereren ons ongeveer één keer per maand met hun aanwezigheid.'

'Maar moeder werkt eraan,' zei ik.

'Terug naar uw financiële partner,' zei Charles. 'Waarom bent u niet naar ons toe gekomen?'

Jamila's glimlach wankelde. 'Ik waardeer alles wat u beiden in de loop der jaren voor me hebt gedaan.' Ze keek naar moeder aan het andere eind van de tafel. 'Winslow had connecties en die hebben we gebruikt. Bovendien is de AI het echte juweeltje.'

Charles legde zijn vork neer. 'Kom op, zeg. Geen enkele AI zal beter zijn dan een ervaren menselijke adviseur. Wat denken jullie, Jackson, Alicia?'

Ze hoorden het niet. Valentine had de koffie van haar vader omgestoten en er was een drukte van servetten aan die kant van de tafel, terwijl moeder de jammerende peuter troostte.

Jamila verraste me door te vragen: 'Natalie, wat denk jij? Zijn menselijke financiële adviseurs beter dan AI?'

Het duurde een seconde of twee voordat ik besefte dat mijn mond openhing. Ik klapte hem dicht. 'Ik?'

'Je zei dat je geïnteresseerd was in programmeren,' zei Jamila. 'Je hebt vast wel een mening over kunstmatige intelligentie.'

'Ik...' Dat had ik niet. Behalve wat halfslachtig geknoei met de nieuwste chatbot-app, had ik er helemaal niet over nagedacht. Maar ik had wel een mening over de publieke opinie. 'Wat zegt je marktonderzoek? Zijn je klanten bereid een machine te vertrouwen om hen te vertellen wat ze met hun geld moeten doen?'

Charles grinnikte. 'Slim meisje, onze Natalie.'

Ik ging rechterop zitten.

'Vanwege vertrouwelijkheidsoverwegingen,' zei Jamila, 'hebben we ons marktonderzoek beperkt. Het was niet doorslaggevend. Ik weet zeker dat het hetzelfde model zal volgen als onze andere apps.'

Ik trok een grimas. 'Je lanceert een app op basis van beperkt marktonderzoek en je onderbuikgevoel? Wat als een van je klanten een hoop geld verliest en het op je AI afschuift?'

'Dat kan ook met menselijke adviseurs gebeuren. Bovendien,' – Jamila wuifde met haar hand – 'is de bèta geweldig gegaan. Onze gebruikerstevredenheidsscores zijn hoog.'

'Er is een groot verschil tussen vriendelijke bètatesters en het grote publiek,' zei ik. 'Heeft je marketingteam de boodschap goed op een rijtje? Hebben ze een team klaarstaan voor het geval er een negatieve reactie komt?'

Jamila schudde haar hoofd. 'Maak je geen zorgen, Nat. Ik heb het onder controle.'

Ik tuitte mijn lippen. Was dat zo? Jamila's houding was verkeerd. Er was maar één woede-uitbarsting van haar nodig om haar lancering in een grote ramp te veranderen.

'Natalie, lieverd,' zei moeder vanaf haar inmiddels rustige kant van de tafel, 'ga je de bacon niet proberen? Telma heeft het gemaakt met de ahornsiroop die je zo lekker vindt.'

Ik staarde naar de schaal met bacon voor me. Het rook heerlijk, maar ik herinnerde me hoe Larry met zijn voelsprieten zwaaide en me smeekte hem niet in die pot te laten vallen. Zijn gezicht was niet eens schattig, maar hij had een gezicht, en ook gevoelens. En die bacon had ooit ook gevoelens gehad.

'Nee, bedankt.' Ik gaf de schaal door aan mijn neefje, Noah.

Hij griste er twee stukjes vanaf. 'Ben je nu vegetariër? Mijn vriendinnetje Lakshmi eet ook geen bacon.'

'Ik denk het wel.'

'Geen bacon? Is vegetarisch zijn je nieuwe ding, gekkie?' vroeg Jackson.

'Als programmeren niets wordt,' zei Jamila, 'kun je voor PETA gaan werken.'

Ik schudde met grote ogen mijn hoofd naar mijn broer en Jamila. Ik had het hele weekend geluk gehad. Charles en moeder waren vrijdagavond op een of ander cocktailfeestje geweest toen ik mezelf vanuit Silicon Valley naar huis had gesleept. Zaterdag was moeder naar een bijeenkomst van de hele dag geweest en

Charles had gegolfd en tijd in de tuin doorgebracht met zijn prijswinnende rozen. Ik had me afzijdig gehouden op mijn kamer en alles gelezen wat ik online kon vinden over crisiscommunicatie. Dus ik had ze nog niet over de koksopleiding verteld.

'Doe niet zo belachelijk, jullie twee,' zei moeder. 'Koken is Natalie's passie. Ze volgt dit semester zelfs een cursus over vlees. Hoe heet het ook alweer?'

'Slagersvak,' zei Charles.

'Ja.' Moeder huiverde. 'Ik denk niet dat ik het zou kunnen.'

Jackson schaterde het uit. 'Nat ook niet.'

Zijn vrouw, Alicia, had mijn hoofdschudden opgemerkt. Ze legde een hand op zijn schouder en fluisterde iets in zijn oor. Hij had het fatsoen om er schuldbewust uit te zien en rolde zijn lippen tussen zijn tanden. Jamila verstijfde.

Maar het was te laat.

'Hoe zit dit, Natalie?' vroeg moeder.

Shit. Ik wou dat ik dit gesprek niet hoefde te voeren in het bijzijn van mijn broer, zijn gezin en Jamila. Ik wou dat Andrew hier was om als buffer te fungeren, zoals hij altijd deed. Het was mijn eigen schuld dat ik het had uitgesteld. Moeder zou er toch wel achter zijn gekomen als ik maandag niet naar school was gegaan.

'Ik, eh.' Ik wierp een blik op Noah, die me aankeek alsof ik de nieuwste videogame was. Ik wou dat ik mijn falen niet hoefde toe te geven, zeker niet in zijn bijzijn. Wat voor voorbeeld was ik, fladderend van de ene opleiding naar de andere, van carrière naar carrière?

Ik wist wat voor een voorbeeld: een verschrikkelijk.

'Ik ben gestopt met de koksopleiding.' Ik keek naar mijn bosbessenpannenkoek. Onze kokkin, Telma, had vast gemerkt dat er iets aan de hand was omdat ik vrijdagavond zo in mijn eten had zitten prikken en had mijn favoriete brunchgerecht gemaakt. Ze was een van de redenen waarom ik dacht dat de koksopleiding een goed idee was. Telma kon alles beter maken met eten.

Maar dit niet.

'Dat heb je niet gedaan, Natalie.' Moeders stem klonk dwingend.

Zelfs Charles kon het niet laten een opmerking te maken. 'Maar je was dol op de koksopleiding.'

Ik keek hem aan en moest een traan wegknipperen bij zijn vriendelijke gezichtsuitdrukking. 'Niet echt. Ik hield niet van de druk, de haast.'

'Of van de mode,' grapte Jackson. Mijn grote broer kon nooit een sneer laten. Godzijdank was hij buiten handbereik.

'Wat denk je nu te gaan proberen?' vroeg Alicia. Dat was mijn schoonzus. Altijd gericht op de toekomst.

'Misschien...' Ik wierp een blik op Jamila en haalde diep adem. 'Misschien public relations.'

'Nat.' Jackson schudde zijn hoofd. 'Jamila heeft je hulp niet nodig.'

'Jawel!' Ik wapperde met een hand in haar richting. 'Ze heeft iemands hulp nodig.' Waarom was ik de enige die dat zag?

Het was het verkeerde wat ik kon zeggen. Jamila's gezichtsuitdrukking werd zo koud en hard als moeders porselein.

'Wat is er aan de hand, Jamila?' vroeg Charles.

'Niets waar u zich zorgen over hoeft te maken,' zei ze, maar Charles ontfutselde haar het verhaal.

Toen ze klaar was, trok hij een grimas. 'Misschien heeft u wel wat hulp nodig.'

'Vrijdagmiddag was het al aan het afkoelen,' zei ze. 'Dinsdag zijn ze het vergeten.'

'We moeten Della bellen,' zei moeder.

'Dat heb ik al gedaan,' zei ik. 'Ze kan het er niet bij hebben.'

Moeder neuriede.

'Ik kan helpen,' zei ik. 'Ik heb een hoop research gedaan en ik heb Della's nichtje gebeld. Ze is een communicatieconsultant.' Dat was overdreven. Ze leek bijna net zo onwetend als ik, maar we hadden maandag afgesproken om koffie te drinken en een strategie te bedenken. Door haar te betalen, al was het maar met koffie, was ze een consultant.

De stilte rond de tafel vertelde me wat Jamila en mijn familie van dat idee vonden. Zelfs Charles, die meestal mijn bondgenoot was, nam een slok van zijn koffie.

'Jamila, lieverd, je zult op je temperament moeten letten als je met een financieel dienstverleningsbedrijf werkt,' zei moeder. 'Die zijn notoir risicomijdend.'

'Het komt goed, mevrouw H. Ik heb het onder controle.'

Dat was een leugen als ik er ooit een had gehoord. Net toen ik haar daarop wilde aanspreken, wierp ze me een berekenende blik toe. 'Dus, Nat, met wie date je de laatste tijd?'

Zelfs baby Valentine stopte met haar gebrabbel.

'N-niemand,' zei ik, terwijl ik haar boos aankeek. Ze was al zo lang deel van onze familie dat ze precies wist welke knoppen ze moest indrukken.

'We hebben vrijdag een leuke jongeman ontmoet, nietwaar, Charles?' Moeder legde haar vork neer.

Charles neuriede in zijn koffie en keek me niet aan.

'Augusto Moretti.'

'Klinkt als een van Jacksons auto's,' mompelde ik.

'Hij komt uit een uitzonderlijke familie. Ze zijn een van de beste wijndistributeurs in Italië.'

Ik maakte een niet-toegewijd geluid in mijn keel en draaide mijn pannenkoek op mijn bord.

'Aangezien je plotseling vrij bent, waarom leid je hem niet rond in de stad?' Ze haalde een visitekaartje uit haar rokzak en gaf het aan Noah, die het naast mijn bord legde.

Ik was in de val gelokt.

Jamila stond op. 'Nog koffie, Charles?' Zonder op zijn antwoord te wachten, griste ze zijn kopje van de schotel en bracht het naar de keuken. Ik hoopte dat ze een nagel had afgebroken terwijl ze mij voor de bus gooide. Ik keek naar het kaartje. Er stonden druiven in de hoeken in reliëf gedrukt. Ik kon wel drie manieren bedenken om het minder kitsch te maken.

'Ik weet het niet,' zei ik. 'Ik heb een project waar ik deze week aan wil werken.'

Jackson snotterde. 'Als Jamila je "project" is, geef het dan maar op. Ze wil je hulp niet. Ze is alleen te aardig om het te zeggen.'

Alicia wierp hem een scherpe blik toe. 'Wat Jackson bedoelt te zeggen, is dat ze waarschijnlijk meer... ervaren hulp nodig heeft. Misschien kun je haar helpen iemand te vinden?' Ze gaf de baby aan Jackson en liep de keuken in.

'Alicia heeft gelijk, lieverd,' zei moeder. 'Laat PR over aan de professionals. Ik bel Della wel en vraag haar om een verwijzing. Ga uit met Augusto. Veel plezier.'

'Nee.' Ik sprak haar niet vaak tegen, maar met Jamila in huis kon ik mijn socialite-act niet opvoeren. Niet nog eens.

'Prima.' Haar ijsblauwe ogen glinsterden. 'Dan breng je tijd door met Sam als ze komt logeren. Het is al een tijdje geleden dat jullie samen tijd hebben doorgebracht. Ze heeft zo'n goede klik met Niall. Misschien kan ze je voorstellen aan een van zijn vrienden.'

'Logeert Sam hier? Maar ze heeft een flat in de stad.' Mijn oudere zus verdeelde haar tijd tussen de boerderij van haar verloofde in Ohio en San Francisco, waar ze een gamingdivisie binnen Jacksons bedrijf had opgestart.

'Ze zijn het gebouw aan het renoveren en Niall heeft een deadline. Aangezien ze deze maand alleen zal zijn, logeert ze hier. Heb ik je dat niet verteld?' Ze keek naar haar bord en had het fatsoen om te blozen. Mijn relatie met mijn nerdy, succesvolle zus was op zijn zachtst gezegd stekelig.

'Het zal goed zijn voor jullie beiden,' zei Charles. 'Dan ben je niet eenzaam terwijl je moeder en ik onze trouwdag in Parijs doorbrengen.'

'Juist.' Dat hadden ze me verteld. 'Ik weet zeker dat Sam het druk zal hebben als ze hier is. We zullen elkaar nauwelijks zien.' Hoopte ik.

'Jullie twee kunnen de banden weer aanhalen nu je niet op school zit.' Hij gaf me wat waarschijnlijk bedoeld was als een bemoedigende glimlach. 'Neem wat tijd voor jezelf. Je komt er wel uit, meid.'

En dat was dat. Ze hadden me verbannen naar de kindertafel met een doosje kleurpotloden. Zelfs mijn familie had geen vertrouwen in mij. Mijn plannen om Jamila te helpen waren grootheidswaanzin. En ik mocht een paar weken toekijken hoe mijn zus haar dromen verwezenlijkte. Misschien had moeder gelijk en was het beste plan voor mij om een goede partij aan de haak te slaan. Ik draaide aan de robijnen ring om mijn vinger.

Ik wilde niet zomaar een man. Ik wilde wat ik nooit kon hebben. Althans, niet zolang ze me zag als niets meer dan het kleine zusje van Jackson, net als zij allemaal. Geef me maar een aai over mijn bol en stuur me weg in mijn chique jurkje, gewapend met koetjes en kalfjes en een platina creditcard.

De herinnering aan hoe ik me had gedragen op dat kerstfeest, en wat ik tegen Jamila had gezegd, brandde in mijn buik. Misschien, als ik me als een volwassene zou gedragen en het zou uitleggen en dan mijn excuses zou aanbieden, zou ze me misschien als een volwassene zien en me laten helpen. Maar mijn familie bekennen dat ik met de koksopleiding was gestopt, was al moeilijk genoeg. Ik zou in geen geval mijn excuses aanbieden in hun bijzijn.

Ik zou het op haar terrein moeten aanpakken.

5

WAS ER EEN betere manier om duidelijk te maken dat ik eigenlijk nog een kind was, veel te jong om interessant te zijn voor iemand die zo briljant en wereldwijs was als Jamila Jallow, dan door in de suffe Benz van mijn moeder aan te komen rijden bij Jamila's huis in Menlo Park?

Want dat was precies wat ik deed.

Ik bleef even in de auto zitten. Terwijl ik door de gevestigde buurt met bungalows uit het midden van de vorige eeuw reed, dacht ik dat dit weer een van Jacksons grappen was. Een miljardair als Jamila woonde toch zeker in een landhuis? Maar toen ik bij het adres stopte dat hij me had gegeven, vertelden de strakke lijnen van het grijze huis met zijn zwarte luiken, het friswitte timmerwerk, de Texas-gele rozenstruiken aan weerszijden van de garage voor twee auto's en de gedurfde, gestileerde *J* aan de violette deur me dat hier Jamila Jallow woonde.

Ik trok de ketting van mijn roze Roger Vivier-tas van imitatiebont op mijn schouder recht, klakte in mijn roze gladiatorhakken en mijn jurk van de brunch de oprit en het tuinpad op en belde aan.

Ik wachtte een volle minuut, lang genoeg om te betwijfelen of ze na de brunch wel naar huis was gegaan. Was ze naar haar werk gegaan? Of een café? Mijn zus Sam was geen grote drinker, maar haar verloofde vertelde me dat ze soms een borrel nodig had nadat ze tijd met onze moeder had doorgebracht. Ik belde nog eens aan en bekeek de pot met blauwpaarse Afrikaanse madeliefjes op de stoep. Er was geen enkel blad dat zijn beste tijd had gehad om hun perfectie te bederven.

'Hé!' riep een stem vanaf de naastgelegen veranda. 'Kom je voor Jamila?'

Ik draaide me om naar de tengere vrouw in een joggingpak, haar peper-en-zoutkleurige haar in een paardenstaart.

'Ja?'

'Zeg maar tegen haar dat ze een mand avocado's moet komen plukken. En zeg erbij dat ze die van de bovenste takken moet pakken. Daar kan ik niet bij.'

Ik knipperde met mijn ogen. 'Ja, mevrouw.'

Ze keek me van top tot teen aan. 'Ik neem aan dat jij er ook wel een paar mag.'

'Eh… dank u?' Telma haalde onze avocado's van de markt. Hoewel ik mijn hele leven in Californië had gewoond, had ik nog nooit een avocado van een echte boom geplukt. Misschien moest ik een carrière als fruitplukker overwegen. Ik had al het andere al geprobeerd.

Ze bromde wat en ging haar huis weer in.

Een seconde later hoorde ik gebonk en daarna gekrabbel bij de drempel. Wat kwam er door de deur? Ik deed een stap achteruit.

Toen Jamila de deur opendeed, vlogen alle gedachten aan fruit en bomen mijn hoofd uit. Haar voeten waren bloot, haar teennagels gelakt in een glinsterende amethistkleur. Ze droeg een zwarte legging onder een oversized grijs Jamilow-T-shirt met een uitgesneden hals. Het hing van een schouder af, waardoor het brede bandje van een koningsblauwe sportbeha te zien was. Haar make-up was weg en er was slechts een schaduw van haar paarse lippenstift achtergebleven. Zweet parelde op haar haargrens.

Ze hield iets in haar hand en drukte het tegen haar shirt. Iets dat… bewoog?

'Wat doe je hier? Is alles in orde?' Haar ogen werden groot. 'Is er iets met Jackson? Je moeder?'

'Ja, met iedereen gaat het goed.'

'Ben ik iets bij jou thuis vergeten?'

'Nee, eh… niet dat ik weet. Sorry, ik… mag ik binnenkomen?'

Ze keek naar haar blote voeten en toen weer op. 'Natuurlijk.'

Toen ik over de drempel stapte, herinnerde ik me de slordige knot die ik in mijn haar had gedaan terwijl ik met mijn nieuwe adviseur, Hannah, de pr-strategie doornam. Snel trok ik de klem uit mijn haar, schudde het los en haalde mijn vingers erdoorheen.

Jamila staarde me aan.

'Wat?' Mijn wangen werden warm. Ik was vergeten mijn uiterlijk te controleren voordat ik uit de auto stapte. Was mijn eyeliner uitgelopen? Ik propte de klem in mijn tas.

'Nee, er is niks,' zei ze. Ze draaide zich om en leidde me van de kleine hal naar de woonkamer. De plafonds waren lager dan ik gewend was, maar enorme ramen keken uit op een zorgvuldig aangelegde tuin en een klein zwembad achterin. De open indeling en het minimalistische, lage meubilair voelden open en luchtig aan.

'Je huis is prachtig,' zei ik.

'Ben je hier nooit eerder geweest?'

'Nee.'

'Goh.'

Toen ze geen rondleiding aanbood – niet dat er veel te zien kon zijn in zo'n klein huis – nam ik plaats op de grijze, gestoffeerde bank en trok mijn jurk over mijn knieën recht. Jamila ging op de gebogen loveseat tegenover de salontafel zitten.

'Wat is dat?' vroeg ik, wijzend naar de hand die ze tegen haar schouder geklemd hield.

Zonder aarzelen strekte ze haar lange arm naar me uit. Opgekruld in haar handpalm lag een hamster. Nee, geen hamster. Hij was lichtbruin met een donkere snuit. Scherpe stekels staken uit zijn bruine rug. 'Dit is Quill. Kort voor Quill.i.am.' Haar wangen werden donkerder. Bloosde ze?

'Is het een egel?'

'Ja.' Ze streek met een vinger tussen zijn ogen en over zijn voorhoofd. Hij leek in zijn slaap te glimlachen.

Ondanks het huisdierenverbod van mijn moeder had de hond van mijn zus Sam, Bilbo Baggins, zijn eigen plekje onder de tafel bij de familiebrunch. Als ik op Jackson en Alicia paste, kwam hun kat, Tigger, meestal ook even langs. Ik had nog nooit iemand gekend met een egel als huisdier. De nieuwigheid moet mijn hersenen een rad voor de ogen hebben gedraaid, want de meest belachelijke vraag die ik kon bedenken kwam uit mijn mond. 'Slaapt hij in je bed?'

'Nee. Hij is een nachtdier. Hij heeft een verblijf in de tweede slaapkamer.'

'Slaapt hij daarom nu?' Zijn kleine roze voetjes staken omhoog uit zijn pluizige, witte buikje. Hij was schattig. En een stuk stiller dan Bilbo.

'Eh.' Ze keek naar hem en streek weer over zijn voorhoofd. 'Nee, hij is moe. Toen je aanbelde, waren we...' Ze ging rechterop zitten. 'We waren aan het dansen.'

Ik kon met de grootste moeite voorkomen dat mijn mond van verbazing openviel. 'Dansen? Zoals in *Dancing with the Stars?*'

'Zoiets. Als hij de ster is, en als het altijd hiphopavond is.'

Ik liet mijn blik van haar stralende gezicht naar haar blote schouder dwalen. Het deed me denken aan die oude film die ik met een van mijn nanny's had gekeken, *Flashdance.* 'En alleen jij draagt de kostuums.'

'Zijn kostuum hebben we in de fitnessruimte gelaten. De pailletten geven hem jeuk.'

Ik sperde mijn ogen wijd open. 'Serieus?'

'Nee, ik neem je in de maling, schatje.'

'O.' Ik trok aan de zoom van mijn rokje over mijn knieën.

'Dus als je familie in orde is, waarom ben je hier dan? Je bent toch niet nu al aan het leuren voor Jacksons stichting? Ik heb vorig jaar nog gedoneerd. Wacht.' Ze kromp ineen. 'Ben je boos over die opmerking over PETA? Ik wist niet dat je hun niet had verteld dat je was gestopt met de culinaire school.'

'Nee, dat is prima.' Ik draaide aan mijn ring en zei: 'Ik was van plan het ze te vertellen. Ik was er gewoon nog niet aan toegekomen.'

'Ze zijn niet boos, hè?'

'Ze zijn teleurgesteld dat ik gestopt ben. Als ik niet snel iets anders vind, gaat moeder me pushen om met een geschikte man te trouwen. Maar daarom ben ik hier niet.' Ik haalde diep adem. 'Ik wil met je praten over je PR-situatie.'

Jamila tilde haar kin op om naar het plafond te staren en zuchtte. 'Dat weer? Ik dacht dat je geïnteresseerd was in programmeren. Daarmee zou ik je kunnen helpen.'

'Programma's heb je al genoeg.' Met een heldhaftige inspanning hield ik mezelf ervan in mijn lip op te trekken bij de herinnering aan Rhiannons afwijzing. 'Publieke relaties is waar je hulp bij nodig hebt.'

'Heb je met paps moeten vechten om mijn buurt in te komen?'

'Nee.'

'Stonden ze op de uitkijk op mijn gazon?'

'Nee.'

'Want dat is wat er gebeurde toen mijn buurman een straat verderop werd betrapt op handel met voorkennis. Mijn "PR-situatie" –' ze maakte aanhalingstekens met haar vingers – 'is al voorbij. Ze zijn alweer verder.'

'Ik weet niet zeker of dat waar is.' Ik had het verhaal in de *Journal* gevolgd en het had een hoop reacties (en racistische en vrouwonvriendelijke scheldwoorden), maar ik was niet van plan haar dat te vertellen.

'Natalie.' Ze doorboorde me met haar blik. 'Ik zit langer in deze branche dan jij. Ik weet wat voor onzin het nieuws haalt en wat niet. Dit is het soort ding dat opduikt op een dag met weinig nieuws, en de week erna is iedereen weer bezig met zijn eigen onzin en jaagt men op echte bedrijfsboeven.'

'Maar wat als maandag ook een dag met weinig nieuws is?

Wat als jij het dichtst in de buurt komt van een bedrijfsboef waar ze op moeten jagen?'

'Jagen vereist een renner. Dat ga ik niet doen. Ik ga morgen gewoon naar mijn kantoor en doe mijn werk. Niets aan de hand.' Ze hield de hand op die Quill.i.am niet vasthield.

'Ik denk dat je Mateo je morgen naar je werk moet laten rijden. Voor de zekerheid.'

'Dat gaat niet gebeuren. Ik rijd zelf naar mijn werk als de volwassen vrouw die ik ben.'

Ik schudde mijn hoofd. Jamila was koppig. Dat was een van de redenen waarom ze zo succesvol was. Het woord *opgeven* kwam niet in haar woordenboek voor.

Ik leunde naar voren. 'Toch denk ik dat je een responsteam moet aanwijzen. Dat houdt jou uit de schijnwerpers en stelt je in staat om je op je werk te concentreren. Als je mij er niet bij wilt betrekken, kun je waarschijnlijk Winslow en een paar mensen van je marketingteam inschakelen. Die zouden het moeten kunnen afhandelen.' Het responsteam was de sleutel, volgens wat Della aan Hannah en mij had verteld. Jamila deed misschien alsof het haar allemaal niets deed, maar ze was te emotioneel betrokken om de situatie rationeel aan te pakken.

'Ik heb geen responsteam nodig, want er is niets om op te reageren. Deze hele situatie is belachelijk.'

'Jij ziet het misschien zo, maar je kunt niet bepalen wat alle anderen denken of zeggen.'

Ze trok haar perfect gevormde, donkere wenkbrauwen op. 'O nee?'

'Nee!'

'Waarom denk je dan dat een responsteam me kan helpen? Het hele gedoe is zinloos. Als ik hun spelletjes niet meespeel, gaan ze wel weg en zoeken ze iemand anders om ruzie mee te maken.'

Ik had beter moeten weten dan te ruziën met iemand die zo briljant was als Jamila. 'Maar...'

'Nee, Nat. Ik ga geen minuut meer van mijn zeer kostbare aandacht aan deze onzin besteden. Einde verhaal.'

'En die financiële dienstverlener van je dan? Wat zullen die denken?'

Aan het samentrekken van haar mond wist ik dat ik een gevoelige snaar had geraakt. 'Die kan ik ook wel aan.'

'Kun je dat? De meeste mensen in de financiële wereld zijn behoorlijk risicomijdend. Elke keer als ik Charles op zijn werk bezoek, heb ik het gevoel dat ik in een zwart-witfilm ben beland.'

Ze tilde haar neus op. 'Daar ga je weer, je focust op uiterlijkheden. Voor mij hoef je geen show op te voeren. Niet zoals je op het feestje van Billie Woods deed.'

Het bloed trok uit mijn gezicht. 'Ik...'

'Je weet dat ik je nooit pijn zou doen, toch? Zelfs niet door associatie. Ik hecht waarde aan mijn relatie met... met je familie, vooral Jackson en Alicia.'

'Nee, ik...' Mijn hoofd tolde. Mij pijn doen? Ik was degene geweest die haar had beledigd met mijn dronken bekentenis. 'Het spijt me, Jamila. Ik werd nerveus en ik heb te veel gedronken. Ik wilde niet...'

'Me vertellen dat je van me hield?' Ze snoof. 'Je weet dat ik je niet serieus nam.'

Ik kromp ineen. Ik had het honderd procent serieus gemeend. Ik was al zo lang verliefd op haar dat het als liefde voelde. Zeker toen ik te veel wijn op had. 'Je was zo aardig voor me. Je zei dat ik mijn ware zelf niet hoefde te verbergen.' Dat was het moment waarop het woord *liefde* uit mijn mond was gerold.

'Dat meende ik,' zei ze. 'En toen ging je er vol voor met die leeghoofdige act.'

Ik sloot mijn ogen, maar dat was een fout, want de hele scène speelde zich in mijn geheugen af. Ze had mijn armen van haar schouders afgeschud en me gezegd dat ik maar met iemand anders het liefdesspel moest spelen. En dat was precies wat ik had gedaan. Ik was naar mijn vriend Daniel gefladderd en had luid en expressief ook mijn liefde voor hem bekend. Hij lachte het weg, maar omdat ik niet van hem hield, had het niet zo'n pijn gedaan als Jamila's gelach.

'Waarom was je die avond zo dronken?'

Ik perste mijn lippen op elkaar. Ik had het glas champagne geaccepteerd omdat ik een hele avond met een glas van dat walgelijke spul kon doen. Maar die avond, met Jamila's volle aandacht op mij gericht, wist ik niet wat ik met mijn handen of de rest van mijn lichaam aan moest. Ik dronk wat er in mijn glas zat en de obers van Billie bleven het bijvullen. Als ik dronken was, gedroeg ik me als een leeghoofdige erfgename, wat precies was wat iedereen van me verwachtte.

'Het was een ongelukje.'

Ze keek me boos aan. 'Ik neem aan dat het ook een ongelukje was dat je met Daniel hoe-heet-ie naar huis ging.'

'Daniel van der Poel is mijn vriend. Mijn platonische vriend.'

'Het zag er platonisch uit toen je hem zoende.'

Mijn wangen gloeiden. Daniel en ik waren naar zoveel evenementen en feestjes samen geweest dat doen alsof we een relatie hadden een tweede natuur was. Na Jamila's afwijzing was hij meegegaan in mijn slordige kus, maar toen ik het probeerde te verkopen door mijn tong in zijn mond te steken, had hij me in zijn armen getild en me het feest uit gedragen, luid verkondigend dat ik niet tegen drank kon.

Daniel was een goede vriend. Een andere man had misschien misbruik van me gemaakt, maar hij hield mijn haar vast terwijl ik in Billies hortensia's overgaf.

Maar Jamila was niet eens mijn vriendin. 'Waarom maakt het jou uit wie ik kus?'

Ze stak haar kaak vooruit. 'Dat doet het niet. Ik haat het gewoon als je jezelf onderwaardeert.'

Mezelf onderwaarderen? Ik was een rijk meisje dat niet genoeg hersens had om een carrière te kiezen. Mijn enige troef was mijn uiterlijk. Iedereen wist dat, inclusief mijn familie. Jamila dacht dat die avond ook. Ik sloeg mijn armen over elkaar.

'Hoe dan ook,' zei ze, 'ik heb je hulp niet nodig en wil die ook niet. Ik heb alles onder controle, dus je hoeft je geen zorgen om mij te maken.'

Een nieuw protest rees op mijn lippen, maar ik slikte het in. Ze had gelijk. Ik was niet gekwalificeerd om haar te helpen. Niets wat ik zei zou haar van gedachten doen veranderen.

Ze stond op. 'Bedankt dat je langskwam.'

Ik stond op van de bank. 'Graag gedaan.' Ik meende het echt.

Ze leidde me naar de deur. 'Zeg tegen je familie dat ik ze nogmaals bedank voor de brunch. En, eh, kom hier misschien maar niet meer terug. Ik zou niet willen dat je familie denkt dat ik je heb uitgenodigd. Jij, van alle mensen, begrijpt het belang van uiterlijke schijn.'

Totaal van slag registreerde ik nauwelijks de dichtslaande deur.

Pas toen ik weer op haar veranda stond, herinnerde ik me het bericht van haar buurvrouw. Het was Jamila's verdiende loon dat ze nu een mand avocado's misliep. Ik staarde naar de pot met madeliefjes, met de neiging om ze uit de pot te rukken en ze daar op haar veranda te verscheuren. En er dan op te stampen in mijn Valentino Garavani's.

Dat was kinderachtig, en ik hoefde Jamila geen extra bewijs te geven dat ik jong en dwaas was. Ze was getuige geweest van de nasleep van mijn culinaire school-debacle. Mijn betreurenswaardige gedrag op het kerstfeest. Om nog maar te zwijgen van de hele puistjes-en-beugelfase, en daarvoor nog mijn vlechtjes.

Dus liep ik langzaam en gracieus de trap af alsof ze geïnteresseerd genoeg was om me na te kijken.

6

ZELFS ALS IK het had geprobeerd, had ik het nieuws over Jamila's val niet kunnen missen.

Omdat ik maandag niet naar school hoefde, lag ik nog in bed toen ik mijn telefoon pakte om te zien wat er in de wereld speelde. Jamila was de eerste video op mijn TikTok-pagina. Hij had een half miljoen views. Tegen de tijd dat ik hem voor de derde keer had ververst, waren het er twee miljoen.

Ik herkende de voorkant van Jamila's gebouw van mijn bezoek twee dagen geleden. Er stond maar één fotograaf buiten. Ze had hem makkelijk kunnen ontwijken, zoals we vrijdag hadden gedaan.

De video was zo gemonteerd dat hij begon nadat de journalist zijn vraag had gesteld, dus ik wist niet wat hij had gevraagd waardoor ze zo tegen hem tekeerging. Haar donkere ogen flitsten en haar glanzende rode lippen krulden zich tot een snauw. 'Jij klootzak. Zeg dat nog eens.' Ik kon niet ontcijferen wat hij zei en de ondertiteling was onzin. Maar Jamila's woorden waren glashelder en de tekst onderaan de video viel me rauw op het dak.

'Denk je dat je me kent? Je weet geen ene moer van mijn gemeenschap of van mij of van mijn verdomde bedrijf. Kus mijn paranoïde reet.'

Toen ik het voor de derde keer keek, kon ik niet zien of ze van plan was hem een middelvinger te geven of een opstoot. Haar arm zwaaide omhoog en hij deinsde achteruit, waardoor de video wild heen en weer bewoog terwijl een arm in een chambray-overhemd met lange mouwen om Jamila's middel werd geslagen en haar vloekend wegtrok.

De reacties explodeerden. Een paar zeiden: 'Ik steun je, Jamila!', maar de meesten bestempelden haar als paranoïde, gestoord, te luidruchtig, te grof of simpelweg niet het icoon dat mensen als voorbeeld voor hun dochters wilden. Sommigen trokken de waarde in twijfel van een bedrijf dat geleid werd door iemand die zo duidelijk onprofessioneel was.

Het was een ramp.

Kreunend sleepte ik mezelf uit bed, douchte, trok mijn haar strak in een knot en deed een zwart zakelijk pak aan met een rode bloemenblouse. Ik trof mijn moeder rommelend aan in de serre. Ik kuste haar op haar wang, zei dat ze me niet voor het avondeten hoefde te verwachten en nam een taxi naar Mountain View.

NU DE BEWAKER werd belaagd door journalisten, was het niet moeilijk voor me om buiten Jamila's gebouw een Jamilow-medewerker aan te spreken, een minuutje met hem te flirten, te liegen dat ik mijn pasje was vergeten en achter hem aan het beveiligde gedeelte in te glippen. Nadat ik had beloofd hem bij de volgende borrel op te zoeken, beklom ik de trap naar de tweede verdieping en glipte door de deur van de directievleugel toen er een gejaagd uitziende man naar buiten schuifelde, met een handvol papieren in de ene hand en zijn laptop in de andere.

In elk kantoor dat ik passeerde, brandde licht en achter de deuren van matglas liepen mensen ijsberend heen en weer. In het open gedeelte van de verdieping met de kantoorhokjes stonden medewerkers in groepjes te fluisteren. Sommige groepjes dromden samen rond telefoons, waarschijnlijk om de TikTok te bekijken of de reacties te lezen.

Dat was het dan voor de productiviteit voor hun grote lancering.

Ongehinderd liep ik naar Jamila's kantoor, glimlachte naar Felicia, die maar een seconde opkeek voordat ze haar voorhoofd weer in haar hand liet zakken en wreef terwijl ze de telefoon tegen haar oor drukte. Ik sprak mezelf alle moed in die ik kon opbrengen en zweefde Jamila's kantoor binnen.

De CEO droeg het fantastische oesterroze broekpak uit de video, maar ze had het jasje uitgetrokken, waardoor een mouwloze ivoren top en een snoer roze parels zichtbaar werden. Ze leunde achterover in haar stoel, bijna plat, met haar hand over haar ogen geslagen.

Winslow leunde tegen de vensterbank en staarde door het glas naar de reportagewagens die langs de weg naar het gebouw geparkeerd stonden. Hij zag eruit alsof hij erdoorheen wilde springen. Zijn broek was vandaag limoengroen. Die stond niet beter bij de tweekleurige brogues dan de roze. De achterkant van zijn witte overhemd was gekreukt, alsof hij erin gezweet had.

Een paar medewerkers klemden hun laptops tegen hun borst en schuifelden met hun voeten op het zachte, lichtbruine tapijt in het midden van de kamer. Nadat ze me hadden aangekeken, schoot hun blik heen en weer tussen Jamila, Winslow en de twee mensen die voor Jamila zaten.

Een man en een vrouw die ik niet kende zaten tegenover haar. Terwijl ze naar haar telefoon staarde, blafte de vrouw iets over de aandelenwaardering, dus zij moest de financieel directeur zijn. De man staarde naar Jamila's glazen bureau.

'Kunt u daar niet mee ophouden, Hope? Alstublieft.' Jamila kreunde zonder haar onderarm van haar ogen te halen. 'Ik krijg er hoofdpijn van.'

'Sorry,' mompelde financieel directeur Hope. 'Ik vind troost in cijfers als ik gestrest ben.'

'Misschien kun je wat stiller naar de cijfers kijken,' zei Jamila. 'Wat ik nu nodig heb is—'

De man naast haar sprong op. 'Weet je wat? Ik neem ontslag.'

Jamila haalde haar arm weg en staarde hem aan. 'Je wat?'

'Ik neem ontslag. Hier heb ik niet voor getekend.'

Jamila keek hem vernietigend aan. 'Je bent de marketingdirecteur. Ik vraag je niets anders dan de verdomde apps te marketen.'

Zijn stem werd hoger. 'Hoe kan ik in deze omgeving apps verkopen?' Hij zwaaide met een arm naar de reportagewagens. 'Deze baan heeft mijn chakra's volledig uit balans gebracht. Ik moet naar huis om een natuurdocumentaire te kijken.' Hij draaide zich om op de neus van zijn Italiaanse instapper en stormde het kantoor uit. De twee medewerkers in het midden van de kamer schuifelden achter hem aan naar buiten.

De financieel directeur stond op.

'Jij toch ook niet,' zei Jamila met zachte stem.

Hope snoof. 'Denk je dat ik hierom ontslag zou nemen? Ik begon mijn carrière bij Enron. Dit is een eitje vergeleken met die shitshow. Ik ben nuttiger voor u in mijn kantoor. Ik stuur u voor het einde van de dag een samenvatting van de financiële verslaggeving en de impact daarvan op de aandelenkoers.'

'Geweldig,' zuchtte Jamila.

Toen Hope naar buiten liep, kwam Rhiannon binnen in een kaki broek en weer een blauw overhemd, dit keer met lange mouwen. Ze liep achter Jamila's bureau, sloeg haar armen over elkaar en zette haar heup opzij. 'Ik heb uw goedkeuring nodig voor die vacatureaanvraag die ik u een uur geleden heb gestuurd.'

Jamila duwde tegen haar computermuis, die over het bureau gleed. 'Hoe moet ik in hemelsnaam mijn e-mail bijhouden? Kijk naar die shit.' Ze gebaarde naar haar scherm.

Rhiannon tuitte haar lippen. 'Daarom verdien je het grote geld, baas.' Ze boog over het bureau, scrolde en klikte. 'Dat is hem. Goedkeuren, alstublieft.'

Jamila kromp ineen terwijl ze glazig naar het scherm staarde. 'Twee contractontwikkelaars? Denk je echt dat dat nu zal helpen?'

'Met zoveel afleiding kunnen we alle hulp gebruiken die we kunnen krijgen. Zonder hen halen we onze datum niet. Ik heb rotklusjes die ze kunnen doen om andere mensen vrij te maken.' Ze maakte de manchetten van haar chambray-overhemd recht.

De video schoot me weer te binnen.

'Jij was degene die voorkwam dat ze die klap uitdeelde!'

'Wat de fuck doe jij hier, Natalie?' Jamila knipperde met haar ogen alsof ik een geestverschijning was die haar op haar slechtste dag kwam kwellen. 'Ik zou die eikel niet hebben geslagen. Hij was het niet waard om mijn manicure voor te verpesten.' Ze stak een hand uit en bekeek haar korte, glinsterende blauwe nagels.

Ik ving Rhiannons blik. 'Bedankt daarvoor.'

'Iemand moest iets doen,' zei Rhiannon. 'Hé, u moet me betalen om PR te doen. Ik heb geen designerpak nodig om u te redden van die jakhalzen - of van uzelf.'

De haren in mijn nek gingen overeind staan en mijn nagels groeven in mijn handpalmen.

'Ik zei het je toch,' zei Jamila, 'ik had geen redding nodig. Ik had het onder controle.'

Rhiannon snoof. 'Zo zag het er wel uit. Waar was mevrouw Chique Pak toen u tegen die vent uitviel?' Ze gooide haar krullende haar naar achteren.

Ik maakte mijn colbert recht. Het kon me niet schelen of ze Jamila had gered van een nog grotere PR-ramp. Rhiannon was geen aardig persoon.

'Ik kwam om te helpen,' zei ik.

'Helpen? U?' Rhiannon bekeek mijn outfit totdat ik de opvallende rode blouse begon te heroverwegen. 'Wees voorzichtig, u zou een nagel kunnen breken.'

Ik balde mijn handen. 'Ik ben in staat om te helpen. Ik heb een plan.'

'O ja?' Rhiannon sloeg haar armen over elkaar en zette een heup opzij. 'Laat het maar horen.'

'Ree.' Jamila mompelde iets wat ik niet kon horen, maar het

zorgde ervoor dat Rhiannon haar lip naar me optrok en het kantoor uit Beende.

Toen Jamila haar ogen naar me opsloeg, waren ze bloeddoorlopen en gezwollen. Was dat van vandaag? Had ze vannacht wel geslapen? Ik opende mijn mond om het te vragen, maar ze was me voor.

'Nat, dit is niet de dag voor jou om hier binnen te komen walsen om je hobby van de week uit te proberen. Ga maar naar huis. We praten volgende week wel als dit allemaal voorbij is.'

En zo was ik weer vijftien, en mijn broer, Cooper, en Jamila zeiden dat ik weg moest gaan omdat de volwassenen zakelijke dingen bespraken. Ik draaide aan mijn ring.

Maar ik was geen vijftien meer. Ik was zesentwintig. Misschien had ik geen diploma, maar ik had mijn hele leven in de schijnwerpers gestaan. Als de jongste Jones had ik genoeg fouten van mijn broers en zussen gezien. Dus raapte ik mijn verscheurde trots en mijn laatste greintje moed bijeen. 'Dit zal volgende week niet voorbij zijn. Dit is ernstig, Jamila. Ik wed dat Hope je heeft verteld dat je al klanten bent kwijtgeraakt.'

Ze haalde haar schouders op. 'We hebben geen klanten nodig die bang zijn voor een beetje gevloek.'

'En jullie financiële dienstverlener dan?' vroeg ik. 'Wat vinden zij van dit alles?'

Winslow draaide zich weg van het raam. 'Je hebt haar verteld over de samenwerking met FA?'

'Nee, dat heb ik niet gedaan. Jij net wel,' zei ze vermoeid.

'Jullie financiële partner is First Arbiter? Maar die zijn zo... stijf.' Ze lieten Charles' bank er losbandig uitzien.

'Billie heeft daar een connectie,' zei Jamila. 'Zij en Winslow.'

'Toch niet Kenneth Royal,' zei ik.

'Jawel, ik ken Kenneth inderdaad,' snoof Winslow. 'We zitten in dezelfde golfclub.'

Ik trok een grimas. De CEO van FA was de stijfste man die ik ooit had ontmoet. Ik kreeg hem zelfs met mijn feesttrucjes niet aan het lachen. Hij eiste naar verluidt van al zijn werknemers -

mannen en vrouwen - dat ze hetzelfde grijze pak en dezelfde blauwe stropdas droegen.

'Ze zullen niet lang meer onze partner zijn,' zei hij. 'Niet als ze de moraliteitsclausule in onze overeenkomst inroepen.'

'We zullen ze paaien zoals we deden toen uw scheiding openbaar werd,' zei Jamila.

Zijn wangen werden vlekkerig rood. 'Mijn scheiding is niet zo openbaar als dit.'

'Áls dit FA ertoe brengt om te laten zien hoe schijterig ze zijn, hebben we ze niet nodig.' De felheid was terug in Jamila's stem. 'We vinden wel iemand anders.'

'Maar heb je ze niet nodig?' vroeg ik. 'Je bent al zo ver gekomen, en de lancering is nog maar... hoe ver weg?'

'Minder dan zes weken,' mompelde Jamila.

We mochten van geluk spreken als we deze puinhoop tegen die tijd hadden opgeruimd. 'Ik denk dat je het zou kunnen redden als je ze hielp begrijpen wat er is gebeurd. Wat heeft die vent tegen je gezegd?'

'Niets wat ik niet aankon.' Ze stak haar kin naar voren alsof ze me uitdaagde om erop te slaan.

Winslow zuchtte. 'Wat zeggen die gasten altijd? Iets over een zwarte vrouw zijn in de techwereld. Dat is haar trigger, en iedereen weet het.'

'Rot op.' Jamila wuifde met haar hand.

'Was dat het?' drong ik aan.

'Het?' Jamila trok haar wenkbrauwen op. 'Zou jij het leuk vinden als iemand je geloofwaardigheid in twijfel trok vanwege de kleur van je huid of omdat je niet staand plast?'

'Nee.' Mijn gezicht werd warm. 'Ik bedoelde niet "Is dat het" als in, "Is dat alles?". Ik bedoelde, is dat wat hij zei?'

'Min of meer.'

Ik wilde dieper ingaan op wat de verslaggever had gezegd waardoor ze zo uitviel, maar dat leek niet productief. Erover praten zorgde ervoor dat Jamila zich opkrulde als... als Quill.i.am.

Ik zette mijn handen in mijn zij. 'Je hebt een crisiscommunicatieteam nodig, en ik ben hier om het te leiden.'

Jamila rolde met haar ogen.

'Wacht,' zei Winslow, terwijl hij me opnam. 'Misschien is dit geen slecht idee. Leid de media af met PR-barbie.'

'Hé! Ik sta hier!' viel ik hem in de rede.

Winslow ging door alsof ik niets had gezegd. 'Ze is een Jones. Mensen respecteren hun naam, hun merk. Mensen zullen naar haar luisteren.'

Jamila rimpelde haar neus. 'Ik heb geen crisiscommunicatieteam nodig.'

'Misschien niet,' zei hij. 'Maar misschien ook wel. Op deze manier heb je tenminste iemand naar wie je alle telefoontjes en e-mails kunt doorverwijzen, zodat jij je op je werk kunt concentreren.' Hij knikte naar haar computerschermen.

Ze zuchtte. Toen stond ze op en strekte haar armen boven haar hoofd uit. De beweging maakte haar nek onmogelijk lang en ik kon alleen maar denken aan er een vinger langs laten glijden.

Haar volgende woord bracht me terug in de realiteit. 'Prima.'

'Prima? Echt? Je laat me je crisiscommunicatie leiden?' Ik hield mijn adem in.

'Ja. Doe wat je moet doen. Probeer alsjeblieft de aanspraak op mijn tijd tot een minimum te beperken en doe iets aan al die onzin.' Ze wuifde naar de reportagewagens buiten.

'Absoluut. Ik heb toegang nodig tot Felicia en iedereen die getraind is in bedrijfscommunicatie.'

Haar neusvleugels trilden. 'Je vraagt niet veel, hè?'

'Alleen wat we nodig hebben om dit goed te doen.'

'Oké. Maar niet meer dan tien procent van iemands tijd. Inclusief de mijne.'

Ik beet op mijn lip. Ik zou zeker meer dan vier uur per week van Jamila's tijd nodig hebben. Aangezien ze waarschijnlijk meer zoiets als zestig of tachtig uur per week werkte, kon ik daar misschien tien procent van krijgen. Als ik een langere tijdshorizon gebruikte, kon ik de eisen vooraf zwaar laten wegen, zodat het gemiddeld op tien procent uitkwam over de komende zes maanden. Ik zou het probleem dan allang opgelost hebben.

'Ik heb een assistent nodig,' zei ik. 'Maak je geen zorgen, ik weet precies wie we daarvoor moeten vragen.'

'Moeten vragen?' Ze rolde met haar ogen. 'Ik had kunnen weten dat je het zou overnemen. Je bent een Jones. Nog één ding.' Ze pauzeerde om me in de ogen te kijken. 'Negeer wat Winslow zei. Ik wil niets van die Barbie-onzin. Zorg dat je op de toppen van je kunnen presteert. Je weet wat ik bedoel.'

Ze had het over dat kerstfeest. Ik knikte, zonder mijn stem te vertrouwen dat hij niet zou haperen.

'Oké dan,' zei ze. 'Je kunt het Felicia vertellen. Zij regelt het wel.'

Een bubbelende blijdschap stroomde over in mijn hart. Als ik Jamila's PR-problemen zou laten verdwijnen, zou ze dat vreselijke feest vergeten en me eindelijk als volwassene zien.

Ik huppelde achter haar bureau langs en sloeg mijn armen om haar heen. 'Je zult er geen spijt van krijgen, dat beloof ik.'

Toen mijn handen haar blote schouders raakten, verstijfde ze alsof ik haar een schok gaf. Mijn huid tintelde. Na een seconde ontspande ze zich en haar handen kwamen licht op mijn rug om me dichterbij te trekken.

Het parfum in haar hals was sensueel en bloemig, als jasmijn. Samen met de kokosgeur van haar haar rook ze naar de tropen, naar die keer dat onze familie op vakantie was op Bali en de nachtlucht de delicate geur van jasmijn en vervaagde zonnebrandcrème met zich meedroeg. Ik sloot mijn ogen en stelde me voor dat ik op een strand lag, met warm zand tussen mijn tenen en Jamila naast me.

Voorzichtig trok ze zich terug en liet haar handen van mijn schouders glijden. 'Aan het werk. Denk eraan, tien procent.'

Ik herpakte mezelf genoeg om naar haar te grijnzen. 'Komt voor elkaar, baas.'

Terwijl ik al een sms'je naar Hannah aan het opstellen was, liep ik Jamila's kantoor uit en schoof een stoel aan de andere kant van Felicia's bureau.

'Het lijkt erop dat ik uw nieuwe PR-adviseur ben.'

7

LATER DIE MIDDAG stak ik mijn hoofd om de hoek van Jamila's kantoor. Ze was alleen en stond in dezelfde houding als Winslow eerder, met een schouder tegen het kozijn geleund terwijl ze door het raam staarde. Hoewel het na zessen was, stond de zon van eind april nog hoog aan de hemel en weerkaatste op de auto's die in een lange rij over de weg slingerden, op weg naar huis, huisdieren en gezinnen. Misschien wenste Jamila dat ze naar huis kon, haar gemakkelijke kleren kon aantrekken en lekker tegen Quill.i.am aan kon kruipen. Maar zoals ze me op dat organigram had laten zien, stond zij aan de top en werden al die auto's, huizen en familiediners betaald door het werk dat zij leidde. Ze zou altijd als laatste vertrekken.

'Heb je vandaag gegeten?'

Op het geluid van mijn stem draaide ze haar hoofd abrupt om en keek me met samengeknepen ogen aan. 'Ja. Felicia zorgt ervoor dat ik lunch.'

'Goed.' Ik sloeg mijn armen over elkaar. Jamila was zo slank dat ik me afvroeg of de lunch de enige maaltijd was die ze regelmatig at.

'Ik dacht dat je nu wel naar huis zou zijn', zei ze.

Ik haalde mijn schouders op. 'Vandaag was er veel te doen.'

'Je hebt een deuk in de reportagewagens geslagen.' Ze grinnikte. 'Niet letterlijk, zoals ik zou hebben gedaan. Ik bedoel dat er een paar vertrokken zijn.'

Ik deed de deur dicht, bang voor haar reactie op wat ik nu moest zeggen. 'Ik heb ze voor morgen een persconferentie beloofd.'

'Zijn ze weggegaan omdat je hebt gezegd dat je met ze zou praten?' Ze kneep één oog samen.

'Kom even zitten.' Ik liep naar de zithoek, liet me op de loveseat zakken en zette de mok op de lage salontafel. 'Die is voor jou.'

Haar ogen lichtten op. 'Koffie?'

'Het is na vijven. Het is kruidenthee.'

Ze trok haar lip op. 'Ik mag dan wel ouder zijn dan jij, maar ik ben geen omaatje dat verdomde kruidenthee drinkt.'

'Wauw, oké. Dan drink je het niet.' Misschien was ze chagrijnig van de honger. Ik had ook wat koekjes moeten meenemen. 'Kom zitten.' Ik klopte op het kussen naast me.

Jamila koos in plaats daarvan voor de fauteuil en tuurde naar de goudbruine thee. 'Ruikt naar gras.'

Ik grinnikte. 'Je drinkt matcha. Dat spul ziet eruit als gras.'

'Matcha is wat de coole kids drinken. Kamille – of wat dat ook is – niet.'

'Het is kamille. Probeer een slokje. Het is ontspannend.'

Ze duwde de mok van zich af. 'Nee, bedankt. Dus, waar wilde je het over hebben?'

De volgende keer zou ik een kop decaf voor haar meenemen. Ik wist al dat ze haar koffie zwart dronk, net als haar humeur.

'De persconferentie morgen. Je zult een paar woorden zeggen en dan wat vragen beantwoorden. Ik heb een toespraak voor je opgesteld.' Ik hield een tablet omhoog met de toespraak erop.

Ze pakte hem van me aan en scande het document. 'Ik ga mijn excuses niet aanbieden aan die klootzak.' Ik had niet gedacht dat ze dat zou doen, maar het was het proberen waard.

Langzaam knikte ik. 'Dat kunnen we aanpassen. Zou je bereid

zijn je excuses aan te bieden aan de aandeelhouders en werknemers die negatief beïnvloed zijn door jouw acties?'

Ze perste haar lippen op elkaar terwijl ze erover nadacht. 'Kan ik een woord als "betreuren" gebruiken in plaats van "excuseren"?'

Ik kromp ineen. '"Betreuren" klinkt onoprecht. "Excuseren" of "sorry" zijn directer, en dat past bij jou. We moeten de boodschap overbrengen dat je begrijpt dat wat je deed verkeerd was en dat het niet meer zal gebeuren.'

Haar schouders zakten iets, weg van haar oren. 'Dat kan ik doen.'

Er stroomde een golf van opluchting door me heen terwijl ze het document dit keer langzamer las. Toen ze klaar was, keek ze op. 'Het is niet slecht. Je bent er zelfs in geslaagd het te laten klinken als iets wat ik zou zeggen.'

'Bedankt.' Ik keek naar mijn schoot om mijn blos te verbergen.

'Moet ik het uit mijn hoofd leren?'

'Zorg gewoon dat je er bekend genoeg mee bent zodat je kunt opkijken om oogcontact te maken. Ik stuur je een kopie per email.' Ik pakte de tablet terug, verwijderde de verontschuldiging aan de verslaggever en verstuurde het document.

'Twee minuten praten en een paar vragen beantwoorden? Geen probleem.' Terwijl ze achteroverleunde in de fauteuil, verraadden de lijntjes onder haar ogen hoe uitgeput ze was.

Ik wou dat ik haar naar huis kon laten gaan, maar we waren nog niet klaar.

'We moeten de vragen en antwoorden oefenen.'

'Oefenen? Vertrouw je me niet?'

'Iedereen presteert beter na oefening.'

'Ik treed al op voor de media sinds jij tekenfilms keek en met poppen speelde.' Haar lippen werden nog dunner. 'Ik heb in de loop der jaren wel het een en ander geleerd. Ik heb mijn miljoenen verdiend met niets anders dan de hersenen in mijn hoofd, niet met een trustfonds. Ik heb jou niet nodig om me te leren hoe ik met journalisten moet praten.'

Ik ademde diep in. Ik wist hoeveel voordelen ik had gehad

tijdens mijn jeugd. Ik moest Jamila bewijzen dat dit niet gepaard ging met een gevoel van superioriteit. 'Ik probeer je niets te leren. Ik wil alleen dat je voorbereid bent om alle vragen te beantwoorden die ze op je afvuren en dat je kalm en professioneel blijft.'

'Kalm en professioneel?' Ze sprong op uit de fauteuil en ijsbeerde over het tapijt. 'Ik ben *niets* anders dan kalm en professioneel. Ik zet mijn masker op en lach naar de investeerders en de pers en wie dan ook, zodat ik mijn verdomde bedrijf kan runnen, en ze me met rust laten!' Ze stopte en draaide zich naar me om. 'Dat zou jij moeten weten, met die leeghoofdige schijn die je ophoudt op dat kerstfeest. Op elk feest. Je speelt volgens hun regels, net als ik.'

Haar rake opmerking voelde als een messteek.

Dit ging niet over mij. Het ging erom de slechte PR te laten verdwijnen zodat Jamila zich kon concentreren op het runnen van haar bedrijf. Ik verbeet de pijn en sprong naar haar toe, maar ze schudde de hand die ik op haar schouder legde van zich af. 'Het spijt me. Ik wilde niet impliceren dat je iets anders dan professioneel was.'

Ze wreef met haar duim tussen haar ogen. 'Ik ben moe. Het was een lange dag.'

'Ik weet het. Ik wou dat ik je dit niet hoefde te vragen, maar ik wil er zeker van zijn dat je het uitstekend doet, waarvan ik weet dat je ertoe in staat bent, en dat je voorbereid bent op wat voor belachelijke vragen ze ook op je af kunnen vuren.'

Ze keek me van opzij aan. 'Is het niet jouw taak om de zaal te vullen met mensen die *geen* belachelijke vragen stellen?'

'Ik heb geprobeerd de zaal met zo veel mogelijk medestanders te vullen. Maar mijn motto is: hoop op het beste, maar bereid je voor op het ergste.'

Ze gromde. 'Eerlijk.'

'Kom zitten', zei ik. 'Ik denk dat we het in minder dan een uur kunnen afhandelen.'

'Sta ik morgen niet achter een katheder?'

'Dat is het plan.'

'Dan blijf ik staan.' Ze plantte haar voeten op het tapijt en rolde haar schouders naar achteren. 'Je speelt zoals je traint. Dat is toch wat ze zeggen?'

'Ik...' Ik was te afgeleid door de kolom van haar nek die boven de schouders van haar jasje uitkwam en de glimp van haar sleutelbeenderen boven de ronde hals van haar blouse om helder na te kunnen denken.

'Kom maar op.' Ze hief haar kin.

Juist. Ik was hier om haar te helpen oefenen, niet om te watertanden bij die nek die ik had willen kussen sinds ik haar eerder had omhelsd. Dat wilde ze niet van me. De beledigingen die ze me eerder naar het hoofd had geslingerd – tekenfilms, poppen, trustfondsen en maskers – deden nog steeds pijn. Ze zou me nooit zien als iets anders dan het irritante, bevoorrechte zusje van Jackson. Nooit als een gelijke, als iemand die ze wilde kussen.

Hoewel, als ze me irritant vond, kon ik dat gebruiken om ons te helpen oefenen.

'Dus, Jamila', zei ik, terwijl ik naar mijn tablet keek alsof het een reportersnotitieblok was, 'waarom probeerde je gisteren mijn collega te slaan?'

'Dat deed ik niet...' Ze stopte toen haar schreeuw tegen de kantoormuren weerkaatste en in haar oren nagalmde. Ze schraapte haar keel. 'Ik denk dat de video zal laten zien dat ik in feite niemand heb geslagen.'

'Dat was oké', zei ik. 'Maar ik denk dat de gesprekspunten voor dit soort vragen zijn: één, de verslaggever zei iets beledigends waardoor je boos werd. Wil je vertellen wat het was?'

Ze perste haar lippen op elkaar en schudde haar hoofd.

'Het is waarschijnlijk het beste om je op je reactie te concentreren. Twee, je reageerde onconventioneel...'

'Onconventioneel? Noemen we het zo?'

'Ik denk dat "onconventioneel" beter is dan "grof". Drie, je erkent dat je reactie onverstandig was, en het spijt je voor de impact ervan op je aandeelhouders en werknemers. Laten we het nog eens proberen. Jamila, waarom probeerde je gisteren mijn collega te slaan?'

Ze ademde in en uit voordat ze antwoordde. 'Ik denk dat de video laat zien dat ik niemand heb geslagen. Echter, ik bied mijn excuses aan voor de negatieve impact die mijn onconventionele woordkeuze had op de aandeelhouders en werknemers van Jamilow. Beter?'

'Perfect.'

Na drie kwartier oefenen waren Jamila's antwoorden, ondanks haar norse uitdrukking, klaar voor de persconferentie.

Ik pakte de tablet en stond op. 'Goed gedaan. Ga naar huis en rust uit. Ik zie je morgenochtend om negen uur in de grote conferentiezaal beneden. Draag dat witte pak met een pastelkleurige blouse.'

'Nu ga je me ook nog vertellen wat ik moet dragen? Denk je dat ik niet in staat ben om mezelf aan te kleden?' gromde ze.

'Ik probeer nog een beslissing van je lijstje te halen', zei ik koel. 'Succesvolle mensen beperken het aantal beslissingen over onbelangrijke dingen, zodat ze meer mentale energie hebben voor belangrijke beslissingen. Zoals de zwarte coltrui en New Balance-sneakers van Steve Jobs of de kast vol blauwe en grijze pakken van president Obama.'

Ik dacht dat ik Jamila's kaak een fractie zag ontspannen toen ik langs haar liep.

'Tot morgen', mompelde ze.

Ik kon haar door deze situatie heen helpen zonder in de verleiding te komen om iets met mijn verliefdheid te doen. Want meer was het niet: een jeugdige verliefdheid, een overblijfsel uit mijn kindertijd.

Nu was ik volwassen. Het laatste wat ik nodig had, was een aantrekking tot iemand zo briljant – en stekelig – als Jamila Jallow. Iemand die me nooit als een gelijke zou zien.

8

'NOU, DAT IS ACHTER DE RUG,' zei ik, en probeerde te glimlachen terwijl ik het liefst wilde schreeuwen. Het enige goede aan het hele fiasco van de persconferentie was dat het voorbij was. Ik rende de trap op naar de tweede verdieping en riskeerde daarbij mijn nek te breken om Jamila met haar grote passen voor te blijven.

'Je hebt het fantastisch gedaan,' zei Winslow, die met grote stappen naast haar liep.

Ik keek hem met grote ogen aan. Hadden we naar dezelfde persconferentie gekeken?

'Vind je?' Jamila streek haar blouse glad.

'Absoluut,' zei Winslow. Het was wel erg vroeg voor edibles, maar dat was de enige verklaring voor zijn relaxte houding.

Ik had nu mijn eigen pasje, dus ik haalde het langs de lezer bij de deur van de directiesuite. Ik hield de deur open voor Jamila en Winslow. Maar in plaats van naar de achterste hoek te lopen, sloeg ik rechtsaf en loodste de directieleden het kantoor zonder ramen binnen waar ik me had verschanst. Het was kleiner dan dat van Jamila en net groot genoeg voor twee bureaus, waarvan er één bezet was.

Hannah schrok op toen we binnenkwamen en streek over haar

rok. Haar middenbruine haar was in een paardenstaart uit haar bleke gezicht getrokken en haar zwarte mantelpakje met witte blouse schreeuwde, *beginnende professional*. Hannah, een paar jaar jonger dan ik, maar met een diploma dat ik niet had, was de hulp die ik nodig had, zeker na de persconferentie van vandaag.

'Hoi, Hannah. Dit zijn Jamila Jallow en Winslow Keating-Ashworth. Jamila en Winslow, Hannah is onze nieuwe pr-assistente.'

Jamila schudde haar hand. 'Ik kan me niet herinneren dat ik een assistent heb aangenomen of een pr-budget heb goedgekeurd.'

Hannahs bruine ogen werden groot achter haar bril. Ze leek op een hert dat midden op de weg verstijfd staat terwijl er een vrachtwagen op af dendert.

Ik maakte een wegwerpgebaar. 'Felicia en ik hebben het geregeld. Ga nu maar zitten, dan kunnen we nabespreken.'

Jamila plofte neer in de stevigste van onze twee gastenstoelen. Ik liep om het andere bureau heen om erachter te gaan zitten, waardoor Winslow de wankele kruk zonder rugleuning overhield die ik in een opslagruimte had gevonden. Na rondgekeken te hebben naar een andere optie, ging hij er voorzichtig op zitten.

'Hannah,' zei ik, 'wat zijn de eerste reacties?'

'Iemand heeft het live getweet. Ze vonden het...' Ze keek op van haar beeldscherm.

'Ga door,' zei ik.

'Ze vonden het nogal saai.'

'Precies wat we wilden bereiken,' zei ik opgelucht. 'Professioneel, voorspelbaar, niets aan de hand.'

'Totdat...' Ze kromp ineen.

'Laat maar horen.' Ik wist wat er zou komen.

'Het, eh, spontane moment.'

'Het wát?' vroeg Jamila.

'Volgende keer,' zei ik, 'als je iemand op z'n nummer zet, wacht dan tot na de persconferentie.'

Jamila lachte. 'Oké, hoor.'

Ik kneep mijn ogen tot spleetjes. Ze staarde me boos aan. Winslow plukte een pluisje van zijn botergele broek. Hij was ofwel te aardig of te laf om te helpen.

'Serieus,' zei ik. 'Je kunt niet uit je vel springen tegen iemand tijdens een persconferentie.'

Ze boog haar kin en fronste haar wenkbrauwen. 'Dat kan ik wel als ze over de schreef gaan.'

'Dat is misschien oké in de directiekamer of op je kantoor, maar het is niet oké op een persconferentie.' Ik wenste dat ik kon toevoegen, 'dit hebben we doorgesproken,' maar dat kon ik niet. Dwaas genoeg had ik er niet van gedroomd dat iemand zo'n ongepaste vraag zou stellen. Nog dwazer, ik had nooit verwacht dat Jamila uit de bocht zou vliegen.

'Ik wil dat ze de toegang tot het pand wordt ontzegd,' voegde Jamila eraan toe.

'Oké, maar neem volgende keer een adempauze. Probeer een van die ademhalingstechnieken waar we het over gehad hebben. Als je je dan rustig voelt, beantwoord je de vraag of zeg je: 'Geen commentaar.'

''Geen commentaar?'' Ze sprong op uit de stoel en probeerde te ijsberen, maar de kleine ruimte beperkte haar. Ze vloekte toen ze met haar scheenbeen tegen de zijkant van mijn bureau stootte. 'Zou Mark Zuckerberg dat zeggen? O, nee, laat maar, hij is een *man*. Niemand zou hem ooit zo'n vraag stellen!'

Winslow keek op. 'Ze vragen mannen echt wel met wie ze een relatie hebben.'

'Niet tijdens een verdomde *persconferentie om je excuses aan te bieden!*'

'Hoe erg is het?' vroeg ik aan Hannah.

Ze trok een pijnlijk gezicht. 'Niet best. Ze gebruiken het p-woord weer.'

'Het p-woord?' eiste Jamila, haar handen in haar zij.

'Paranoïde,' zei Hannah, bijna onhoorbaar.

'Het komt wel goed,' zei ik met meer zelfvertrouwen dan ik voelde. 'We proberen een paar andere tactieken en we oefenen onze ademhalingstechnieken.' Ik wierp Jamila een veelbetekenende blik toe. 'Uiteindelijk waait het wel over.'

'Je zei dat het over zou waaien als ik deze persconferentie zou doen.'

Ik ging zo snel staan dat mijn stoel ronddraaide en tegen de muur achter me aan knalde. 'Dat was voordat je voor de tweede keer in twee dagen een verslaggever bedreigde.'

'Misschien hebben we een afleiding nodig,' zei Winslow.

'Geweldig idee.' Ik leunde op mijn bureau. 'Iets positiefs waar de media zich op kunnen richten.'

'Je zou iets kunnen gaan doen met die liefdadigheidsinstelling die je in Austin hebt,' zei Winslow.

'Ik kan het kamp niet zomaar aan- en uitzetten,' zei Jamila bits. 'Ze hebben een schema.'

Haar protest negerend, zei ik: 'Dat is een uitstekend idee, Winslow. Jamila, vertel me meer over het kamp.'

Ik kon de stekels bijna op haar rug zien rijzen, net als bij Quill.i.am. 'Ik wil het kamp er niet bij betrekken. Ik heb hier geen tijd voor. Ik moet me richten op onze lancering.'

Alsof het een teken was, werd er op de deur geklopt en kwam Rhiannon binnenmarcheren met een laptop in haar handen. Vandaag droeg ze weer een poloshirt. Deze was groenblauw, net als Jamila's zeemeerminnagels. 'Daar zijn jullie dan, een beetje staan rondhangen alsof we geen crisis hebben.'

Er borrelde iets warms op in mijn borst. Ze paradeerde rond alsof haar werk zoveel belangrijker was dan het mijne. Ik ging rechtop staan. 'Dat is precies wat we aan het doen zijn. We hebben te maken met een crisis.'

Rhiannon snoof. 'Een of ander toneelstukje in de vergaderruimte? Denk je dat dat een crisis is? We hebben hier een echt probleem.' Ze tikte op haar laptop.

'Wat voor probleem?' Jamila draaide zich om en staarde haar medewerkster aan.

'Een beveiligingslek.'

Jamila gooide haar handen in de lucht. 'Maar InfoSec heeft

alles gecontroleerd. Ze hebben de acceptatiecriteria voor de beveiliging gedocumenteerd!'

'Waar we bij hun controle niet aan voldeden. Iemand heeft wat open-source code gebruikt en dat heeft een kwetsbaarheid geïntroduceerd.'

Jamila wreef tussen haar wenkbrauwen. 'Wat is de schade?'

'Dit gooit ons minstens een week terug,' zei Rhiannon. 'Misschien wel twee.'

'Dat is onaanvaardbaar,' snauwde Jamila. 'Ik wil dat iedereen zich hiermee bezighoudt om dit op te lossen.'

'We draaien al op volle toeren. Een week was mijn optimistische schatting.'

'Eén week. Geen dag langer. We kunnen Moo-Lah ons niet laten aftroeven.'

Ik begreep niet alles wat Rhiannon had gezegd over het beveiligingsprobleem met de app, maar een huiveringwekkende gedachte schoot door me heen: had Rhiannon zelf het lek geïntroduceerd? Was ze de app aan het saboteren, de release aan het vertragen zodat Moo-Lah in het voordeel was? Ze was in de perfecte positie om dat te doen. Nee. Jamila vertrouwde haar. Rhiannon moest dat vertrouwen verdiend hebben. Hoe weinig ik Rhiannon ook mocht, ik had geen reden om aan haar loyaliteit te twijfelen.

Jamila stond al bij de drempel voordat ik doorhad dat ze wegliep.

'Wacht! We zijn hier nog niet klaar,' zei ik.

'Jawel. Ik heb belangrijkere dingen aan mijn hoofd.'

'Nee, dat heb je niet. Als we de boodschap niet omdraaien, zal niemand de app kopen, of je hem nu op tijd uitbrengt of niet.'

'De boodschap omdraaien is jouw taak,' zei Jamila. 'Mijn taak is om dit product te lanceren.' Ze beende de deur uit. Rhiannon wierp me een zelfvoldane blik toe voordat ze haar baas volgde en de deur dichtsmeet.

Winslow stond voorzichtig op en wierp een boze blik op de kruk zonder rugleuning. 'Ik vraag haar al jaren om zich meer op strategie te richten. Maar in tijden van crisis kan ze de roep van de code niet weerstaan.'

Jamila zei dat haar werk de producten was, en mijn werk pr. Daar moest ik me op richten. 'Hannah, denk je dat we wat aandacht kunnen vestigen op Jamila's liefdadigheidswerk?'

'Ik denk dat dat een fantastisch idee is,' zei ze.

'Winslow, kun je me meer vertellen over dit kamp?'

'Ze is ermee begonnen toen ze haar eerste miljoen verdiende. Het is een stichting die codeerkampen organiseert voor meisjes in Austin, haar geboortestad. Ze zijn zo populair dat ze binnen een paar uur na opening van de inschrijving vol zitten.'

'Staat er informatie op de Jamilow-website?' vroeg Hannah.

'Het heeft een aparte website. Ze wil de focus op de kinderen houden, niet op zichzelf.' Hij ratelde het adres op en Hannah typte het in haar telefoon.

Toch kon ik mijn nieuwe verdenking niet loslaten. Het kolkte in mijn maag als slechte sushi. Ik controleerde of de deur dicht was. 'Nog één ding. Hoe lang werkt Rhiannon hier al?'

Hij zuchtte. 'Bijna vanaf het begin. We hebben haar aangenomen na onze tweede financieringsronde. Toen was ze senior ontwikkelaar. Nu leidt ze het ontwikkelteam.'

'Is er altijd zoveel… wrijving geweest tussen haar en Jamila?'

Hij grinnikte. 'Altijd. Ze hebben allebei een sterke mening.'

'Denk je dat ze iets zou doen om Jamila te benadelen?'

Hij keek me scherp aan. 'Zoals het saboteren van de ontwikkeling?'

'Precies.'

'Misschien.' Hij streek een kreukel uit zijn kakibroek glad. 'Ze klaagt de laatste tijd veel dat ze overwerkt is.'

Had Moo-Lah haar geld aangeboden? Een vervroegd pensioen moest voor iemand als Rhiannon wel aantrekkelijk klinken na meer dan een decennium in het tempo van een startup te hebben gewerkt. Ik haatte het om overhaaste conclusies te trekken, maar Jamila had bedrijfsspionage vermoed toen ze de privédetective inhuurde.

'Bedankt voor je eerlijkheid,' zei ik.

'Graag gedaan. Ik moet haar voorbeeld volgen en de handen uit de mouwen steken.' Hij kraakte zijn knokkels.

'Jij codeert ook?' Hij had meer de uitstraling van een MBA-student dan van een programmeur. Ik had nog nooit een programmeur ontmoet met zijn gevoel voor mode.

Hij grinnikte. 'Jamila en ik hebben elkaar ontmoet tijdens de informaticaopleiding op Stanford. Ik zat een paar jaar onder haar en we werkten samen aan de eerste app.'

'Jij was haar eerste medewerker?'

Ik dacht een zure uitdrukking over zijn gezicht te zien flitsen, maar die was weg voordat ik zeker wist dat ik het gezien had. 'Dat was ik. Ik ben nog steeds haar nummer één. Mijn vingerafdrukken staan overal op onze code.'

Ik glimlachte hem dankbaar toe. 'Ik weet zeker dat ze je hulp waardeert. En ik ook.'

Zonder een woord te zeggen, vertrok hij en sloot de deur. Wat kon het hem schelen dat hij werd bedankt door iemand die hier alleen maar was omdat ik me niet door Jamila had laten wegjagen?

Ik zou hem en Jamila ook bewijzen dat ik kon helpen. Terwijl zij de code beheerden, zou ik hun reputatie beheren. Dan zouden ze me wel moeten erkennen.

———

HOE CHAOTISCH HET die dag bij Jamilow ook was geweest, thuis was het erger.

Charles stond met zijn armen over elkaar in de deuropening, een norse uitdrukking op zijn gezicht. 'We vertrekken niet zonder.'

Mijn moeder zette haar vuisten in haar zij. Een losse haarlok ontsnapte uit haar knot en zweefde naast haar gezicht. Haar wangen en borst waren rood. 'Ik krijg eerder een hartaanval omdat ik te laat op het vliegveld kom dan omdat ik een ACE-remmer of twee mis. Het is niet alsof ze die niet in Parijs hebben.'

Hij schudde zijn hoofd. 'We gaan niet naar Parijs zonder je pillen.'

'Zijn dit de juiste?' Sam verscheen achter moeder. Ze was zo stil als een kat de trap afgekomen en hield een handvol oranje flesjes omhoog.

'Nee, die heb ik al doorgekeken,' zei moeder. 'Ze moeten op zijn.'

Ik keek naar haar rode gezicht. 'Wanneer heb je er voor het laatst een genomen?'

'Vanochtend? Ik weet het niet meer.' Ze wapperde met een hand. 'We moeten naar het vliegveld. Onze vlucht gaat over drie uur.'

'Dan halen we je recept wel op bij de apotheek op weg naar het vliegveld,' zei Charles.

Terwijl ze ruzieden of de apotheek wel of niet op de route lag, gebaarde ik naar mijn zus om me de pillenflesjes te laten zien. Een ervan was pijnmedicatie van haar hartoperatie; ik stopte de verlopen pillen in mijn zak om ze later weg te gooien. Een was een hormoonvervanger, maar een ervan was haar ACE-remmer voor hoge bloeddruk. Ik plukte het uit Sams hand en controleerde het. Er zaten nog minstens een dozijn pillen in.

'Hier is het, Charles.' Ik gaf het aan hem. 'Hou op met chagrijnig doen en ga naar het vliegveld.'

Hij gaf me een kus op mijn wang. 'Wat zouden we zonder jou moeten, Natty Bumppo?'

Ik had lang niet zo'n hekel aan die bijnaam als aan hoe Jackson me noemde. 'Veel plezier op jullie reis. Moeder, doe wat minder als een diva, oké?' Ik omhelsde haar.

'Ik ben geen diva,' mompelde ze. 'Bedankt dat je de dag hebt gered.'

'Ga maar.' Ik opende de voordeur.

Charles tilde haar Gucci-koffer op en omhelsde Sam. 'Veel plezier, meiden.'

'Plezier?' Sam trok een wenkbrauw op. 'Ik ben hier om te werken.'

Dat was mijn grote zus. Serieus en saai. Ik kon me niet herinneren dat ze ooit met me had gespeeld toen we kinderen waren. Ze was altijd te druk bezig met computers, samen met Jackson.

'Werk ze dan, schat.' Moeder klopte haar onhandig op haar schouder. 'En laat Bilbo niet op het Aubusson-tapijt kauwen.'

'Is hij hier?' Ik zocht de kamer af naar die kleine duivel.

Niemand hoorde me in de drukte van Charles die mijn moeder de deur uit loodste. Hij viel achter hen dicht, ons even in stilte achterlatend, voordat hij weer openging en het bovenlichaam van mijn moeder door de opening stak om haar handtas van het tafeltje bij de deur te pakken. 'Dag, meiden. Tot over tweeënhalve week!'

Ik liet mijn blik op mijn zus rusten.

Sinds ze haar bedrijf was begonnen, had ze haar garderobe een heel klein beetje verbeterd. Het was nog steeds allemaal zwart, maar in plaats van legerbroeken droeg ze nu een zacht uitziende werkbroek die ze waarschijnlijk via een online advertentie had gekocht. Haar vormeloze vest was verdwenen, vervangen door een trui die maar één maat te groot was voor haar slanke figuur. De mouwen bedekten alles behalve haar ongelakte vingertoppen.

Er klonk een gerinkel en haar hondje verscheen bovenaan de trap, met iets harigs en roze in zijn bek.

Mijn maag keerde zich om. 'Is dat een kauwspeeltje?'

'Nee, ik heb alleen zijn bruine paard meegenomen. Wat is dat, Bilbo Baggins? Breng het hier.'

Kwakkelend met zijn staart galoppeerde hij de trap af. Mijn maag kromp bij elke vrolijke stap ineen. Hij liet zijn prijs aan Sams voeten vallen.

'O, nee.' Mijn Roger Vivier-tas van imitatiebont was bijna onherkenbaar. Het bont was vervilt door hondenspeeksel, de met juwelen bezette sluiting ontbrak en de riem was doorgebeten. Ze pakte hem op en hield hem aan een hoekje vast. 'Is deze van jou? Ik hoop niet dat het een favoriet was.'

Ik wreef over mijn slaap. 'Maakt het uit? Hij is nu toch verpest.'

'Kan ik hem aan je vergoeden?'

'Ik betwijfel het. Hij kostte nieuw tweeduizend dollar. Je zit nog in de opstartfase en ik weet zeker dat je jezelf als laatste betaalt. Je trustfonds had het kunnen dekken, maar oeps, dat heb je weggegeven.'

Ze werd nog bleker dan normaal, waardoor haar sproeten op haar neus en wangen extra opvielen. 'Het spijt me echt. Normaal gesproken maakt hij geen dingen kapot. Hij zal wel nerveus zijn. I-ik… kan ik je in termijnen betalen?'

Ik rolde met mijn ogen. 'Maak je geen zorgen. Zoiets kan ik toch niet dragen naar mijn nieuwe baan.'

'Nieuwe baan?' Haar donkere wenkbrauwen gingen omhoog, waardoor haar diepblauwe ogen buitenaards leken.

'Ik werk voor Jamila als haar pr-consulente.'

Ze trok een grimas. 'Ik hoop niet dat jij haar die dingen hebt laten zeggen.'

Mijn gezicht werd heet. 'Niemand *laat* Jamila iets zeggen. Ze doet wat ze wil. Maar ik werk eraan.'

Ze slaakte een bijna-lachje. 'Succes.'

'Weet jij iets over het bedrijf Moo-Lah?'

Ze rimpelde haar neus. 'Een beetje. Ik heb de CEO, Pavel Thakor, een paar keer ontmoet.'

'Jamila denkt dat ze haar bespioneren. Denk je dat ze ook tot sabotage in staat zijn?'

'Wauw. Dat is een serieuze beschuldiging.'

'Ik weet het.' Ik beet op mijn lip. 'Jamila denkt dat het normale codeerproblemen zijn, maar ik begin te denken dat iemand haar van binnenuit tegenwerkt, betaald door Moo-Lah.'

'Dat weet ik niet, Nat. De meeste techbedrijven hebben het te druk met hun eigen werk om zich met dat van een ander te bemoeien.'

'Maar alles gaat op dit moment mis voor haar.'

'Soms gebeurt dat.' Mijn zus haalde haar schouders op. 'Softwareontwikkeling is creatief werk en dat gaat niet altijd soepel. Het ligt deels ook aan Jamila zelf. Als ze zich meer op de achtergrond zou houden, zou ze niet zoveel in de problemen komen.'

De hitte verspreidde zich van mijn gezicht naar mijn buik. Hoe durfde ze te impliceren dat dit allemaal Jamila's schuld was. 'Niet iedereen wil in de achtergrond verdwijnen zoals jij, Sam. Jamila wil relevant en top-of-mind blijven. Ze zou nooit verbergen wie ze is.'

Sam pakte haar hondje op en begroef haar gezicht in zijn zwarte vacht. Toen ze haar hoofd ophief, waren haar ogen glanzend. 'Ik ga naar bed. Het was een lange dag.'

Ik zuchtte. Waarom was zij nou van streek? 'Ik heb ook een lange dag gehad.'

'Welterusten dan. Tot morgen… misschien.' Ze sjokte naar de achterkant van het huis, haar Doc Martens krakend. Haar hondje grijnsde kwaadaardig naar me over haar schouder, een plukje roze pluis bungelend aan een kleine hoektand.

Dacht mijn zus dat Jamila zich rustiger moest houden? Haar licht verbergen? Absoluut niet. Ik wedde dat Pavel Thakor dat ook dacht. Misschien probeerde hij haar te dwingen een stap terug te doen zodat Moo-Lah onbetwist kon heersen.

Sam deed me aan Rhiannon denken. Ze wilden allebei hun kop laag houden en hun werk doen. Ze vonden pr tijdverspilling. Rhiannon had waarschijnlijk een hekel aan Jamila's assertieve persoonlijkheid. Misschien had Moo-Lah haar iets meer aangeboden: een luizenbaantje als manager of een bonus om een vervroegd pensioen te financieren.

Ik zou erachter komen en dan zouden ze allemaal beseffen dat ik gelijk had. Sam, Jackson, iedereen die dacht dat ik maar wat aankleedde. Als ik het lek vond, als ik bewees dat Rhiannon de informatie had doorgespeeld en Jamilow actief saboteerde, dan zou Jamila dankbaar zijn.

Misschien zou ze me dan zien als een volwassene, als iemand van waarde.

9

DAARNA NEGEERDE IK mijn zus en hield ik de deur van mijn slaapkamer dicht om haar destructieve rat van een hond uit mijn kamer te houden. Het goede aan het feit dat mijn ouders weg waren, was dat ik niet met een Uber heen en weer naar kantoor hoefde, maar door in de vierkante Benz van mijn moeder te rijden voelde ik me honderd jaar oud. Ik merkte dat ik neutrale kleuren droeg en in de achteruitkijkspiegel naar kraaienpootjes zocht.

Eén voordeel: door de zwarte pakken leek ik minder opvallend terwijl mijn plan vorm kreeg.

Maandagmiddag schitterden Mateo's blauwe ogen terwijl hij in zijn handen wreef als een schurk uit een tekenfilm. 'Heb ik een achtergrondverhaal?'

'Een wat?' Ik poetste de glazen van de hightechbril met het opnameapparaatje dat in het pootje was ingebouwd en gaf hem aan hem. We hadden ons geïnstalleerd in de kleine vergaderruimte op de eerste verdieping van het Jamilow-gebouw. De zon wierp lage stralen door de voorramen van het gebouw.

'Je hebt me gevraagd een rol te spelen in je duivelse plan', zei hij. 'Acteurs hebben achtergrondverhalen. Motivatie. Wat is mijn motivatie?'

Ik rolde met mijn ogen. 'Je bent een agent van Moo-Lah, ingehuurd om Rhiannon geld te bieden voor geheimen. Concreet wil je de naam van de partner voor financiële diensten van Synergy.'

Zijn gezicht vertrok. 'Maar we weten de naam van hun partner. Het is—'

'Moo-Lah weet het niet. Tenminste, dat denk ik niet. Denk eraan, je speelt een rol.' Hoe had mijn slimme vriendin Mimi voor zo'n domme spierbundel kunnen vallen?

'Geld zou mijn motivatie kunnen zijn', mijmerde hij. 'Mijn abuela is ziek en ik moet de ziekenhuisrekening betalen.'

'Tuurlijk. Wat voor jou werkt. Pas die bril nu maar.'

Hij zette hem op en keek me aan. Wauw. Hoe kon dat suffe zwarte montuur hem nog knapper maken? Mateo was knap op een potige manier die me normaal niet opwond, maar de bril tilde zijn knappe uiterlijk naar een hoger niveau. Maar tegenwoordig vond ik niemand, van welk geslacht dan ook, aantrekkelijk, tenzij het een lang, prachtig genie was dat de hele dag over code praatte.

Ik wierp een blik op mijn telefoon en zag de bovenkant van mijn hoofd. Ik moest mijn highlights laten bijwerken. Ik schudde mijn haar los en keek weer naar Mateo. 'Zeg nu eens iets.'

'Iets', zei hij. Het woord klonk blikkerig uit mijn telefoon.

'Schattig.' Mijn antwoord kwam ook terug, iets zwakker. 'Je moet dicht bij haar gaan staan als je het aanbod doet.'

'Wat is haar motivatie?', vroeg hij.

'Ook geld. Ze wil stoppen met zwoegen voor Jamila en met pensioen gaan op een of ander strand.'

Hij fronste. 'Dat klinkt niet als een erg goede motivatie.'

'Ik weet het niet. Misschien is haar kat ziek. Of heeft ze een oma.'

'Haar oma zou dan wel erg oud zijn.'

'Dus dan heeft ze waarschijnlijk ook medische rekeningen. Jullie kunnen een band scheppen over de hoge prijs van gehoorapparaten of rollators.'

'Natalie. Jij behoort tot de nul-komma-nul-nul-nul-nul-één

procent. Wat weet jij nou van medische kosten? Of van de nationale ramp die het zorgstelsel van dit land is?'

'Dat doet er niet toe. We kunnen het later wel over de zorg hebben. Nu moet je Rhiannon dat aanbod doen.'

'Je zei dat dit leuk zou zijn. Tot nu toe vind ik er niks aan.'

'Natuurlijk is het leuk. Je mag een kostuum aan. Je hebt je motivatie en je gaat met een vreemde praten. Het is net... improvisatie. Doe alsof dit een acteerles is.'

'Ik heb acteren nooit leuk gevonden. Maar dansen...'

Achter me piepte een sportschoen. Ik gluurde om de hoek. Rhiannon liep met een rugzak over haar schouder naar de deur.

'Daar komt ze aan. Ga, ga, ga.' Ik gaf hem een duwtje, maar Mateo was een berg. Voor hem moet het gevoeld hebben als de aanraking van muggenvleugels.

Gelukkig begreep hij de hint en jogde achter haar aan. 'Hé, Rhiannon!'

Ik kromp ineen toen ik hoorde hoe luid zijn stem echode in de lobby en dook toen achter de muur. Op het scherm van mijn telefoon draaide Rhiannons gezicht omhoog naar de camera. Ik duwde het oortje in mijn oor en haar stem bereikte me zwakjes. Met een klein steekje van schuldgevoel drukte ik op de opnameknop.

Ze keek nors. 'Ken ik u?'

'Nee, maar ik denk dat we gemeenschappelijke belangen hebben', zei Mateo gladjes.

Hij was goed.

'En wat zouden die dan zijn?'

Ik hield mijn adem in. *Alsjeblieft, begin niet over je nep-abuela en haar spit.*

'Ik zoek wat informatie.'

'Wat voor informatie?'

'Het enige wat ik nodig heb, is een naam. Met wie werkt Jamilow samen voor de nieuwe app? Ik kan u goed betalen voor die kennis.'

Ik hield mijn adem in.

'Hoe goed?' Ze kneep haar ogen tot spleetjes.

Oeh! We hadden haar!

'Heel goed. Insulinegeld.'

'Insuline?' Ze rimpelde haar neus.

'Of strandgeld. U zou uw eigen villa kunnen kopen.'

'Geld voor een strandvilla, hm? Voor een naam?'

Ik hield mijn adem in.

'Precies. Noem een bedrag. Een bedrag waarmee u comfortabel met pensioen zou kunnen.'

Weer een norse blik. 'Mooi dat ik dan niet met pensioen ga. Daarvoor vind ik mijn baas veel te leuk. Hé. Bruno.' Ze draaide haar hoofd naar de beveiliger die net zo potig was als Mateo en, afgaand op zijn uitdrukking, zeker gemener.

'Valt deze vent u lastig?'

'Nee hoor. Maar ik zou wel graag willen weten hoe hij hier binnenkomt. Hij is geen werknemer van Jamilow.'

Shit, shit, shit. Moest ik mijn dekmantel opgeven om Mateo te redden? Afgaand op de paniekerige uitdrukking op zijn gezicht, waarschijnlijk wel. Maar hij was een grote vent. Hij kon alles aan wat Bruno hem voor de voeten wierp.

Hoopte ik.

Bruno stapte tussen Mateo en Rhiannon. 'Waar is je pasje, man?'

Mateo graaide in zijn zak en haalde de bezoekerspas tevoorschijn die ik van de vorige beveiliger had gekregen. Verdorie, ik had voor hem getekend! Het beveiligingslogboek zou me verraden. Hoe moest ik Mateo en mezelf uit deze puinhoop krijgen?

'Hé, amigo, het is goed zo.' Mateo hield zijn handen op in een stopgebaar. 'Houd het pasje maar. Ik ga weg.' Hij deed twee stappen richting de uitgang en draaide zich toen om. 'Geen naam?'

Ah. Dit was waarom Mimi voor hem was gevallen. Hij was volhardend en charmant.

Rhiannons lippen werden een dunne streep. 'Geen naam. Zorg dat je dit gebouw uitkomt met je zielige smoel.'

Ik hoefde niet meer te zien. Ik stopte de opname en drukte op de knop om het scherm van mijn telefoon op zwart te zetten.

Rhiannon en Bruno mompelden een paar minuten voordat ik het gepiep van haar sportschoen hoorde. Ik gluurde om de hoek terwijl ze door de glazen deur van de uitgang liep. Ik wachtte nog vijf minuten tot ze in haar auto was gestapt en weggereden, voordat ik mijn haar schudde om mijn gezicht te verbergen en met gebogen hoofd naar de uitgang liep.

'Fijne avond', riep Bruno, vriendelijk en totaal niet dreigend.

'Avond', mompelde ik.

Buiten sloop ik naar Mateo's Jeep en liet me in de passagiersstoel vallen. 'Nou, dat was een kolossale mislukking.'

'Sorry, Nat. Ik heb het geprobeerd.'

'Ik weet het. Je hebt je best gedaan.'

'Ik denk niet dat zij het lek is.'

'Dat gaat een beetje ver, vind je niet? Alleen omdat ze niet in jouw aanbod is getrapt, betekent niet dat ze niet omkoopbaar is. Misschien is ze een trouwe verklikker en praat ze alleen met haar contactpersoon bij Moo-Lah.'

'Ik weet het niet, Nat. Ze leek Jamila nogal te beschermen.'

Hij had gelijk. Dat deed ze. Maar dat betekende niet dat ze niet de bron van het lek was.

'Laten we gaan', zei ik.

Toen Mateo de auto startte, verlichtten de koplampen een tenger vrouwtje in een blauw shirt, kaki broek en met een furieuze uitdrukking.

Ik schreeuwde.

Mateo schreeuwde.

Ze keek boos, liep toen naar mijn kant van de auto en maakte een draaiend gebaar met haar hand.

In elkaar krimpend draaide ik het raampje open. 'Hé, Rhiannon.'

'Niks "hé, Rhiannon". Je zou je diep moeten schamen. Jij ook.' Ze stak een vinger op naar Mateo.

'Het was mijn idee', zei ik. 'Hij deed me alleen een gunst. Ik probeerde Jamila te beschermen.'

'Met uitlokking? Serieus?' Haar boze blik was van wereldklasse. 'Probeer je me een Catherine Zeta-Jonesje te flikken?'

'Een wat doen?'

'Ik ben al langer trouw aan Jamila dan jij op deze wereld rondloopt, meid.'

'Ik denk niet dat dat—'

'Ik zou haar nooit, maar dan ook nooit verraden. Val me niet lastig.'

'Nee, mevrouw', mompelde ik.

Met opgeheven hoofd draaide ze zich om en vertrok.

'¡Mierda! Ik zou *niet* in jouw schoenen willen staan morgen op het werk.' Mateo klikte met zijn tong.

'Ik ook niet.'

———

DE VOLGENDE OCHTEND stopte ik bij de koffiezaak in Mountain View waar Jamila graag kwam en bestelde vier koffie. Zwart voor Jamila, een vanille latte voor Felicia – zij was de sleutel tot Jamila's agenda en ik moest haar tevreden houden – en twee ijskoffies met karamel macchiato, een voor Hannah en een voor mij. Terwijl ik mijn creditcard op de terminal tikte, drukte ik het onheilspellende gevoel weg dat de hele nacht op mijn borst had gedrukt.

De barista, een vrouw van in de zestig, scheurde het bonnetje af. 'Heb je dit nodig voor je onkostendeclaratie?'

'Nee, bedankt. Deze is van mij.'

Ze trok haar wenkbrauwen op terwijl ze mijn ecrukleurige pak en lichtroze blouse bekeek. 'Opgetut voor een speciaal iemand?'

'Gewoon voor mijn werk.'

Haar wenkbrauwen schoten omhoog. 'In die outfit? Iedereen in Silicon Valley draagt spijkerbroeken en petjes naar het werk.'

Ik streek een mouw van mijn blazer glad. 'Mijn baas niet. En je weet wat ze zeggen: kleed je voor de baan die je wilt, niet voor de baan die je hebt.' Niet dat ik Jamila's baan wilde. Dat klonk afschuwelijker dan kreeftenmoordenaar.

'Eigenlijk', bekende ik, 'heb ik gisteravond iets stoms gedaan. Ik heb een soort harnas nodig om dapper genoeg te zijn om terug te gaan.' De bal van angst was terug en vulde mijn maag. Misschien kon ik mijn koffie aan Rhiannon geven. Nee, ze zou het waarschijnlijk als nog een omkooppoging zien.

'Ik heb een designerpak nooit als een harnas gezien, maar jij moet het weten.' Ze leunde over de toonbank. 'Zet hem op, meid.'

'Bedankt. Fijne dag.'

Toen de koffie klaar was, nam ik die mee naar de Benz en zette de houder in de middenconsole.

In het Jamilow-gebouw gaf ik twee bekers aan Felicia. Jamila zat al in haar ontwikkelaarsvergadering van dinsdagochtend, maar Felicia inhaleerde die van haar met een dankbare glimlach.

Punt gescoord.

Mijn geluk hield aan, want Hannah en ik zaten de hele ochtend in ons kantoor telefoontjes van journalisten te beantwoorden en strategieën voor de volgende stappen te bedenken. Ik had een lijst met manieren waarop Jamila positieve publiciteit kon genereren op mijn tablet toen we de gang afliepen naar onze dagelijkse vergadering met Jamila.

De programmeerteams hielden dagelijkse 'stand-up meetings', en ik had dat concept gekopieerd voor onze updates. We stonden letterlijk – zodat niemand zich comfortabel genoeg voelde om lang van stof te zijn – en gaven razendsnelle updates over onze voortgang en de focus van de dag. Hoe weinig Jamila ook over PR wilde praten, in deze kleine doses kon ze het aan. We hadden tien minuten van het lunchuur dat Felicia zo fel bewaakte.

Maar vandaag was er een extra persoon in Jamila's kantoor.

Rhiannon.

'O, hé, zijn we te vroeg?', vroeg ik.

We waren niet te vroeg. We waren precies op tijd, zoals Jamila het graag had.

Jamila keek op haar telefoon. 'Nee, ik was nog even met Ree aan het afronden.'

Ik slaakte een zuchtje van verlichting. Ze ging weg.

'Ik blijf vandaag graag', zei Rhiannon, met boosaardigheid die haar whiskybruine ogen deed oplichten. 'Eens zien hoe de PR-inspanningen verlopen.'

Mijn hart zonk in mijn schoenen. Ik was zo de pineut.

'Echt waar?', vroeg Jamila.

'Het wordt echt heel saai', zei ik. 'We gaan het alleen hebben over hoe we Jamila's profiel in de gemeenschap kunnen versterken.'

'Ik denk dat we het moeten hebben over de PR-activiteit van gisteravond', zei Rhiannon, terwijl een grijns haar lippen omhoog trok.

'De persconferentie?', vroeg Jamila. 'Dat was dagen geleden. We hebben al een evaluatie gedaan. Ik weet dat ik de pers niet mag bedreigen. Zorg dat dat op je lijst staat, Nat.' Ze knipoogde.

Rhiannon zei: 'Waarom vertel je Jamila niet wat jij en die oen gisteravond na het werk hebben gedaan, Natalie?'

'Een oen?' Jamila trok haar perfecte wenkbrauwen op. 'Had je een date, Nat?'

'N-nee.' Ik wenste dat er een valluik in Jamila's kantoor zou opengaan en me naar een kerker zou zuigen. Dan was ik tenminste veilig voor Jamila's scherpe ogen.

Maar er was geen ontsnappen aan. Ik had nog maar acht minuten voordat Felicia ons allemaal eruit zou gooien.

'Ik... ik probeerde het lek te vinden. Dus heb ik een val opgezet.'

'Een val?', vroeg Jamila. 'Voor wie?'

Ik wierp een blik op Rhiannon, maar ze sloeg alleen haar armen over elkaar voor haar lichtblauwe poloshirt.

'Voor Rhiannon.' Ik zuchtte diep. 'Ik dacht dat zij misschien het lek was.'

Naast me hapte Hannah naar adem.

'Ik', zei Rhiannon. 'Een van je langstzittende medewerkers. Ik heb een vaste baan met een pensioenplan en onbeperkte vakantie-dagen opgegeven om hier te komen. Herinner je je de paar maanden nog dat we niet op tijd betaald kregen?'

Jamila knikte, met een uitdrukkingsloos gezicht.

'De eerste drie jaar heb ik geen vrij genomen. Geen enkele ziektedag, omdat ik in Jamila geloofde toen bijna niemand anders dat deed. Soms waren het alleen Winslow en ik. En ja, ik had een paar jaar geleden met pensioen kunnen gaan als ik mijn aandelen-opties had verkocht, maar ik bleef. Ik wilde niet eens een promotie naar deze directieverdieping—'

'Je hebt die geweigerd', onderbrak Jamila haar.

'Absoluut', zei Rhiannon. 'Het enige wat ik wil, is geweldige software maken. Ik wil geen villa aan het strand. Nog niet. Maar als ik die wel wil, geloof me, dan red ik me wel. Zolang de aandelen van Jamilow niet kelderen.'

Ik sloot mijn ogen. Waarom had ik daar niet aan gedacht? Net als bij Winslow en Jamila was Rhiannons vermogen verbonden aan Jamilow. Ze had nul reden om het bedrijf te saboteren.

'Het spijt me echt', zei ik. 'Het was verkeerd van me om je te proberen om te kopen.'

'Je hebt Rhiannon proberen om te kopen?' Jamila's stem was luid genoeg om in de volgende postcode te horen.

'Dat heb ik gedaan. Het spijt me. Ik zal nooit meer aan je twij-felen, Rhiannon.'

Rhiannon zei niets. Het was me niet vergeven.

'Ik heb me door jou laten overhalen om deze PR-onzin te doen. Zorg niet dat ik er spijt van krijg.' Jamila's stem was ijskoud. 'Blijf bij je leest, Natalie. Alleen PR. Laat mijn werknemers met rust.'

'Ik... ik...' *Ik probeerde alleen maar te helpen.* 'Ik begrijp het.'

'Natalie bedoelt het goed', zei Hannah met een stem die bijna te zacht was om te horen. Ik knipperde met mijn ogen naar haar. Ze zei nooit iets in het bijzijn van Jamila. Jamila joeg haar de stuipen op het lijf.

'Het kan me niet schelen waar Natalie's hart is. Ze moet zich verdomme met haar eigen zaken bemoeien. Begrepen?' Jamila blafte de laatste twee woorden naar me, maar Hannah kromp ineen.

'Begrepen. Sorry. Nogmaals. Nu, we hebben een lijst met ideeën—'

De kantoordeur zwaaide open en Felicia stond in de deuropening, haar handen in haar zij. 'Tijd om. Iedereen eruit. Jamila heeft wat rust nodig.'

'Maar—'

'Mail het maar', zei Felicia.

Mijn schouders zakten onder het gewicht van mijn teleurstelling. Ik had mijn kans om Jamila te helpen verknald.

Rhiannon liep met opgeheven kin de kamer uit. 'Tot later, Jamila.'

Hannah schuifelde naar buiten en ik sloop achter haar aan. Nadat Felicia de deur had dichtgedaan, bleef ik bij haar bureau hangen. 'Is er een kans dat ik haar later vijf minuten kan spreken?'

'Nee. Ze vertrekt vanmiddag voor een reis.'

'Een reis? Waarheen?'

'Austin. Ze starten deze week met de programmeerkampen. Ze mist nooit de eerste dag.'

'Wacht. Ze gaat naar Austin en brengt tijd door met meiden die leren coderen op een kamp dat ze heeft opgericht?'

'Jep.' Felicia opende haar la en haalde haar handtas tevoorschijn. Ze slingerde die over haar schouder, een duidelijk signaal dat het tijd was voor mij om te vertrekken zodat zij kon gaan lunchen.

'Dat is perfect! We maken wat foto's en geven die aan de media. Iedereen zal weten hoe geweldig ze is.'

Felicia tuitte haar lippen. 'Ik weet niet hoe enthousiast Jamila daarover zal zijn. Ze is niet iemand die tienermeisjes uitbuit.'

'Het is geen uitbuiting van de meiden. Het is de aandacht vestigen op het goede werk dat Jamila doet. Wil je niet dat mensen zich daarop concentreren in plaats van op haar misstappen in de media?'

'Natuurlijk wel. Maar ik weet niet zeker of Jamila het zo zal zien.'

'Stuur me haar vluchtinformatie, dan ga ik met haar mee. We houden het laagdrempelig. Ik maak wat foto's en post die op sociale media. Geen journalisten. Ik boek zelfs mijn eigen reis. Oké?'

'Ik denk dat dat wel goed is. Ik mail je haar reisschema na de lunch.'

Ik trilde van opwinding. 'Perfect. Heel erg bedankt!' Ik knuffelde haar.

Ze perste haar lippen op elkaar en streek denkbeeldige kreukels uit haar blouse. 'We zullen zien of je me nog bedankt als Jamila erachter komt dat je meegaat. Veel succes.'

'Geniet van je lunch!'

Ik huppelde bijna door de gang naar mijn kantoor. Ik had de perfecte manier gevonden om Jamila te helpen en mijn fout te doen vergeten.

10

ONDANKS DE COCKTAIL die voor haar op de bar stond, betrok Jamila's gezicht toen ik naast haar in de first-classlounge op de luchthaven ging zitten.

'Heeft Felicia je niet verteld dat ik mee zou komen?' Ik hing mijn draagtas aan het haakje onder de bar.

'Jawel, maar verwacht niet dat ik er blij mee ben.'

Ik wenkte de barman en zei: 'Ik weet dat je boos op me bent. Ik snap het. Maar ik kon deze kans niet laten schieten. We gaan veel aandacht genereren op social media en hopelijk verdringt dat de negatieve aandacht.'

'Ik financier de kampen niet voor social media.' Ze bracht het glas naar haar lippen, nam een flinke slok en zette het weer neer. 'Ik doe het omdat ik wou dat ik naar een codeerkamp had kunnen gaan toen ik jonger was, zodat ik andere meisjes zoals ik had kunnen ontmoeten. En zodat ik een voorbeeld zou zien van een zwarte vrouw die het gemaakt had in de techwereld.'

Ik wreef over het kippenvel dat op mijn armen verscheen. 'Ik weet het. Ik wil niet verstoren waar je mee bezig bent. Het enige wat ik wil, is iedereen het goede laten zien dat je doet. Je bereik vergroten. Misschien zien andere meisjes wat je doet en gaan ze op zoek naar zoiets in hun eigen stad, of besluiten ze een helpende hand uit te steken naar een ander zodra ze het zelf gemaakt hebben.'

'Het gemaakt', schamperde ze. 'Bestaat zoiets überhaupt? Is er ooit een platform waarop je kunt staan en denken: "Dit is genoeg. Ik heb het gemaakt"? Als dat zo is, heb ik het nog nooit gezien.'

Ik nam een afgemeten slokje van mijn wijn. 'Ik denk dat sommige mensen zo zijn. Jackson, bijvoorbeeld. Hij is gelukkig precies waar hij is, met coderen en met zijn gezin zijn beste leven leiden. Maar jij bent meer zoals mijn moeder, altijd strevend naar het volgende succes.' Ik zei niet: *Nooit tevreden met wat ze heeft.* Hoe kon ze tevreden zijn met een dochter die haar leven maar niet op de rit leek te krijgen?

'Jij bent ook zo.' Ze bekeek mijn gezicht. 'Je zou een socialite kunnen zijn, dure kleren dragen en feestjes geven. En soms speel je die rol.' Ik bloosde toen ik dacht aan het rampzalige feestje bij Billie. 'Maar daar neem je geen genoegen mee. Je probeert jezelf altijd te verbeteren met al die opleidingen en carrières.'

'Huh.' Had ze gelijk? Kon ik geen carrière kiezen omdat ik altijd naar het volgende streefde? Het antwoord voelde niet goed vanbinnen. 'Ik denk niet dat dat het is. Ik denk dat ik iets moet vinden wat ik leuk vind om te doen. En zodra ik dat doe, zal ik tevreden zijn. Gelukkig.'

Ze hield haar hoofd schuin. 'Als je dat doet, vertel me dan hoe het is.'

'Zal ik doen.' Ik hief mijn glas. 'Op geluk.'

Ze tikte haar glas tegen het mijne. 'Op geluk.'

———

HET KAMP VOND plaats in een studentenflat op de campus van de Universiteit van Texas. Felicia vertelde me dat Jamila net als de kampeerders in de slaapzaal verbleef, maar ik had een hotelkamer in de buurt geboekt. Ik was half bang dat Jamila me als ongenode gast eruit zou schoppen, en half vond ik studentenkamers gewoon vies. Er was een reden dat ik maar een jaar op de universiteit was gebleven.

Binnen in het beigekleurige bakstenen gebouw wapperde ik met mijn notitieblok naar mijn gezicht, dankbaar voor de airconditioning. Het was pas negen uur 's ochtends, maar mei in Austin was nu al heet. Ik wou dat ik niet had gedacht dat een zijden blouse, blazer en spijkerbroek een geschikte outfit waren voor een codeerkamp.

Ik trok voorzichtig mijn jasje uit en vouwde het over de rugleuning van een stoel aan de rand van de eetzaal, waar ik de meisjes kon zien. Hun leeftijd liep uiteen van twaalf tot achttien, met elke huidskleur denkbaar. In het midden van elke ronde eettafel kwam een wirwar van stroomkabels van hun laptops samen in een stekkerdoos.

Ik besefte mijn fout zodra ik Jamila op het podium zag. Het gekletter van toetsenborden en het geroezemoes van gesprekken stopten zodra ze het verhoogde platform tegenover de deuren van de kantine betrad.

Mijn fout? Denken dat ik naar Austin kon komen en niet beïnvloed zou worden door Jamila's nonchalante zelfvertrouwen terwijl ze het podium op slenterde. Ze droeg een afgescheurde spijkershort en een T-shirt met het logo van het kamp op haar borst. Haar gespierde benen leken eindeloos in die short. Ik moest op mijn tong bijten om hem niet als een wolf in een tekenfilm uit mijn mond te laten rollen.

'Welkom op het codeerkamp!' Jamila's stem schalde door de luidsprekers tot achter in de zaal. De meisjes juichten en klapten. Toen ze stil werden, ging Jamila verder: 'Het is nog niet zo lang geleden dat ik op mijn kamer in het huis van mijn oma zat om mezelf te leren coderen. Toen had ik een dikke paperback die ik uit de bibliotheek had geleend en een tweedehands desktopcomputer die ik had gekocht met geld dat ik had verdiend met babysitten en honden uitlaten. Ik deelde de kamer met mijn twee broertjes, die me plaagden omdat ik een nerd was. Steek je hand op als iemand je zo heeft genoemd.'

Veel handen gingen de lucht in door de hele zaal.

'Nou, nerds, laten we onze passie omarmen en trots zijn. Laten we het woord *nerd* terugnemen en onszelf vieren. Laten we blijven doen waar we van houden en in onszelf geloven, ondanks de pessimisten die denken dat meisjes niet kunnen coderen. Laten we ze deze week het tegendeel bewijzen.' Haar 'Wat zeggen jullie ervan?' werd overstemd door gejuich.

Ik had nooit een programmeur willen worden zoals mijn broer en zussen, maar die dag wenste ik dat ik dat wel had gewild. Ik wenste dat ik iets had gevonden dat me in vuur en vlam zou zetten, net als de honderd meisjes in die zaal.

De kampleidster, een energieke Latina van ongeveer mijn leeftijd, nam Jamila's plaats op het podium in en sprak een paar minuten over de codeeropdracht van de week. Daarna gingen de meisjes aan het werk. De begeleiders liepen tussen de tafels door en beantwoordden vragen. Ik nam de ene na de andere foto en probeerde de vreugde in de bewegingen en uitdrukkingen van de meisjes vast te leggen. Jamila liep naar een van de jongere meisjes, die met gevouwen armen naar haar laptopscherm fronste. Ik rende erheen om de interactie mee te maken.

'Wat is er aan de hand'—Jamila las het naamkaartje van het meisje—'Ana Maria?'

Het meisje gooide haar zware zwarte vlecht over haar schouder. 'Mijn programma doet het eerste, maar dan loopt het vast. Het doet het tweede niet, ook al heb ik dat wel in de code gezegd.'

'Dat overkomt me voortdurend.' Maar in plaats van Ana Maria te vertellen hoe ze het moest oplossen, stelde Jamila haar vragen over hoe ze het probleem kon benaderen. Terwijl ze praatten, smolt de frons van het gezicht van het meisje. Ik maakte zo snel als ik kon foto's.

Na een paar minuten lichtten Ana Maria's ogen op. 'Dat is het! Dat is wat ik verkeerd deed!' Ze tuurde naar het scherm, positioneerde haar cursor en typte een paar commando's in. Een seconde later riep ze: 'Het is gelukt!'

Jamila stak een vuist uit en Ana Maria gaf haar een boks. 'Goed zo!'

'Dank u, Jamila.' Ana Maria richtte haar aandacht weer op het scherm en Jamila liep verder.

Tijdens de lunch bemachtigde ik een stoel naast haar.

Ze keek me aan. 'Wat, ga je de lunch niet ook documenteren?'

'Nee hoor. Je kunt je boterham in alle rust opeten.' Ik knikte naar haar bord. 'Dat heb ik Felicia beloofd.'

Ze grinnikte. 'Felicia denkt dat ik niet genoeg eet.'

'Ik wed dat je het zou vergeten als ze je er niet aan herinnerde.'

'Misschien. Soms vergeet ik het in het weekend.'

'Je hebt een weekend-Felicia nodig.'

'Nee, dank je.' Ze kraakte een chipje. 'Ik heb mijn weekenden graag voor mezelf. Niemand die me vertelt wat ik moet doen.'

'O, kom op. Je bent de CEO van je bedrijf. Niemand kan je iets laten doen wat je niet wilt doen.'

'Echt? Denk je dat?' Jamila nam een slokje water. 'Iedereen vertelt me wat ik moet doen. Het bestuur, Felicia, mijn managementteam, Kenneth Royal, en zelfs jij, mevrouw de baas. Ik kan niet eens een paar dagen weg zonder dat je me volgt en me opdraagt om voor de camera te lachen.'

'Ik heb je niet opgedragen.' Ik zette mijn vork neer met een gekletter dat werd verzwolgen door het lawaai in de eetzaal. 'Ik maakte spontane foto's. Ik heb nooit een woord gezegd.'

'Hmpf. Nou, ik was me constant bewust van jou met die telefoon. Je had me net zo goed kunnen opdragen.'

'Sorry.' Ik vond het vreselijk dat ik haar plezier in het kamp had bedorven. 'Wil je dat ik de rest van de dag stop?'

'Nee joh. Het is goed. Ik weet dat je probeert te helpen.'

Mijn borst zwol op. 'Ik beloof het, je zult de posts geweldig vinden. Ik heb een paar geweldige foto's gemaakt. Je doet zo veel voor deze meisjes.'

'Dank je.' Ze pakte haar boterham en nam een hap.

'Ik zag dat je nog een nacht blijft. Ga je je oma bezoeken?'

Haar mondhoeken krulden omlaag terwijl ze kauwde. Ze slikte met moeite. 'Nee joh.'

'O. Is ze—'

'Ze is overleden.' Ze depte haar lippen met haar servet. 'Tien jaar geleden.'

'O.' Mijn handen voelden te groot, dus ik vouwde ze in mijn schoot. 'Het spijt me.'

'Het is goed. We waren niet zo close.'

'Maar je—'

'We waren verschillend, oké? Ze begreep me nooit, en ik begreep haar verdomme ook nooit.'

Ik trok een grimas. Plotseling was de airconditioning te veel. Ik rilde. 'Sorry.'

'Maak je geen zorgen. Het is lang geleden.' Ze ging verder met haar boterham. De kampeerder aan de andere kant van haar stelde haar een vraag, dus ik vroeg de begeleidster naast me hoe zij bij het kamp betrokken was geraakt. Voor ik het wist, was de lunchpauze voorbij.

De middag was meer van hetzelfde: meer codeertijd, en daarna deelden een paar van de meisjes hun programma's met de groep. Het avondeten zou een picknick op het grasveld zijn, en ik hoopte meer foto's te kunnen maken van Jamila die in het vroege avondlicht met de meisjes omging. De schaduwen speelden graag met Jamila's botstructuur, accentueerden haar sterke jukbeenderen en haar volle onderlip. Ik kon niet wachten om het in hoge resolutie op mijn telefoon vast te leggen.

Terwijl ik achter de laatste meisjes de zaal uit liep, zag ik Jamila met twee reusachtige mannen. Ze droegen spijkerbroeken en poloshirts, de een in bordeauxrood en de ander in gebrande oranje. Een van hen gaf haar een duw tegen haar schouder, en de ander ving haar hardhandig op.

Wat krijgen we nou?

Ik sprintte om haar te helpen.

11

'HÉ! STOP! LAAT HAAR LOS!' schreeuwde ik.

De twee mannen waren gebouwd als kleerkasten, maar ik was te opgefokt om bang te zijn. Ik rende naar de man die Jamila vast-hield en bonsde op zijn schouder. Zijn spieren onder zijn bordeauxrode shirt gaven geen krimp, maar hij keek wel naar beneden.

'Wat is dit nu?' Hij greep mijn hand, maar daardoor liet hij Jamila in ieder geval los. Buiten adem deed ze een stap achteruit.

'Ren! Haal hulp!' schreeuwde ik.

'O, ik mag haar wel,' zei de man in het oranje. 'Pittig.'

'Laat haar los, Jevin,' zei Jamila.

'Maar ze valt me aan,' zei hij. 'Afgaande op haar kleding, zou dat een zeer lucratieve rechtszaak kunnen zijn.'

'Alsof jij om geld verlegen zit,' snoof ze. 'Als je haar niet loslaat, zou ze je zomaar een klap kunnen verkopen. Dan klaagt *zij* jou aan als ze haar hand breekt.'

'Ik weet heus wel hoe ik moet slaan zonder mijn hand te breken,' snauwde ik.

Tegelijkertijd zei hij: 'Mij *aanklagen?* Onwaarschijnlijk.' Hij liet mijn hand los, deed een stap achteruit en haalde zijn schouders op.

'Gaat het?' vroeg de andere man. 'Moet ik even naar je hand kijken?'

'Nee. Dank je.' Wat voor aanvallers waren dit? 'Jamila, gaat het met jou?'

'Met mij gaat het prima.' Ze rolde met haar ogen. 'Natalie, dit zijn mijn broers, Jevin en Jaleel Jallow. Jongens, dit is Natalie Jones. Ze doet wat pr-werk voor me.'

'Noem me maar J.J.' De man in het oranje shirt stak zijn hand uit. Zijn handdruk was verrassend zacht.

'Wacht. Jullie zijn allemaal J.J. Met z'n drieën.'

Toen hij grijnsde, staken zijn stralend witte tanden af tegen zijn volle, donkere lippen. De familiegelijkenis trof me. Waarom had ik niet gezien dat het gewoon gestoei tussen broer en zussen was en me er niet mee bemoeid?

'Zij is een meisje. Niemand zou haar zo'n bijnaam geven. Zij is Mila. Ik werd J.J. omdat ik de oudste ben, en hij is gewoon Jevin.'

'*Gewoon* Jevin? Ik ben de knapperd.' Zijn grijns was net zo sprankelend. Sterker nog...

'Zijn jullie een tweeling?' Ik keek van de een naar de ander. Jevin gedroeg zich wat nonchalanter, en J.J. stond zo recht als een sequoia, maar verder waren ze identiek.

'Dat zijn ze,' zei Jamila. 'Een totale nachtmerrie.'

'We pakten je alleen maar terug voor al het leed dat je ons aandeed toen je groter was dan wij,' zei Jevin. 'Honderd procent eerlijk.'

'Ah.' Ik herinnerde me haar speech van eerder. 'Dit waren de broers die je een nerd noemden.'

'We waren snotneuzen,' zei J.J. 'Natuurlijk noemden we onze studieuze grote zus een nerd. Alles om haar zover te krijgen dat ze haar gezicht van het computerscherm zou halen en ons zou opmerken.'

'De vraag is, wat doen jullie hier?' vroeg Jamila. 'Ik kan me heel goed herinneren dat ik jullie *geen* appje heb gestuurd.'

'We weten dat je altijd voor de eerste dag komt.' Jevin haalde zijn schouders op. 'We wilden je zien.'

'Wat als ik het druk had?'

'Druk?' Hij keek naar mij, en toen keek hij nog eens. 'O, ik snap het.'

Jamila sloeg op zijn gespierde arm. 'Niet op die manier. Ik bedoelde dat ik het druk heb met het kamp.'

Niet op die manier. Natuurlijk niet. Ik wou dat het wel zo was.

'Te druk om met je broers uit eten te gaan?' Jevin zette zijn beste puppyogen op.

Ze zette haar handen in haar zij. 'Jullie laten me toch niet voor de rekening opdraaien?'

'Jij bent miljardair,' zei J.J.

'Jullie doen het ook prima,' zei ze. 'En wie heeft jullie school betaald?'

'Jij.' Toen hij naar zijn sneaker keek, ving ik een glimp op van hoe hij geweest moest zijn toen hij kleiner was dan Jamila. J.J. was de stille.

'Wij betalen,' zei Jevin. 'Kom op nou. Jij ook, Natalie. Ik wil alles horen over dat pr-werk.'

Maar tijdens de rit naar het restaurant kreeg ik geen vragen over de pr. Ik zat op de achterbank van Jevins zwarte Escalade naast J.J., terwijl Jamila en Jevin voorin ruzieden over waar we naartoe gingen, Jevins rijstijl en of de airconditioning aan moest of de ramen open. Uiteindelijk parkeerde hij op een grindparkeerplaats naast een keet.

Een letterlijke keet.

Een lukrake verzameling picknicktafels stond verspreid over het armoedige gras, bezet door allerlei soorten mensen, de meesten casual gekleed, maar een paar in pak met hun jasjes naast zich op de banken gevouwen.

Toen ik geen aanstalten maakte om uit te stappen, stak J.J. zijn hoofd weer in de auto. 'Kom je, Natalie?'

'Wacht, ik... ik dacht dat het weer een grap was. Gaan we hier echt eten?'

'Texanen maken geen grappen over barbecue,' zei hij. 'Dit is de beste barbecuetent in Austin.'

Ik gleed uit de SUV.

'Zoek een tafel voor ons, Mila,' zei hij. 'Wij gaan in de rij staan.'

Pas toen J.J. het noemde, zag ik de rij. Hij strekte zich bijna uit tot aan de parkeerplaats. Terwijl de twee mannen naar het einde van de rij slenterden, keken verschillende vrouwen hen na. Een paar schudden waarderend hun hoofd.

'Kom op.' Jamila greep mijn hand alsof ik zes was en sleepte me mee naar een tafel waar een groep mannen in versleten spijkerbroeken en laarzen net was opgestaan. 'Zijn jullie klaar, jongens?' vroeg ze met een mierzoet stemmetje.

'Jep.' Een lange man zette een strooien cowboyhoed op zijn hoofd en veegde een sausvlek van de tafel. De netheid van zijn beweging, samen met zijn zandblonde haar en blauwe ogen, herinnerde me aan Cooper Fallon. 'Hij is helemaal voor jullie.' Hij knipoogde.

'Bedankt, cowboy.' Ze grijnsde.

Met brandende wangen probeerde ik mijn hand los te trekken zodat ze fatsoenlijk terug kon flirten, maar ze hield hem stevig vast.

Hij pakte een bierflesje van de tafel en hield het omhoog als een toost. 'Nog een fijne avond, dames.'

'Dank je. Jullie ook.' Ze ging op de bank zitten en schoof op zodat ik naast haar kon zitten.

Maar ik ging niet zitten. Ik griste wat papieren handdoekjes van de rol in het midden van de tafel en begon hem schoon te vegen. 'Je hoeft hier niet bij mij te blijven,' mompelde ik. 'Je kunt… je kunt met hem praten als je wilt.' Ik boende een vlek, maar die was zo oud dat hij deel uitmaakte van het hout.

'Met wie praten?'

'Die cowboy.' Ik knikte in zijn richting. Hij en zijn vrienden liepen richting de parkeerplaats.

'Waarom zou ik dat doen?'

'Hij… jullie… jullie waren aan het flirten. Hij is jouw type. Wil je zijn nummer niet?'

'Flirten? We waren gewoon vriendelijk. Zo zijn de mensen hier. We bedoelen er niks mee.'

'O?' Ik veegde nog een onzichtbare vlek weg.

'En ik heb geen type,' zei ze. 'Behalve mensen die slim en interessant zijn.'

Twee woorden die mij zeker niet beschreven. Ik frommelde het papieren handdoekje op en zocht een prullenbak.

'Je wangen zijn rood. Ben je verbrand?' Ze tuurde naar mijn gezicht.

Ik wilde me verstoppen, maar de eetgelegenheid buiten bood totaal geen beschutting. 'Ik weet het niet. Misschien.' Ik zag een prullenbak en liep erheen om de prop papieren handdoekjes weg te gooien. Ik haalde diep adem om het blozen te laten afkoelen, maar de lucht was allesbehalve koel. Zelfs met de zon die net boven de verre bomen bij de rivier hing, was het heet en plakkerig.

'Ik vergeet altijd hoe veel sterker de zon hier is,' zei Jamila toen ik terugkwam bij de tafel. 'Ga met je rug naar de zon zitten. Ik wil niet dat je je mooie huid verbrandt.'

'Vind je mijn huid mooi?' Ik ging tegenover haar op de bank zitten en raakte mijn wangen aan, die vlamden door het compliment.

'Natuurlijk vind ik dat.' Ze rolde met haar ogen. 'Het is net perzik met room.'

'Jouw huid is prachtig,' flapte ik eruit. Toen sloot ik mijn ogen om haar gezicht niet meer te zien. *Wat een belachelijk iets om te zeggen!*

Maar ze zei: 'Dank je.' Toen ik mijn ogen opendeed, glimlachte ze naar me, haar ogen rimpelden in de hoeken en de appels van haar wangen glansden in het vroege avondzonlicht.

Ik zou iets stoms hebben gedaan, zoals over de tafel reiken om haar stralende gezicht aan te raken, als haar broers niet op dat moment waren komen aanstrompelen met bierflesjes in hun handen.

'Het eten duurt nog even, maar we hebben dit alvast,' zei J.J.

Hij probeerde me een bruin flesje te geven, maar ik hield een hand op. 'Nee, dank je, ik hou niet van bier.'

'Geen bier? Wat kan ik dan voor je halen?'

Ik kon me niet voorstellen dat de keet een fatsoenlijke wijnkaart had. 'Water is prima.'

'Ik weet precies wat je nodig hebt,' zei Jevin. Hij knipoogde en liep terug naar de keet.

Een minuut later was hij terug met een rode Solo-beker, met een partje limoen op de rand. 'Ranch water met een flesje water ernaast.' Hij zette een flesje water neer.

Ik rook aan het bruisende drankje. De geur van alcohol en citrus steeg eruit op. Ik nam een voorzichtig slokje. Het smaakte aangenaam bubbelig en limoenachtig met een scherp randje van alcohol. 'Wat is het?'

'Bruisend mineraalwater, tequila en een kneepje limoen. Dat is wat alle slanke meisjes drinken.'

Ik nam nog een slok. 'Ik drink meestal geen tequila, maar dit is lekker.'

Hij grijnsde en hield toen zijn hoofd schuin naar de onverstaanbare stem die uit de luidspreker bij de dakgoot van de keet klonk. 'Dat zijn wij. Kom op, J.J.'

De twee mannen kwamen een minuut later terug, elk met twee aluminium dienbladen. Op het met bakpapier beklede rechthoekige blad dat J.J. voor me neerzette, lag een papieren bakje vol dun gesneden rundvlees, een vierkant stuk maïsbrood, een kleiner bakje met iets gestoofds en groens, en een kopje soepachtige bonen.

'Dit is om te delen, toch?' Ik pakte een pakje vochtige doekjes uit het midden van de tafel en schrobde mijn handen schoon.

'Dat is allemaal voor jou. Als je wat gestoofde groenten wilt ruilen voor wat van mijn gefrituurde okra, zal ik je niet tegenhouden.'

'Prima, en jij kunt het vlees hebben.'

'Ben je vegetariër?' vroeg J.J., terwijl hij het bakje vlees oppakte en op zijn eigen dienblad zette.

'Ja.'

'Sorry daarvoor. Mila, dat had je ons moeten vertellen.'

Ze kneep haar ogen samen. 'Je sloeg de bacon bij de brunch af, maar ik dacht niet dat het voor altijd was.'

Mijn wangen werden weer heet. Natuurlijk dacht ze niet dat ik het vol zou houden. Ik hield nooit iets vol.

'Hoe lang ben je al vegetariër?' vroeg Jevin.

'Sinds mijn slagersles op de koksschool. Ik moest ermee stoppen.'

'Ah. Daar kan ik me iets bij voorstellen,' zei J.J. 'Ik at ook een tijdje geen vlees meer na mijn practicum macroscopische anatomie.'

'Jouw... wat?' vroeg ik. In zijn strakgespannen poloshirt leek J.J. meer op een professionele atleet dan op een slimmerik die anatomie had gestudeerd.

'We ontleedden lijken op de medische faculteit.'

'Medische faculteit? Zijn jullie geen verdedigers in het American football?'

J.J. grinnikte. 'Denk je dat Mila alle hersens in de familie heeft gekregen? Zeker, we speelden in onze studententijd, maar ik ben oncoloog en Jevin is advocaat.'

'Hier,' zei Jamila, terwijl ze een klodder romige aardappelsalade verwijderde voordat ze het bakje op mijn dienblad zette. 'Je eet nog wel zuivel, toch?'

'Zeker.' Gefrituurde okra, aardappelpuree en macaroni met kaas belandden op mijn dienblad. 'Wacht. Dit kan ik nooit allemaal op.'

'Eet wat je lekker vindt. Mijn broer en ik kunnen alles op wat jij laat staan.' Jevin klopte op zijn platte buik.

Ik proefde van elk gerecht. Ze waren allemaal geweldig. Ik moest de macaroni met kaas teruggeven aan Jevin, anders had ik de hele heerlijke, calorierijke berg opgegeten.

Op een gegeven moment bracht Jamila me een tweede beker ranch water en wisselde ze van plaats met J.J. om naast me te komen zitten. Tussen de grappige verhalen, de inside jokes, de zon op mijn rug en de warme geur van barbecuekruiden in de lucht, kreeg alles een roze gloed.

Misschien was het de zon die in de horizon smolt en alles roze kleurde. Misschien was het de tequila. Of misschien was het Jamila's hand, die op de bank tussen ons in lag, met haar pink naar mij gericht. Het enige wat ik hoefde te doen was mijn pink uitsteken om de hare aan te raken.

Stiekem keek ik naar haar. Ze luisterde naar een verhaal dat Jevin vertelde over zijn cliënt, wiens scheiding zo klaar als een klontje leek totdat de vrouw weigerde hun twee honden te verdelen. Ze hadden een huisdierpsycholoog moeten inhuren voor een oordeel over de vraag of het scheiden van de honden zou resulteren in pijn en leed voor een van de twee.

Het stel of hun huisdieren interesseerden me niet. Het enige wat me interesseerde was de lange lijn van haar arm, waarvan de achterkant verguld was door de ondergaande zon. Haar schouders en triceps waren slank maar gedefinieerd, en haar huid zag eruit als zijde. De rug van haar hand gloeide goudkleurig, en ik stelde me voor dat als ik hem zou aanraken, hij zou aanvoelen als een door de rivier gladgeslepen kiezel, glad en warm.

Het moest de tequila zijn die me mijn pink deed uitstrekken om de hare te strelen. Het was precies zo satijnzacht en warm als ik me had voorgesteld. Ze trok niet terug en keek niet eens naar beneden, maar haar glimlach werd breder. Ik vatte dat op als een teken om mijn pink om de hare te krullen, de zijkanten van onze handen tegen elkaar genesteld. Ik hield Jamila's hand vast.

Een beetje dan.

Maar het duurde niet lang.

Ze trok haar hand uit de mijne om beide armen boven haar hoofd uit te strekken. Haar T-shirt kroop omhoog, waardoor ik een glimp van haar platte buik te zien kreeg, die ik wilde kussen.

'De avondklok is om negen uur,' zei ze, 'en het kamp begint morgen vroeg.'

J.J. kneep zijn ogen samen. 'Ga je oma geen eer bewijzen?'

Dat haalde me uit de gelukzalige roes waarin ik was weggegleden. Deze reis had Jamila's lagen voor me afgepeld. Austin was waar ze haar broers en herinneringen aan haar oma bewaarde.

'Is dat waarom jullie ons hebben ontvoerd? Jullie wilden me meeslepen naar de begraafplaats?'

'Je bent er sinds de begrafenis niet meer geweest.' Hij haalde zijn schouders op. 'Ik kan me voorstellen dat jullie twee elkaar dingen te zeggen hebben.'

'Ze is dood, J.J. We kunnen niet meer praten. Als we dat konden, zou ze waarschijnlijk tegen me schreeuwen. De week voordat ze stierf, liet ze een voicemail achter die mijn oren bijna van mijn hoofd schreeuwde. Ik kan me niet voorstellen wat ze nu te zeggen zou hebben.'

'Over je pr-situatie?' Jevin keek naar mij.

'Ja.' Jamila rolde met haar ogen naar de wolkenloze hemel. 'Ze vertelt daarboven waarschijnlijk aan iedereen wat voor een mislukkeling ik ben.'

J.J. kromp ineen. 'Je weet dat ze van je hield...'

'Het enige wat haar interesseerde was dat ik haar niet tot last was. Dat weet je nog wel.'

'Doe niet zo,' zei J.J. 'Ze hield op haar eigen manier van ons. Ze gaf ons een thuis...'

'Een met tegenzin gegeven thuis. Een die ik met veel plezier verliet toen ik ging studeren. Een waar ik dankbaar voor ben dat ik er nooit meer naar terug hoefde. Gaan jullie ons nu terugbrengen naar de campus, of bellen we een taxi?'

'Nee, we brengen je wel terug.' Jevin stond op.

J.J. stond op. 'Ik denk echt...'

Jevin legde een hand op de schouder van zijn tweelingbroer. 'Het is genoeg, man. Ze ging altijd haar eigen weg.'

J.J. knikte, maar hij keek niet blij. Jamila ook niet. Ze pakte mijn dienblad, liet het tegen het hare kletteren en stormde weg richting de prullenbak.

Toen ik opstond, kantelde de wereld om me heen. Ik probeerde mijn been over de bank te zwaaien en wankelde. Ik greep de tafel vast om mezelf overeind te houden.

'Ho even, meid.' Jamila greep mijn elleboog. Hoe was ze daar zo snel gekomen? Had ze naast intelligentie ook bovenmenselijke snelheid? 'Gaat het?'

'Hoeveel tequila zat er in die drankjes?'

Vanaf mijn andere kant krulde J.J.'s arm zich om mijn middel om mijn puddingbenen te ondersteunen. 'De mensen hier houden wel van een stevige borrel. Die tweede was waarschijnlijk een slecht idee, gezien je lichaamsgewicht.'

'Maar ze was aan het eten,' zei Jamila alsof ik er niet was. 'Ze zou niet zo dronken moeten zijn.'

'Ze is waarschijnlijk niet zo'n drinker. Doet de hele avond met één glas wijn?'

'Godverdomme. Wat ga ik haar broer vertellen?'

Ik gooide mijn hoofd omhoog en raakte J.J. op zijn kin. 'Vertel het niet aan Jackson.'

J.J. vloekte en wreef over zijn kin. 'Tjonge, meid. Dat laat een blauwe plek achter.'

'Hoe gaat het met je hoofd, meid?' Jamila legde haar handen op mijn hoofd en voelde naar een buil.

Ik stelde me voor dat ze met haar handen door mijn haar ging. 'Voelt fijn.' Toen raakte ze een plek aan die een stekende pijn door mijn mistige brein stuurde. 'Au!'

'Ach. Je bent een puinhoop vanavond, hè?'

Onze gezichten waren zo dichtbij dat ik naar voren had kunnen leunen en haar had kunnen kussen. Maar ze wilde niet iemand kussen die zo slordig en kinderachtig was als ik me vanavond had gedragen.

'Ja,' zei ik. Alsof ik mezelf nog niet genoeg voor schut had gezet, rolde er een traan over mijn wang.

Ze tilde mijn kin op en veegde de natheid weg. 'Laten we je terugbrengen naar je hotel.'

'Mijn huurauto staat op de campus,' mompelde ik.

'Ze kan niet rijden,' protesteerde J.J.

'Breng ons terug naar de campus,' zei Jamila. 'Ik rijd haar naar haar hotel, en dan haal ik haar 's ochtends op voor het kamp.'

Jamila zat met mij op de achterbank van de SUV. Normaal gesproken had ik van haar nabijheid genoten, maar nadat ik mezelf voor schut had gezet door dronken te worden van twee drankjes, zakte ik onderuit in de stoel en leunde ik naar het open raam, de vochtige lucht in mijn gezicht blazend om misselijkheid op afstand te houden.

Toen ze ons afzetten bij mijn gehuurde Buick, omhelsden Jamila's broers me. Ze gaven Jamila langere knuffels en mompelden een paar minuten met haar. Ik was te druk bezig mezelf de les te lezen om te luisteren. Ik was hier gekomen om Jamila te helpen, en nu dwong ik haar om voor mij te zorgen.

Nadat haar broers waren vertrokken, reed Jamila het korte stukje naar mijn hotel. Ze parkeerde op een tienminutenparkeerplek voor de deur.

'Hulp nodig om naar je kamer te komen?'

'Nee, het gaat wel.' De spijsvertering en de frisse lucht hadden hun werk gedaan, en ik voelde me stabieler. Het enige wat ik wilde, was me de komende acht uur in mijn kamer verstoppen. Verdorie, misschien verstopte ik me wel voor de rest van mijn leven. Jamila zou nooit vergeten hoe belachelijk ik vanavond was geweest.

'Hé, meid.' Jamila legde een vinger onder mijn kin en tilde die op. Haar bruine ogen boorden zich in de mijne. 'Weet je zeker dat het gaat? Ik geloof niet dat ik je ooit zo stil heb gezien.'

'Het gaat prima,' mompelde ik.

Ze haalde haar vinger niet weg, en haar blik daalde.

Ze was ongeveer een halve meter van me verwijderd. Haar bloemige geur bloeide om me heen in de compacte auto. Het grootste deel van haar bordeauxrode lippenstift was tijdens het eten verdwenen, maar er was een vage kleur achtergebleven op haar volle lippen. Haar tong schoot naar buiten om ze te likken, en haar glanzende onderlip glom in de beveiligingslichten van het hotel. Het riep me, en ik kon het niet weerstaan.

Ik leunde naar voren en streek met mijn mond over de hare.

Eén keer. Twee keer. Mijn drogere lippen trokken aan de hare alsof mijn huid haar niet wilde loslaten. Niets in mij wilde haar loslaten. Mijn handen gingen omhoog alsof ik haar gezicht kon omvatten.

'Natalie,' fluisterde ze, wat de betovering verbrak. Ik deinsde achteruit en stootte tegen het portier aan de passagierskant.

Jezus. Ik had zojuist Jamila Jallow gekust. Tegen haar wil. Dat gefluister was geen 'ik-wil-je'-gefluister. Het was een 'stop-nu'-gefluister.

'Sorry,' jammerde ik, worstelend met de gordelsluiting.

'Hé, het is...'

Ik kreeg eindelijk de gordel los, duwde het portier open en rende toen als een lafaard de hotellobby in.

Ik zwaaide niet eens gedag.

12

DE ZON WAS NOG OP — net aan — maar het voelde als middernacht toen ik het portier van de Hyundai dichtsloeg en de chauffeur voor mijn huis uitzwaaide. De combinatie van de strijd tegen mijn kater tijdens een volledige dag programmeerkamp, de vlucht uit Texas en de extra inspanning om Jamila zo veel mogelijk te ontwijken, maakte mijn lichaam loodzwaar.

Ik had me de hele dag verheugd op een lang, warm bad met de gelimiteerde editie, door een beroemdheid aangeprezen bruisbal die ik voor een speciale gelegenheid had bewaard. Zelfs door de verpakking heen rook hij naar honing en beloofde hij kruidige ontspanning.

Ik deed de deur van het slot en sleepte me naar binnen, waarbij ik mijn rolkoffertje over de drempel stootte. Maar in plaats van de zalige stilte van een leeg huis, werd ik begroet door gekef. Bilbo Baggins glibberde over de tegels. Toen hij zijn evenwicht had hervonden, danste hij om mijn voeten. Ik verstijfde, omdat ik niet op hem wilde stappen terwijl hij rondjes draaide.

Sam leunde in de deuropening van de gang die naar de woonkamer leidde. 'Het is Natalie,' riep ze.

'Natuurlijk ben ik het,' gromde ik. 'Ik woon hier, in tegenstelling tot jou.'

Mijn zus stak haar handen in haar zakken. 'Ik was niet degene die zich zorgen maakte.'

Een massa krullend, donker haar vulde mijn blikveld voordat een paar armen me omhelsden. 'Daar ben je. Ik was zo bezorgd toen je niet op kwam dagen voor de borrel.'

'De borrel? Verdorie.' Door de lastminutereis was ik mijn vaste donderdagavondborrel met Mimi helemaal vergeten. Geobsedeerd door goedkope drankjes en hapjes had ze een bar voor ons gevonden waar ze een selectie margarita's voor de halve prijs aanboden, plus onbeperkt tortillachips en salsa. Hoewel ik niet zeker wist of ik ooit nog tequila zou kunnen drinken na het ranch water-fiasco — of Jamila nog onder ogen kon komen.

'Het spijt me dat ik er niet was.' Ik liet de handgreep van mijn koffer los en omhelsde Mimi. Het was niet zo goed als een bruisbal met CBD, maar ze gaf geweldige knuffels en ik smolt weg in haar zachtheid.

'Het is oké. Ik ben blij dat je niet vermist bent.' Ze liet me los en leunde achterover om mijn gezicht te bestuderen. 'Waar was je? Niet aan het werk, hoop ik.'

'Laten we gaan zitten. Ik ben uitgeput.' Ik trok Mimi mee de woonkamer in en plofte op de bank. Mimi ging naast me zitten en Sam volgde onverklaarbaar en ging in de favoriete fauteuil van Charles zitten. Bilbo sprong op de stoel en rolde zich op haar schoot op.

'Het spijt me van de borrel,' zei ik. 'Ik hoop dat je niet lang op me hebt gewacht.'

'Het was oké. Mateo kwam naar me toe toen ik hem appte dat je er nog niet was, en daarna heeft hij me hier afgezet op weg naar zijn werk. Hij heeft deze week nachtdienst bij tía Rosa.'

'Hoe is het met Mateo? Hij is toch niet boos over wat ik hem bij Jamilow heb laten doen?' Ik wierp een schuldige blik op Sam. Ik had haar niet verteld wat Mateo en ik afgelopen maandagavond hadden gedaan. Mijn succesvolle zus zou zich nooit hebben verlaagd tot zo'n valstrik.

Ze bleef stil en bekeek ons met die buitenaardse blauwe ogen van haar.

Mimi grinnikte. 'Hij vond het geweldig om je spionnenspelletje te spelen, ook al werden jullie betrapt. Die avond kwam hij thuis en…' Haar wangen kregen een dieprode kleur.

'Jullie hebben toch *geen* spionnenrollenspel gedaan!' Ik lachte om de schuldige uitdrukking op haar gezicht, en plotseling was ik niet meer zo moe.

'Blijkbaar heeft hij een *Mr. and Mrs. Smith*-kink. Hij heeft me op een gegeven moment zelfs aan een stoel vastgebonden.' Nu was haar hele gezicht karmozijnrood.

'Wauw.' Ik wapperde met mijn hand voor mijn gezicht. 'Fijn dat ik van dienst kon zijn.'

'Al enig spoor van het lek?' vroeg ze.

'Nee.' Ik fronste. 'Maar Jamila's programmeerkamp was goud voor de pr. Daarom was ik niet bij de borrel. We gingen naar Austin zodat ze er de eerste dag bij kon zijn. Ik heb een miljoen foto's gemaakt, en nadat ik de gezichten van de meisjes heb geblurd, zal ik er zo veel posten dat iedereen haar kleine uitglijder vergeet.' Of misschien zou ik ze naar Hannah sturen zodat zij ze kon posten. Ik wist niet zeker of ik ooit nog terug naar Jamilow kon na mijn eigen uitglijder.

'Wacht even. Je bent een nachtje weggeweest met Jamila?' Mimi's bruine ogen werden groot.

'Zo was het niet.'

'Hoe was het dan wel?' vroeg Mimi.

'Nou, ik begon haar een beetje beter te begrijpen, bijvoorbeeld waarom ze de kampen organiseert, en ik heb zelfs haar broers ontmoet. Wist je dat ze broers heeft?'

Mimi schudde haar hoofd.

'Ze zijn grappig en geweldig, net als Jamila. We zijn gaan barbecueën, en ik nam een drankje, en… en ik ben misschien een beetje dronken geworden en heb haar gekust.' Het laatste deel fluisterde ik.

Maar Mimi fluisterde niet. 'Je hebt Jamila gekust? Eindelijk!' Ze balde haar vuist. 'Was het ongelooflijk?'

Ik gooide mezelf achterover tegen de kussens van de bank en sloeg mijn handen voor mijn gezicht om mijn blos te verbergen. 'Ongelooflijk vernederend. Ze smeet me praktisch de auto uit. Ik heb me de hele dag voor haar verstopt. Ik heb zelfs op die vreselijke plastic stoelen op het vliegveld gewacht in plaats van in de first-class lounge rond te hangen. Ik denk niet dat ik nog terug kan.'

'O, nee.' Mimi trok een van mijn handen van mijn gezicht en aaide over de rug ervan. 'Kantoorromances zijn het ergste. Als het misgaat, is er geen ontsnappen aan. Ik moest ontslag nemen toen mijn ex en ik uit elkaar gingen.'

'*Kantoorromance* is een beetje overdreven, aangezien de aantrekkingskracht volledig eenzijdig is.'

'Volledig?' vroeg Sam. 'Weet je dat zeker?'

Ik was vergeten dat ze in de kamer was. En dat ze niet wist dat ik een enorme crush had op mijn baas of dat ik biseksueel was — en onze moeder wist het ook niet.

'Het is niets,' zei ik. 'Gewoon een crush.'

Mijn zus fronste. 'Waarom zou je dat denken?'

'Omdat… omdat zij *Jamila Jallow is,* en ze is briljant en heeft haar zaakjes veel beter op orde dan ik.'

'Jij bent briljant en hebt je zaakjes op orde,' zei Sam.

'Ik ben niet zo slim als jij of Jackson of Jamila. Ik doe alleen maar alsof ik alles op een rijtje heb. Ik run geen startup zoals jij of beheer een stichting zoals Mimi.'

'Verdomme, ik heb mijn zaakjes helemaal niet op orde,' zei Mimi. 'Ik weet niet wat ik aan het doen ben. Ik was accountant voordat ik deze baan bij de stichting aannam. De helft van de dag ben ik aan het googelen hoe je een stichting moet runnen en de andere helft ben ik het aan het doen.'

'Ik heb nog nooit een bedrijf gerund,' zei Sam. 'Ik heb een keer per week een coachingsgesprek met Cooper.'

'Maar… maar jullie zijn geweldig in jullie werk!'

'Soms wel, en op andere dagen absoluut niet,' zei Mimi.

'Ik heb nog nooit meegemaakt dat je niet achter je dromen aangaat,' zei Sam. 'Je hebt een baan bij Jamilow verzonnen en Jamila overtuigd om je die te laten doen. Waarom zou je dat niet kunnen toepassen op een relatie met Jamila?'

'Eh... omdat het ongepast is? Ze is mijn baas, ook al ben ik geen betaalde werknemer. Bovendien is ze niet in mij geïnteresseerd.'

'Kuste ze je terug?' vroeg Mimi.

Ik dacht erover na, maar alles was wazig door de tequila. 'Ik dacht van wel op dat moment, maar misschien ook niet? Ik had gedronken.'

'Je moet met haar praten,' zei Sam.

'Jij hebt makkelijk praten,' zei ik kribbig. 'Jij hoeft haar niet onder ogen te komen.'

'Nee, maar jij kunt het wel,' zei Sam. 'Jij bent de dappere van ons.'

'Echt niet!' Ik gooide een sierkussen naar haar.

Ze gooide het terug. 'Echt wel.'

'Hou op, jullie twee. Straks maken jullie Bilbo wakker.' Mimi griste het kussen uit mijn hand. 'Nat, je bent prachtig en slim. Jamila zou een idioot zijn als ze je niet wil. Je stapt morgen dat kantoor binnen en praat met haar over die kus.'

Ik kruiste mijn armen. 'Het zou veel makkelijker zijn om ontslag te nemen.'

'Maar dan zou Jamila haar pr-adviseur niet hebben om haar uit deze puinhoop te redden,' zei Sam zachtjes. 'Ze heeft je nodig, en jij moet de lucht klaren zodat jullie kunnen samenwerken.'

'En *samenwerken*, als je begrijpt wat ik bedoel.' Mimi porde in mijn zij.

'Jullie zijn echt de ergsten,' zei ik, maar ik meende het niet. Ik bedoelde het tegenovergestelde. Ze hadden me genoeg hoop gegeven om terug te gaan naar Jamila.

Nee, niet naar Jamila. Ik bedoelde terug naar Jamilow — terug naar mijn baan.

13

'GOED NIEUWS.' Ik dwong een glimlach op mijn gezicht toen ik in de deuropening van Jamila's kantoor leunde. Ik had onze dagelijkse PR-stand-ups geannuleerd. Ik had gezegd dat het kwam door de goodwill die we hadden gekweekt met de posts over het codeerkamp, maar de waarheid was dat ik me nog steeds te veel schaamde om bij haar in dezelfde kamer te zijn.

'O ja?' Haar ogen bleven een seconde op haar scherm hangen voordat ze haar volle aandacht op mij richtte.

'Ja. Ik heb een artikel over u geregeld in *Buzz Bizz*. Ze willen een interview en een paar foto's.'

'Geweldig. Laat ze me de vragen maar sturen, dan zal ik snel wat antwoorden terugsturen. Felicia heeft mijn portretfoto.' Ze keek terug naar haar scherm en begon weer te typen.

Ik schraapte mijn keel. 'Nee. Ik bedoel een echt interview. Dus in een hotelsuite met een journalist praten, gevolgd door een fotoshoot.'

Het getik op het toetsenbord stopte. 'Ik dacht dat u zei dat dit *goed* nieuws was. Dat klinkt alsof ik tijd in mijn schema moet vrijmaken om met iemand te praten, hen moet laten verdraaien wat ik zeg en er slechter voor kom te staan dan voorheen. En dan ook nog foto's. Van te lang stilzitten krijg ik een stijve nek.'

Ze liet het vreselijk klinken, maar de zonnige kant ervan inzien was een van mijn superkrachten. 'Het beste nieuws is dat u nicht über den Zeitplan verhandeln müssen. Dat heb ik al voor u gedaan. Het het interview is morgen, zaterdag, gevolgd door de fotoshoot. We wachten alleen nog op een locatie.'

'U heeft me op een zaterdag ingepland.' Haar wenkbrauwen schoten omhoog. 'Nogal eigenmachtig van u. Wat als ik plannen heb?'

Ik kromp ineen. Misschien had ze een date. 'Heeft u die?'

'Nee. Op een dansfeestje met Quill.i.am na.'

'Hij zal het niet erg vinden om het uit te stellen. Dit is een perfecte kans voor u om uw verhaal te vertellen, om mensen zich te laten focussen op het goede dat u doet en op Jamilow. Niet op de fout die u gemaakt heeft.'

'Geloof me, het was geen fout. Die vent verdiende het.'

'Vertel hun dan wat hij zei.' Ik vroeg me nog steeds af wat een journalist kon zeggen om Jamila zo uit haar vel te doen springen.

'Nee, bedankt. Ik wil hem geen minuut langer iemands aandacht geven, ook de mijne niet.'

'Ik zal hun e-mailen dat het incident tijdens het interview niet ter sprake mag komen.'

'Zeg het maar gewoon als we er zijn', zei ze.

We? 'Wilt u dat ik erbij ben?'

'U bent mijn PR-specialist. Natuurlijk wil ik dat u erbij bent.'

Een warm gevoel borrelde op in mijn borst en ik tikte tegen de deurpost om mijn blos te verbergen. Ze wilde *mij*. 'Oké.'

———

JAMILA BEWEES ONS allemaal een dienst door een locatie te vinden voor het interview en de fotoshoot. Helaas was het een plek waar ik ongemakkelijk bekend mee was: de villa van Billie Woods in Atherton. Hoewel het de buurgemeente van Jamila was, had de buurt van Billie niet méér kunnen verschillen. Het was het soort plek waar ik had verwacht dat Jamila zou wonen: een enorm huis met een uitgestrekt gazon dat tot in de puntjes was onderhouden. De huizen stonden ver van de kronkelige straat, wat gesprekken van veranda tot veranda over avocado's onmogelijk zou maken. Er lagen geen fietsen op de opritten of honden die in de tuin apporteerden. Een statige zwarte Rolls-Royce gleed voorbij op straat. Geen Ford of Toyota te zien.

Net als op de avond van het feest hing er een plaknotitie boven de deurbel met de instructie om binnen te komen. Maar toen ik de deur openduwde, moest ik weer naar buiten stappen en het adres dubbelchecken.

Het huis was leeg. De meubels waren weg, net als de boeken in de kasten. Zelfs de tapijten waren opgerold en verwijderd. Toen ik naar het feest was gekomen, hadden honderd mensen de open ruimte gevuld met hun geklets en gelach. Nu was het stil.

'Hallo?', riep ik.

'Hierachter.' De stem zweefde vanuit de achterkant van het huis.

Ik volgde de stem, mijn hakken tikten op de tegels en echoden tegen de harde, lege oppervlakken.

Ik kwam uit op een grandioze, afgesloten veranda. Die was net zo groot als de woonkamer, met glazen deuren in garagestijl die omhoog konden om de kamer met het buitenzwembad te verbinden. Ook hier waren de elegante meubels verwijderd en waren er niet bij elkaar passende meubels neergezet, waaronder een witte chaise longue en een paar industrieel ogende stoelen. Luchtige witte gordijnen dansten in de bries die door de open ramen woei.

Toen ik de apparatuur van de fotograaf al zag staan en de visagist het licht aan een klaptafel zag bijstellen, ontspanden mijn buikspieren. Alles leek klaar te staan voor Jamila. Ik zou niet meer van haar kostbare zaterdag verspillen dan nodig was.

Ik stemde de plannen voor de shoot af met de assistent van de fotograaf. Hij wees me de nabijgelegen zitkamer aan die hij als kleedkamer voor Jamila had bestemd. Een kledingrek stond naast een kamerscherm. Terwijl hij de jaloezieën voor de buitenramen liet zakken, controleerde ik of Jamila's outfits veilig waren aangekomen. Ze had een paar pakken en een kokerjurk meegestuurd. Ik had er een spijkerbroek, een T-shirt van haar codeerkamp en een overhemd met buffaloruit aan toegevoegd om eroverheen te dragen om haar menselijke kant te benadrukken.

Alles was in orde.

De ene kant van de kamer was ingericht voor de foto's. Aan de andere kant was een zithoek voor het interview. Twee crèmekleurige banken stonden tegenover elkaar met een salontafel ertussen. Twee donkerbruine oorfauteuils flankeerden de zithoek. De vaas met Afrikaanse madeliefjes die ik had besteld, was het enige kleuraccent in de ruimte. Ik hoopte dat ze genoeg leken op de bloemen die ik op haar veranda had gezien, zodat Jamila zich meer op haar gemak zou voelen.

Ik stelde me voor aan de journalist, Nita D'Alessio. Ik had haar stukken al eerder gelezen. Hoewel ze een duidelijk antikapitalistische inslag had, waren haar artikelen meestal eerlijk en presenteerden ze de techgiganten die ze interviewde als menselijke wezens.

'Denk eraan, Jamila heeft bedongen dat we het niet over het TikTok-incident zullen hebben', zei ik. 'Ze heeft me gevraagd om alle vragen over dat onderwerp af te kappen.'

'Dat is wat iedereen wil weten.' Nita raakte met een vinger haar kin aan. 'De lezers zouden meer sympathie hebben als ze wisten waardoor ze zo uit haar vel sprong.'

Precies wat ik ook dacht. 'Ze wil die vent niet nog meer aandacht geven dan hij al heeft gekregen.'

'Begrijpelijk. Hij is een klootzak.'

'Echt? Kent u hem?'

'Jazeker. Hij is degene bij wie je uit de buurt blijft op feestjes, als u begrijpt wat ik bedoel.'

Ik trok mijn lip op. 'Walgelijk.'

'Precies. En haar COO, Winslow Keating-Ashworth? Mag daar ook niet over gepraat worden?' Ze keek naar het zwembad. 'Dat moet een interessante scheiding zijn geweest.'

Interessant? Ik had het een paar keer horen noemen, maar ik kon me niet voorstellen dat er iets aan Winslow zo fascinerend was als Jamila. 'Laten we ons op Jamila richten. Zij is de ster van Jamilow.'

'Oké.' Nita haalde haar schouders op. 'U kunt op deze bank gaan zitten.' Ze wees naar de bank waar de camera niet op gericht was. 'Jamila gaat op de andere zitten. Ik ga in de oorfauteuil.'

'Begrepen. We müssen alle Videos vom Interview genehmigen, bevor sie gepostet werden.'

'Natuurlijk. Het is voornamelijk voor transcriptiedoeleinden, maar we laten het u weten als we er iets van willen publiceren. Ik stuur u het bestand. U heeft uiteraard de eindbeslissing.'

'Perfect.'

De haren op mijn armen gingen overeind staan, een seconde voordat Nita zei: 'Ah, daar is ze.'

Toen ik me omdraaide, moest ik moeite doen om mijn gezicht in de plooi te houden. Jamila liep op ons af alsof de plek van haar was, gekleed in een casual-weekend denim pantalon – ik daagde iedereen uit om de gestreken broek met rechte pijpen die ze droeg een spijkerbroek te noemen – een crèmekleurig suède jasje, een zachte, eierschaalkleurige blouse en naaldhakken. Niemand, zelfs ik niet, droeg zakelijke kleding zoals Jamila dat deed. Ze liet het er moeiteloos uitzien, alsof ze in krijtstreep uit de baarmoeder was gekomen.

Ik wilde me koesteren in de gloed die ze uitstraalde.

Ik schudde mezelf wakker en zette een glimlach op. 'Jamila, dit is Nita D'Alessio. Nita, maak kennis met Jamila Jallow.'

Terwijl de vrouwen elkaar de hand schudden, nam Nita haar op. Toen Jamila op haar beurt de journaliste monsterde, stak jaloezie me in de maag. Ik wou dat Jamila zoveel aandacht aan mij besteedde.

We namen plaats terwijl de technicus de audiocheck deed. Toen dat klaar was, begon Nita met een paar vragen over de aanstaande lancering van Jamilow, die Jamila met gemak beantwoordde. Haar ogen fonkelden terwijl ze sprak over de genialiteit van haar team en ze plaagde over het product, waarbij ze zorg-vuldig vermeed echte details te onthullen over wat het deed of de samenwerking die het mogelijk maakte.

Nita veranderde van onderwerp en zei: 'Vertel me hoe u Jamilow bent begonnen.'

'Dat weet iedereen.' Jamila wuifde met haar hand.

Nita leunde naar voren. 'Verwen me.'

Ik wou dat ik de moed had om dat te doen. Om zo suggestief te spreken als Nita, om Jamila een glimp van haar decolleté te geven, hoewel – ik keek omlaag – ik niet zoveel decolleté had om te laten zien. Ik sloeg mijn benen over elkaar en hield mijn mond.

'Ik ben ermee begonnen op Stanford.' Jamila leunde achter-over tegen de bankkussens. 'Nou ja, ik denk dat ik met de app ben begonnen in mijn vakanties van Stanford. Toen ik in de kerstva-kantie van mijn eerste jaar thuis was, ging ik naar een feestje met mijn vrienden van de middelbare school. Zoals dat gaat.' Ze knipoogde.

Nita knikte en krabbelde iets in haar notitieblok.

'Er waren ook wat jongere kinderen, en die stelden me vragen. Niet zozeer over Stanford, maar meer over naar de universiteit gaan in het algemeen. Het proces overweldigde hen. Ik realiseerde me dat sommigen van hen geen familie hadden die naar de universiteit was geweest.' Jamila leunde naar voren, haar elle-bogen op haar knieën. 'Mijn oma is naar de universiteit geweest. Ze was lerares. Ze deed er alles aan om me te pushen. Dus ik vertelde hun een beetje over hoe ik het had gedaan en gaf ze mijn nummer.

'Toen ik terug was bij mijn oma en met mijn broers praatte, realiseerde ik me dat zij ook vrij onwetend waren. Ze speelden Amerikaans voetbal en zouden gerekruteerd worden, maar ze begrepen niet hoe ze hun opties moesten afwegen. Of wat ze academisch zouden doen als ze er eenmaal waren. Na met hen te hebben gesproken, realiseerde ik me dat ik een dienst kon verlenen aan kinderen zoals zij. Kinderen zoals mijn vrienden.'

Ik had het verhaal al eerder gehoord, maar nu ik haar broers had ontmoet, begreep ik hoe Jamila's advies tot hun succes had kunnen leiden. Ik hield mijn hoofd schuin, gretig om elk woord op te vangen en het in dat nieuwe licht te bekijken.

'Dus programmeerde ik een app om de meeste vragen te beantwoorden die mijn vrienden hadden over naar de universiteit gaan.' Een vuur brandde in Jamila's ogen. 'Gestandaardiseerde tests, cijfers, studiefinanciering, aanmeldingen en formulieren, beurzen. Ik bedoelde het alleen als iets nuttigs voor de kinderen op mijn oude school. Maar toen, in gesprek met sommige van mijn klasgenoten zoals Winslow, die alle voordelen had die ik nicht hatte, realiseerde ik me dat het niet alleen kinderen zoals mijn vrienden van de middelbare school waren die er baat bij konden hebben. Iedereen kon dat. Dus maakte ik het groter. Ik gaf het een AI-interface zodat het informatie van de kinderen kon aannemen en een persoonlijk plan en advies kon geven.'

'U ging een partnerschap aan met Winslow Keating-Ashworth', zei Nita.

'Ja. Hij was niet zo goed in coderen als ik, maar hij had ideeën voor de zakelijke kant. Connecties ook. Hij was degene die zei dat we de app richting levenscoaching moesten duwen. Makkelijke dingen zoals een ochtendroutine, lijstjes maken, 's nachts je telefoon wegleggen, of für dich selbst bei Professoren eintreten.'

'En de menselijke coaches?', vroeg Nita.

Jamila grinnikte. 'Ik volgde een psychologiecollege en leerde dat mensen veel gecompliceerder kunnen zijn dan kunstmatige intelligentie aankan. Dus we waren van plan om de AI aan te vullen met toegang tot therapeuten, maar daar hadden we financiering voor nodig. Toen haben wir die App bei einem Wettbewerb angemeldet. We wonnen niet, maar we wekten de interesse van een van de juryleden, en zij gaf ons onze initiële steun.'

'En u kocht haar een paar jaar later uit?', zei Nita.

Ik fronste. Dat wist ik niet.

'Ik wilde niet dat iemand anders de dienst uitmaakte. Ik wilde nooit...' Jamila staarde even uit het raam naar het glinsterende zwembad.

'Wat wilde u niet?', drong Nita aan.

Jamila schudde haar hoofd en richtte ten slotte haar blik op mij. 'Ik wilde mijn levensverhaal niet aan een of andere verslaggever vertellen. Ik focus me liever op mijn bedrijf.'

Ik wou dat ik haar kon verlossen van het interview. Het was oneerlijk dat een of andere zakkenwasser haar kon provoceren tot een onbewaakte, onverstandige opmerking en dat alleen Jamila dafür büßen musste. Maar dat was het leven als vrouw in de techwereld. Jamila had dafür gewählt. Hoewel ze nooit had kunnen voorspellen dat ze hier vijftien jaar later zou zitten, in iemands lege villa, om ongemakkelijke details uit haar leven te delen. Ik schonk haar een sympathieke glimlach.

'Maar u bent andere partnerschappen niet uit de weg gegaan', zei Nita. 'U bent partnerschappen aangegaan met coaches, therapeuten en diensten voor studiebegeleiding, dus met wie werkt u hierna samen?'

Jamila glimlachte zelfvoldaan. 'Nou, Nita, u weet dat ik daar geen commentaar op kan geven.'

Een prikkelende hitte kroop langs mijn huid. Getuige zijn van de chemie tussen Jamila en Nita gaf me het gevoel een voyeur te zijn. Voelde de cameraman zich ook ongemakkelijk? Ik keek op naar de plafondventilator en wenste dat ik hem met pure wilskracht kon aanzetten.

'Het artikel wordt pas na uw lancering gedrukt', zei Nita. 'Weet u zeker dat u er niet over wilt praten?'

'Bel me na de lancering.' Jamila knipoogde. 'Dan praat ik er met alle plezier over.'

'Geweldig. Dan vraag ik uw nummer wel als we klaar zijn.'

Ik wilde naar buiten rennen en in de koele diepten van het zwembad springen. Waar ik niet hoefde toe te kijken hoe Jamila de vrouw verleidde die ik had binnengehaald om haar reputatie te redden.

14

IK WAS STIL terwijl Nita en Jamila me negeerden.

Ik had geen recht om jaloers te zijn, hield ik mezelf bitter voor. Jamila gaf niet om me, tenminste, niet op die manier. Ik had haar gekust zonder ook maar haar toestemming te vragen, die ze me vast en zeker had geweigerd. Ze had het volste recht om te flirten met wie ze maar wilde, waar ze maar wilde.

Nita stelde nog een vraag die ik niet hoorde en ik liet mijn blik over de journaliste glijden. Ze was voluptueus op een manier die Jamila en ik niet waren. Misschien viel Jamila op vrouwen met wat meer vlees op de botten. Net als ik had ze lang, dik haar, maar dat van haar was chocoladebruin, niet blond. Haar huid had een olijfkleurige teint, niet bleek zoals de mijne. Haar donkere ogen waren scherp en getuigden van een intelligentie die Jamila duidelijk intrigeerde.

Bovendien was ze zelfverzekerd op een manier die ik alleen maar veinsde. Ik wist uit mijn research dat ze al meer dan tien jaar journaliste was en voor steeds indrukwekkendere publicaties schreef. En nu kreeg ze een hoofdartikel in *Buzz Bizz* met een speciale fotoshoot. Ze wist zo zeker wat ze wilde in het leven. Haar carrière zat in de lift en ik kon niet eens een vakgebied kiezen, laat staan erin slagen.

Nita was alles wat ik niet was. Geen wonder dat Jamila haar leuk vond.

Jamila veranderde van houding om haar benen over elkaar te slaan, wat me erop wees dat er iets mis was. Normaal gesproken nam ze zo veel mogelijk ruimte in beslag, maar nu leek ze zich in te houden. Ik schudde mijn overpeinzingen van me af en stemde weer af op het gesprek.

'Iedereen weet dat Jamila Jallow een ster was op Stanford en minder dan een jaar na haar afstuderen een miljoenenapp had. Maar weinigen weten dat u in bescheiden omstandigheden bent opgegroeid in Texas.'

'Daar praat ik meestal niet over.' Ze wierp me een snelle blik toe.

Ik vatte het op als een signaal voor hulp. 'U hoeft nergens over te praten waar u niet over wilt praten.'

'Uw werk met uw codeerkampen kreeg onlangs veel aandacht op sociale media', drong Nita aan. 'Wat is de reden voor uw interesse in het aanbieden van gratis kampen aan kansarme meisjes?'

Jamila flitste een gevaarlijke glimlach naar haar. 'Ik wil iets terugdoen voor de gemeenschap in Austin en kinderen de kansen bieden die ik zelf graag had gehad.'

'Kansen die u graag had gehad? Had u geen programmeerlessen op school?'

Jamila schoot in de lach. 'Nee. Mijn middelbare school bood niet eens verplichte examenvakken aan. Ik had een zomerbaantje om het collegegeld te betalen bij een lokale community college, zodat ik de geavanceerde wiskunde en wetenschap kon volgen die mijn school niet aanbood.'

'Zou u uw gezin als economisch achtergesteld beschouwen?'

'Nee.' Jamila sloeg haar armen over elkaar. 'We hadden genoeg te eten en een ondersteunende familie en gemeenschap. We hadden alles wat we nodig hadden.'

'Laten we ons richten op het heden, op wat Jamila doet om iets terug te geven', zei ik voordat Nita een vervolgvraag kon stellen.

'Jamila, kunt u meer vertellen over de kampen? Hoe lang organiseert u ze al?'

Jamila's schouders ontspanden terwijl ze de geschiedenis van de kampen begon te vertellen. Maar net als Nita vroeg ik me af hoe Jamila's leven vóór Stanford was geweest. Ze was mijn leven binnengestormd als een volledig gevormde, gedreven studente. Zij en haar broers waren nu succesvol en ze beweerde dat ze genoeg hadden gehad in hun jeugd. Ze had haar moeizame relatie met haar grootmoeder genoemd, maar ze had geen woord gezegd over haar ouders. Wat *was* het verhaal van Jamila?

Het was duidelijk dat ze het niet wilde vertellen en Nita drong niet langer aan. Na nog een halfuur waren ze klaar, werden telefoonnummers uitgewisseld en waggelde Nita weg, de technici achterlatend om in te pakken. De fotograaf riep Jamila bij zich. Hij nam een paar testfoto's, paste de belichting aan en testte opnieuw. Toen hij tevreden was, stuurde hij Jamila weg om zich om te kleden.

Ze kwam uit de kleedkamer in een botergeel pak van Alexander McQueen. Het jasje was lang en slank. Ik verslikte me bijna toen ik besefte dat ze er geen shirt onder droeg. De enige knoop zat precies aan de basis van haar ribben, waardoor ik – ik bedoel, de fotograaf en de hele verdomde wereld – een lange V-vormige blik kreeg op haar satijnzachte huid.

'Wat vind je ervan, Nat?' Ze hief haar armen op en draaide in het rond, in Wonder Woman-stijl, om me te laten zien hoe het jasje aan de achterkant uitwaaierde, net boven haar welgevormde achterwerk in haar slimfit broek.

'Wauw.' Ik greep de armleuning van de stoel die ik erbij had gehaald om te kijken. 'U ziet er… u ziet er fantastisch uit', zei ik, luid genoeg om boven het bonzende ritme van de danceclubmuziek die de fotograaf had aangezet uit te komen.

'Vind je? Dat kon ik niet aan je gezicht aflezen.' Ze glimlachte spottend naar me over haar schouder.

Verdraaid, ze wist precies hoe leuk ik dat pak vond.

De visagiste werkte haar make-up bij, waarna de fotograaf

wenkte. Hij gaf Jamila de opdracht om zich uit te strekken over de witte chaise longue. Nadat hij een dozijn foto's had genomen, vroeg hij haar om op de stoel te gaan zitten met haar ellebogen op haar wijd gespreide knieën en met dezelfde spottende blik die ze mij had gegeven recht in de camera te kijken. Haar uitdrukking daagde iedereen uit om haar te onderschatten.

Dat deed ik zeker niet. Jamila was krachtig, zelfverzekerd. Ze zou niet aarzelen om in actie te komen als ze het gevoel had dat haar bedrijf werd bedreigd. En daarom had ze de onderzoeker ingehuurd. Ze was niet paranoïde. Ze wist dat er iets aan de hand was en ze zou nooit toelaten dat een lek haar bedrijf in gevaar bracht.

'Nat.'

Toen ik opkeek, torende Jamila boven me uit. Ze had me als een ninja beslopen.

'Hé.' Ik knipperde een dozijn keer met mijn ogen om mijn gedachten te ordenen. 'Wat is er?'

'Ik trek zo een jurk aan. Kun je me helpen met de rits?'

'O, eh…' Alleen met Jamila zou ik weer in de verleiding komen om iets belachelijks te doen, iets wat ik niet zou moeten doen. Zoals haar kussen. Ik keek om me heen of er iemand anders was om te helpen. Maar mijn verraderlijke knieën brachten me overeind. Ik veronderstelde dat ik alles zou doen wat ze me vroeg. 'Natuurlijk.'

Ik volgde haar de kleedkamer in. Ze pakte de kokerjurk van het kledingrek en verdween achter het kamerscherm in de hoek. Na een minuut ongemakkelijk aan de andere kant te hebben gedraald, bladerde ik als afleiding door de andere outfits op het rek.

'Je hebt altijd van kleren gehouden, hè?'

Ik keek over mijn schouder. Jamila gluurde om de rand van het scherm. De gele blazer en broek hingen eroverheen. Was ze naakt?

Ik schraapte mijn keel. 'Ik hou nog steeds van kleren. Laat me dat voor u ophangen.'

Ik stapte naar het midden van het scherm om niet in de verleiding te komen om te gluren. Nadat ik het pak, nog warm van haar lichaam, had opgetild, weerstond ik de drang om er mijn neus in te begraven en haar geur in te ademen. Ik stak een hand eroverheen. 'Hangertje?'

De houten hanger drukte in mijn handpalm en ik hield me bezig met het ophangen van het pak.

'Klaar.' Ze kwam achter het scherm vandaan en drukte een hand op haar borst om te voorkomen dat de jurk van haar afzakte.

De kokerjurk was een rijke, klaproosrode kleur met een hoge split aan de voorkant. Het lijfje met split-boothals klampte zich nauwelijks vast aan haar schouders en onthulde een V-vorm van huid tussen haar borsten. Professioneel en toch verleidelijk, de jurk zou in elke kamer waar Jamila binnenkwam alle ogen trekken. Ik kon de mijne niet van haar slanke silhouet afhouden.

Ze draaide zich om. 'Rits, alsjeblieft.'

De opening was diep uitgesneden in de rug, tot onder haar schouderbladen. De rits begon bij haar stuitje, waardoor ik een glimp opving van de kanten, bloemblaadjesroze tailleband van haar slipje. Ze had helemaal niet geprobeerd de rits dicht te doen. Ze droeg ook geen beha.

'Alles goed daar, Nat?' Ze keek weer over haar schouder en glimlachte spottend om de idiote uitdrukking die ik ongetwijfeld had.

'Eh, ja.' Ik schoot op haar af en probeerde mijn zweterige handpalmen van de wol-zijdemix te houden. De fotograaf zou moeilijk doen als ik een handafdruk achterliet. Ik klemde de stof aan de onderkant van de rits vast en met mijn andere hand trok ik de rits langzaam over haar rug omhoog.

'Weet je,' zei ze, 'als ik niet beter wist, zou ik denken dat je me leuk vindt.'

Mijn vingers gleden van de rits. 'Wat... wat doet u dat denken?'

'O, ik weet niet, gewoon de manier waarop je vandaag niet

kunt stoppen met naar me te staren. En dan was er die kus laatst toen je dronken was, of herinner je je dat niet meer?'

Ze gaf me een uitweg. Het zou zo makkelijk zijn om te beweren dat ik het me niet herinnerde. Om alles op de tequila te schuiven. Maar zo was ik niet. Misschien verzweeg ik de waarheid een tijdje, zoals ik bij mijn ouders had gedaan toen ik stopte met de koksschool en toen ik mijn auto verloor, maar ik was geen leugenaar.

'Ik herinner het me. En het spijt me.'

'Het spijt je?' Ze wachtte tot ik de rits helemaal had dichtgetrokken en draaide zich toen zo gracieus als een ballerina om naar me toe.

'Ja. Ik, eh, heb het niet eerst gevraagd. Bovendien weet ik dat u niet op mij valt.'

'Weet je dat, ja?' Haar wenkbrauwen gingen omhoog. 'Dat weet je zeker.'

'Ik... ja?' Hoe drommels verwachtte ze dat ik daarop antwoordde?

'Weet je zeker dat *jij* op mij valt?' In haar beige hakken torende ze boven me uit. Ze zette haar handen in haar zij. 'Ben je niet gewoon biseksueel-nieuwsgierig?'

Ik stond zo recht als ik kon, en nog steeds kwam ik maar tot haar kin. 'Ik ben zeker bi. Ik heb enige ervaring.' Ik had op de universiteit een meisje gekust en in de onsterfelijke woorden van Katy Perry, ik vond het leuk. Dus kuste ik er nog een paar.

'O ja?' Haar blik concentreerde zich op mijn lippen. Ik likte ze. Ze droeg een glanzende, kusbare bordeauxrode lippenstift en ik zwiepte naar voren. 'Interessant.'

Ze liet één hand langs haar zij vallen terwijl de andere op haar heup rustte, en slenterde de kamer uit met wiegende heupen.

Ik stond met open mond naar de deuropening te kijken. Wat was er in hemelsnaam net gebeurd? Betekende dat dat Jamila Jallow geïnteresseerd in me was? Was ze me aan het plagen? Ik speelde het gesprek opnieuw af. Ze had nooit echt gezegd dat ze me leuk vond. Of dat ze me wilde kussen.

Wilde ze dat?

Als een zombie strompelde ik de kleedkamer uit en liet me in een stoel zakken om naar de shoot te kijken. Zocht ik te veel achter de felle blik die af en toe mijn kant op dwaalde? Of de overdreven zwaai van haar heupen als ze zich omdraaide op aanwijzing van de fotograaf? Achter de brutale knipoog die ze mijn kant op gooide toen ze me met open mond betrapte op staren?

Toen de fotograaf haar eindelijk vrijgaf, wenkte ze. Ik volgde haar de geïmproviseerde kleedkamer in. Zonder een woord te zeggen draaide ze me haar rug toe en ik liet de rits zakken, pauzerend aan de onderkant. Ik liet mijn wijsvinger boven de tailleband van haar slipje zweven, wensend dat ik durfde te vragen of ik haar mocht aanraken.

Maar dat deed ik niet.

'Ik vind dat we dit moeten vieren', zei ze, terwijl ze weer achter het scherm stapte.

'Vieren?'

'Dat dit belachelijke gedoe voorbij is. Hier, vang.' De rode jurk zweefde in een boog over het scherm en ik ving hem op.

Het rook naar haar bloemige parfum en ik kon me met de grootste moeite bedwingen om er mijn gezicht niet in te begraven. Voorzichtig schoof ik hem op een hanger en klikte hem op het rek.

Ze kwam tevoorschijn in de broek en blazer die ze eerder had gedragen. 'Een etentje om het te vieren? Mijn traktatie.'

'Eh, ja, hoor.' Hoewel het dwaas van me was om mezelf te kwellen door nog meer tijd met haar door te brengen, kon ik de verleiding niet weerstaan.

Ze snoof. 'Klink niet zo enthousiast.'

'Ik ben enthousiast', protesteerde ik. 'Waar wilt u naartoe?'

'Vind je het erg als we bij mij thuis afhalen? Ik ben er klaar voor om deze hakken uit te trekken en mijn gezicht te wassen.'

Goede hemel.

15

DIE AVOND LAG ik languit op Jamila's bank. De lege bakjes van het Chinese eten lagen verspreid over de salontafel en Quill.i.am snuffelde aan een krakend kattenballetje in zijn verblijf. Op de televisie speelde een klassieke aflevering van *Star Trek*.

Ze zette Patrick Stewart op pauze en doorbrak daarmee mijn valse gevoel van veiligheid.

'Dus... je valt op me.' Ze zat op de grond met haar rug tegen de bank. De legging die ze vanavond droeg had een zachtroze kleur die me ongemakkelijk deed denken aan de vluchtige blik die ik op haar slipje had geworpen.

Ik zette beide voeten op de grond en keek naar Quill. Hij stak zijn kleine roze neusje in de lucht en luisterde.

'Ik denk dat je dat wel weet,' zei ik korzelig.

'Interessant.'

'Dat heb je al eerder gezegd.' Ik wist nog steeds niet wat ze ermee bedoelde.

'Is dat de reden waarom je me helpt met de pr?'

'Nee!' Ik draaide me naar haar toe. 'Ik help je omdat je hulp nodig hebt. Dat ik je leuk vind... staat daar los van.'

'Begon je me leuk te vinden toen je bij Jamilow kwam werken?'

'Waarom mag jij alle vragen stellen? Misschien heb ik ook wel vragen.'

'Misschien wel. Maar ik denk dat we allebei weten hoe dit werkt, meid.'

Ik keek naar mijn schoot. Natuurlijk wist ik hoe het werkte. Jamila had altijd de leiding. Het was een van de dingen die ik zo opwindend aan haar vond.

'Hoe lang al?' Haar stem was zacht, maar de dwingende ondertoon was van staal.

'Sinds ik, tja, een jaar of veertien was. Eigenlijk besefte ik toen pas dat ik je op dezelfde manier leuk vond als Harry Styles. Het is waarschijnlijk eerder begonnen.'

'Wacht. Je hebt toch niet echt met Harry Styles gedatet?'

'O, mijn god, was het maar zo. Al zou ik het vreselijk vinden om met iemand te daten die mooier haar heeft dan ik.'

'Daar hoef je je geen zorgen over te maken.' Ze streek met een hand door haar korte krullen. Ik wou dat ik voorover kon buigen en haar met mijn hand kon volgen om haar te laten zien hoe leuk ik het vond.

'Zo lang al?' Ze staarde me aan met haar donkere ogen. Het licht van de televisie accentueerde haar jukbeenderen.

'Ja, toen kwam ik erachter dat ik bi was. Maar ik dacht dat het gewoon een onhandig trekje van mijn persoonlijkheid was. Iets wat ik kon negeren. Dus ik heb alleen met mannen gedatet. Vanwege mijn moeder.' Ik trok mijn neus op.

'En wat zou Audrey zeggen als ze wist dat je me had gekust?'

Ik snoof. 'Je kent mijn moeder. Ze vindt me alleen wat waard als ik de perfecte kleine socialite speel. Ze heeft de hoop op een carrière voor mij opgegeven en wil dat ik me settel en haar meer kleinkinderen geef. Het pr-werk dat ik voor jou doe is het enige wat haar ervan weerhoudt om een of andere rijke vent aan me op te dringen. Misschien is een rijke vrouw net zo goed?' Ik keek haar vanuit mijn ooghoek aan.

Ze lachte, luid en onbeschaamd. 'Misschien. Al zijn die moeilijker te vinden. Verdomde patriarchaat. Ik doe niet aan vaste relaties. Sorry, meid.'

Natuurlijk wilde ze niks voor altijd en al helemaal niet met mij. Ze zag me als een of ander belachelijk meisje met sterretjes in haar ogen. Ik moest mijn tas pakken en gaan voordat ik mezelf nog meer voor schut zette dan ik al had gedaan.

'Vertel me over die ervaring waar je het eerder over had. Je datet alleen mannen, maar…' Ze trok haar wenkbrauwen op.

Mijn wangen gloeiden. 'Ik, eh. Ik had tijdens mijn studie wat studiedates met meisjes. We hebben een beetje gezoend en elkaar aangeraakt.'

'Klaargekomen?' vroeg ze.

'Soms. En daarna—'

'Toen je op de modeacademie zat, of toen je de bloemenwinkel had?'

'Ik wist niet dat je mijn carrière zo op de voet had gevolgd.' Ik grinnikte. 'Geen van beide. Toen ik stage liep bij dat evenementenbureau.'

'Heb je het met een bruidsmeisje gedaan?' Haar ogen werden groot.

'Nee. Gasten waren verboden terrein.'

'En jij volgt altijd de regels.'

'Meestal.' Larry bevrijden was de uitzondering. 'Hoe dan ook, soms ging het team na afloop van een evenement nog wat drinken, en een paar keer heb ik het gedaan met iemand die ik in de kroeg ontmoette. Soms een man. Soms een vrouw. En jij? Ik heb gezien dat je met zowel mannen als vrouwen datet.' Ze was inderdaad bij veel evenementen met Cooper Fallon geweest. Dat was voordat hij zich verloofde met zijn voormalige assistente.

'Ja, ik heb altijd geweten dat ik bi ben. Op de middelbare school had ik meer vriendinnetjes dan vriendjes. Ik hield van seks – heel erg – maar het laatste wat ik wilde, was zwanger worden en mijn kans om te gaan studeren mislopen. Meisjes waren veiliger.'

'O ja?' vroeg ik. Ze had het met een onverwachte bitterheid gezegd.

'Nou ja, behalve dan voor mijn populariteit. Ik was de lesbische nerd op de middelbare school. Dat was leuk.'

Ik probeerde me een nerderige Jamila op de middelbare school voor te stellen, maar het lukte me niet. Ze was zo zelfverzekerd, zo elegant. Ik beet op mijn lip. In Austin had ik een voorproefje gekregen van haar verleden, en vandaag weer. Ik wilde meer.

'In Austin vertelde je dat je bij je oma en je broers woonde. Hoe was dat?'

Ze wreef met een hand over haar gezicht. 'Bedankt dat je het met mijn broers uithoudt, trouwens. Ik weet dat ze een handvol kunnen zijn.'

Ik grijnsde. 'Ze zijn leuk. En ze verafgoden je.' *Net als ik.*

Ze snoof. 'Dat weet ik niet, maar we zijn altijd hecht geweest. Onze papa was vrachtwagenchauffeur en was soms een week achter elkaar weg. Mama werkte parttime en liet ons dan achter bij de buurvrouw, die niet al te aardig was. Nu besef ik dat zorgen voor drie onstuimige kinderen veel gevraagd was, maar het was een beetje een "wij tegen de rest"-gevoel, snap je? Ik probeerde de jongens uit de problemen te houden, en ik verdedigde ze als dat niet lukte.'

Ze keek weg. 'Hoe dan ook, papa overleed toen ik zes was en de tweeling drie.'

Ik legde een hand op haar schouder. 'Wat vreselijk voor je.'

Ze haalde haar schouders op. 'Het is heel, heel lang geleden.' Ze keek naar de televisie, maar ik wist dat ze kapitein Picard niet zag.

'Het was zwaar voor mijn moeder,' zei ze. 'Ik begreep het toen niet, maar nu wel. Ze werd de enige kostwinner voor drie jonge kinderen, waarvan er twee nog niet naar school gingen. Ze kon de hypotheek en de kinderopvang niet betalen. Niet zonder steun. Mama was vervreemd van haar ouders sinds ze op de middelbare school zwanger van me was geworden.'

Toen ze even stil was, begon Quill.i.am aan zijn nachtelijke training in zijn piepende rad.

'Ze wilden grotere dingen voor haar, weet je? Ik bedoel, dat wilde ze zelf ook, maar condooms werken niet altijd. De VS is voor velen misschien het land van de onbegrensde mogelijkheden, maar dat geldt niet voor meisjes die zwanger raken als ze zeventien zijn.'

Nu begreep ik Jamila's vriendinnetjes op de middelbare school. Ik kneep in haar schouder.

'Dus we trokken in bij papa's moeder, Nana. Zij dacht er net zo over. Ze vond dat ze een abortus hadden moeten plegen en hadden moeten gaan studeren zoals ze van plan waren en iets van hun leven hadden moeten maken. Waarschijnlijk had ze gelijk. Dat is wat ik gedaan zou hebben. Maar dan zou ik hier nu niet zijn, dus...' Ze haalde haar schouders op.

'Ik ben blij dat ze jou hebben gekregen.'

Er verscheen een glimlach op haar gezicht. 'Mijn nana bekritiseerde mama omdat ze geen betere baan had – ze was serveerster – omdat ze niet terug naar school ging, en omdat ze meer kinderen had dan waar ze voor kon zorgen. Ik denk dat ze mij ook een beetje kwalijk nam dat ik haar dromen voor haar zoon had verpest.'

Ik gleed naast haar op de grond en sloeg een arm om haar schouders. 'Het was niet jouw schuld.'

Ze nestelde haar benige schouder tegen mijn borst. 'Ik weet dat het niet mijn schuld was, maar Nana en ik waren water en vuur. Altijd.'

'En je moeder? Hadden jullie een hechte band?'

'Niet echt. Ze was altijd aan het werk. Ze zei dat het voor het geld was. Ik vermoedde dat ze het huis uit wilde, weg van Nana's gezeur en weg van ons, de kinderen, die haar aan papa deden denken. Toen kreeg ze een kans in Houston, een traineeship voor restaurantmanager. Toen ze vertrok, zei ze dat ze terug zou komen als het programma was afgelopen en een baan als manager in Austin zou zoeken.'

'Maar het liep anders. Ik weet niet of het haar keuze was of niet. Ik was negen en dacht dat volwassenen alles konden doen wat ze wilden. Natuurlijk dacht ik dat zij ervoor koos. Ze bleef daar en zei dat ze ons niet mee kon nemen omdat ze altijd werkte en niet genoeg verdiende voor de naschoolse opvang en zo. Ze stuurde geld naar Nana voor ons. Niet veel, maar we hadden altijd nieuwe gympen voor het begin van het schooljaar en kleren voor de kerk op zondag.'

'Geld is niet het enige wat kinderen nodig hebben.' Wij hadden genoeg, maar er was nog steeds een leegte in ons gezin door de dood van onze vader. Charles vulde een deel ervan op, vooral voor mij als de jongste, maar er was een deel van mijn hart waar zelfs hij nooit bij kon komen.

'Nana hield van ons, maar ze was niet de warmste persoon. Het laatste wat ze wilde was dat we opgroeiden en van de hand in de tand leefden zoals onze ouders, dus ze pushte ons hard.'

'Terugkijkend waardeer ik het. Ik zou niet zijn waar ik nu ben zonder haar gedram. Maar toen was ik boos. Ik nam J.J. en Jevin altijd tegen haar in bescherming, dekte hen als ze iets hadden uitgehaald. Ik leerde hoe ik haar handtekening op hun school-briefjes moest vervalsen.' Ze grinnikte. 'Die kregen ze constant. Wanneer Nana's netwerk van kerkvrienden haar vertelde wat ze hadden gedaan, was ik degene die hun tranen droogde en hun vertelde dat ze goed genoeg waren.'

Ik probeerde me Jamila als een soort surrogaatmoeder voor te stellen. Op het werk was ze zo'n kracht, die iedereen aanspoorde om het beste uit zichzelf te halen. Met Jackson en Cooper was ze ook intens, maar ik herinnerde me momenten waarop ze hen aanmoedigde met een klap op hun rug of wanneer ze hen troostte met een knuffel. Ik kon me voorstellen dat ze hetzelfde deed met haar broers. Misschien was dat de reden waarom ze een trio had gevormd met Jackson en zijn kamergenoot van de universiteit. Ver van huis had ze een surrogaatfamilie nodig en een paar jongens om uit de problemen te houden.

Ik trok haar wat dichter naar me toe om haar bloemige geur in te ademen. Haar scherpe schouder prikte in mijn borst, maar het kon me niet schelen. 'Je had gelijk. Ze hebben het geweldig gedaan. En jij ook.'

'We hebben het aardig gedaan.'

'Beter dan aardig.' Toen vroeg ik haar waar ik al nieuwsgierig naar was sinds ik haar huis had gezien. 'Is dat waarom je dit huis hebt gekocht? Omdat je al je geld naar huis stuurde om je familie te onderhouden?'

'Dat is een deel ervan. Ik ben niet opgegroeid zoals jij. Mijn nana heeft haar hele leven zuinig geleefd en had haar huis afbetaald toen wij bij haar introkken. Haar pensioen en wat mama stuurde waren genoeg voor eten, kleding en belastingen, maar er was nooit iets extra's. Ik zag hoe precair het leven kon zijn, dus koos ik een huis dat ik contant kon betalen. Het is comfortabel, en het is alles wat ik nodig heb. Het is meer dan goed genoeg.' Haar schouders waren opgetrokken naar haar oren.

Ik streek met een hand over haar arm. 'Natuurlijk is het dat. Het is een prachtig huis. Je buurt is ook leuk. Zelfs je buurvrouw met de avocado's.'

'Daar heb ik problemen mee gekregen, weet je. Je had me niet verteld dat mevrouw González hulp nodig had met haar boom. De volgende keer dat ik haar zag, kreeg ik de wind van voren.'

'Oeps.' Toen ik Jamila zag met haar sweatshirt dat van haar schouder gleed, was ik al het andere vergeten.

'Ze zei iets over een chique Mercedes. Is dat niet Audreys auto? Wat is er met die van jou gebeurd?'

Ik kromp ineen. Zij had mij haar verhaal verteld. Het was tijd om het mijne te delen.

'Technisch gezien *heb* ik nog wel een auto,' zei ik. 'Weet je nog. Ik kreeg hem van mijn ouders voor mijn achttiende verjaardag. Het is de schattigste kleine rode BMW-coupé.'

'Dat weet ik nog goed. Ik heb nooit geloofd dat mensen elkaar echte *auto's* cadeau geven. Waar haal je in hemelsnaam zo'n grote roze strik vandaan?'

'Ik weet het niet. Maar al mijn vriendinnen van de middelbare school kregen een auto met een strik erop.'

Jamila mompelde iets en schudde haar hoofd. 'Dus wat is er gebeurd? Heb je hem in de prak gereden?'

Ik hapte naar adem, ondanks de schaamte die als een pressepapier van loodkristal op mijn longen drukte. 'Nee. Ik ontmoette deze vrouw op mijn eerste dag van de koksopleiding. Laten we haar... Ruby noemen. We begonnen als studiepartners. We spraken af in een café in de buurt van school om voor de examens onze aantekeningen door te nemen. Ik ging een keer naar haar huis om taarten te bakken. Het lukte me maar niet om de korst goed te krijgen, en zij was er een kei in. Haar korsten waren schilferig en bros en... magisch.' Ik zuchtte bij de herinnering.

'Mijn nana maakte altijd een goede taartkorst,' zei Jamila. 'Ik heb het nooit onder de knie gekregen.'

'Het is moeilijk, hè? Hoe dan ook, we bleven daarna hangen om naar *Heel Holland Bakt* te kijken. Iedereen had het erover, en ik had het nog nooit gezien. Ze plaagde me erover, en toen begon ze me te kietelen, en plotseling waren we aan het zoenen.' Ze smaakte boterachtig, net als haar taartkorst.

Jamila aaide mijn knie.

Ik was blij dat ze mijn gloeiende wangen in het donker niet kon zien. 'De week daarop was ik te laat in het café, en ze zag me aan komen rijden in mijn BMW. Hij is, weet je, niet erg subtiel in de buurt van de hogeschool. Ze vroeg ernaar, dus ik vertelde haar dat ik hem van mijn ouders had gekregen.'

Jamila ging rechtop zitten. 'Dat heb je niet gedaan.'

Ik miste haar warmte. 'Het was naïef van me. Dat weet ik nu. Ze vroeg of ze erin mocht rijden, en natuurlijk zei ik ja. We hebben een paar uur rondgereden. Ze nam hem zelfs mee de snelweg op. Daarna belandden we in een restaurant aan het strand. Ik betaalde natuurlijk, en we liepen hand in hand over het zand en hebben toen tegen de pier staan zoenen.' Haar warrige, kastanjebruine haar was zacht tegen mijn wang geweest.

'O, meid toch.' Jamila schudde haar hoofd.

'Kijk, ik dacht dat het iets betekende, oké? Dus die vrijdag na de les keek ze heel verdrietig, en ik vroeg haar waarom. Ze zei dat ze naar Sacramento moest om haar moeder te helpen met wat boodschappen. Kerstinkopen en zo. Ze zei dat haar moeder kanker had. En dat haar auto het had begeven. Ze kon het zich op dat moment niet veroorloven om hem te laten repareren. Dus ik zei: "Leen mijn auto." Ik bedoel, dat zou iedereen zeggen, toch?'

'Nee.'

Ik zuchtte. 'Nou, ik wel. Ik was het hele weekend blij dat ik haar – en haar moeder – had geholpen. Toen ze maandag terugkwam, was ze zo dankbaar en lief. We hebben meteen weer gezoend, daar in de gang op school. Ze was vergeten de sleutels mee te nemen, en ik was zo in de zevende hemel dat ik er niet bij stilstond.'

'Meid…' Dit keer glimlachte Jamila toegeeflijk.

'Ik weet het, ik weet het. Het klinkt nu belachelijk, maar ik dacht er niets van. Ik hielp mijn vriendin. Toen kwam de examenweek, en het leven was hectisch. Ik wist dat het bij haar ook zo was, en ik liet het maar zo. Ik dacht dat we na de examens wel zouden afspreken, en dan zou ik de sleutels van haar terugkrijgen.'

'Maar na de examens heeft ze me geghost. Tegen de tijd dat ik dat doorhad, was het te laat. Ik ging naar haar huis, en ze was vertrokken. De auto stond niet op de parkeerplaats. Hij was gewoon… weg. En Ruby ook.' Mijn hart verkruimelde net als haar taartkorst toen haar huisbaas zei dat ze verhuisd was. Er was geen ruimte voor verdriet om de auto.

'Wat zeiden Audrey en Charles?'

'Je denkt toch niet dat ik het hun verteld heb?'

'Hoe kon je dat niet doen? Dat was vijf maanden geleden.'

Ik haalde mijn schouders op. 'Elke keer als ze ernaar vragen, verzin ik een smoes. Ik heb geen zin om te rijden. Ik heb mijn auto uitgeleend aan een vriendin. Allebei waar. Omdat ik dat soort dingen altijd doe, rollen ze alleen maar met hun ogen en rijden ze. Soms vraag ik mijn broers om me te rijden of bel ik een Uber.'

'Zeg me dat je aangifte hebt gedaan bij de politie.'

Ik kromp ineen. 'Nee. Ik denk dat ik hoopte dat ze mijn telefoontjes of appjes zou beantwoorden. Ik dacht, als de registratie vernieuwd moest worden, dan was het haar probleem en zou ze hem terugbrengen of contact met me opnemen of zo, maar dat heeft ze nooit gedaan.'

Ik sloeg een hand voor mijn gezicht. Jamila zou zoiets nooit laten gebeuren. Niemand zou het zelfs maar proberen. Niet bij zo'n sterke, zelfverzekerde vrouw. Het soort vrouw dat ik nooit zou kunnen zijn.

16

IK VOELDE ME zo licht nadat ik Jamila had verteld hoe ik erin was geluisd, dat ik zweefde. Ik voelde de niet bepaald zachte stof van haar vloerkleed in de woonkamer niet eens.

'Meisje toch, je hebt een veel te goed hart.' Jamila draaide zich naar me toe, pakte een lok van mijn haar en draaide die om haar vinger. Ik genoot van het zachte getrek.

'Ruby had hulp nodig. Althans, dat dacht ik.'

'Je probeert altijd mensen te helpen, zelfs mij.'

'Anderen helpen geeft me een goed gevoel.'

Ze glimlachte, maar het was een beetje een treurige glimlach. 'Gaf ze je een goed gevoel?'

'Ja. Ik geloofde haar verhaal over haar zieke moeder. Ik hoop dat het waar was en dat ik heb kunnen helpen.'

'Nee, schatje. Deed ze je je *goed* voelen?' Ze trok wat harder aan mijn haar.

'O. *O*. Je bedoelt of ze me heeft laten klaarkomen? Nee, we hebben alleen gezoend.'

Jamila's vingers hielden stil. 'Je kunt klaarkomen tijdens het zoenen. Als je het goed doet.'

Dat was ik nog aan het verwerken toen ze vroeg: 'En je scharrels zonder verplichtingen na je studie dan? Kwam je bij hen wel klaar?'

Ik verschoof op het tapijt. 'Meestal wel. Niet altijd met de mannen. Ik vind het soms moeilijk om me te... eh, ontspannen.'

'Je was behoorlijk ontspannen toen je me in Austin zoende.'

Ik begroef mijn gezicht in mijn handen. 'Ugh, ik wou dat ik zo'n neuralyzer uit *Men in Black* had. Dan zou ik je die avond laten vergeten.'

'Waarom zou ik die avond willen vergeten?' Ze trok mijn vingers van mijn gezicht.

'Ik schaam me kapot, oké? En het spijt me. Ik heb het niet eens gevraagd voor ik je zoende.'

'Klopt. Maar dat betekent niet dat ik er boos om ben.'

'Maar je bleef gewoon zitten! Je bewoog niet!'

'Ik was verrast, dat is alles. Ik wist niet dat Jacksons zusje bi was, en ik wist niet dat je me leuk vond.'

Een licht gevoel borrelde op in mijn borst en bleef in mijn keel steken. Toen ik sprak, was mijn stem ademloos. 'En hoe denk je er nu over?'

'Geïntrigeerd.' Ze streek met een vinger over mijn keel en stopte bij het kuiltje tussen mijn sleutelbeenderen, precies waar het geborrel was blijven steken. 'Al zijn er wel een paar redenen waarom ik het bij een puur intellectuele interesse zou moeten houden.'

Nee! Mijn hart bonkte tegen mijn ribben. 'Redenen?'

Ze trok zich terug en telde ze op haar vingers. 'Ten eerste ben je mijn werknemer.'

'Ik help je met de pr,' wierp ik tegen. 'Ik ben je kantoor binnengestapt en heb geëist dat je me zou laten helpen.'

'Ten tweede ben je tien jaar jonger dan ik. We hebben totaal verschillende levenservaringen.'

'Tegenpolen trekken elkaar aan. Dat is toch wat Paula Abdul zegt?'

Jamila rolde met haar ogen. 'Jij was nog niet eens geboren toen dat nummer uitkwam. Bovendien maakte ze een videoclip met een verdomde tekenfilmkat. Wat weet zij er nou van?'

'Ik denk dat ze een punt had.' Ik sloeg mijn armen over elkaar.

Jamila streek met een vinger over mijn arm, maar haar woorden spraken de sensuele aanraking tegen. 'Ten derde, en dit is de echte dealbreaker, je bent het zusje van mijn vriend.'

'Een dealbreaker? Jackson is niet mijn eigenaar. Hij heeft niets te zeggen over mijn liefdesleven.'

Jamila woelde met haar hand door mijn haar en krabde met haar korte nagels over mijn hoofdhuid. 'Is dat zo?'

'Mm-hmm.' Jamila's hand op mijn huid was hemels. Ik durfde met mijn vinger naar haar kaak te reiken en die langs de lange lijn van haar hals te laten glijden, iets wat ik al de hele middag had willen doen.

Ze rilde en leunde toen in mijn aanraking. 'Als je alle redenen die ik heb gegeven in gedachten houdt waarom dit niets meer kan zijn dan iets vrijblijvends, vrienden met beperkte voordelen, wat zou je dan van een herkansing vinden?'

Mijn hersenen sloegen op tilt. 'Vrienden met beperkte voordelen?'

'Ik heb je gezegd dat ik niet aan lange relaties doe. Zeker niet met de zusjes of broertjes van mijn vrienden. Maar we kunnen die kriebels die jij voor mij hebt wel even wegnemen. Ik ben bereid om af en toe een zoensessie aan onze vriendschap toe te voegen.'

Een rilling ging door mijn lichaam, tot in mijn tanden. Ik schudde haar hand van me af en wrong de mijne in mijn schoot. 'Je houdt me voor de gek, toch?'

'Nee, schatje.' Ze legde haar hand op het bankkussen achter me. 'Kijk, je hebt me de afgelopen weken echt geholpen. Je bent nu helemaal volwassen. En ik ben een beetje nieuwsgierig naar hoe het zou zijn.'

'Je bent nieuwsgierig,' zei ik vlak. 'Je zou me zoenen om je nieuwsgierigheid te bevredigen.'

'Als dat is wat je uit mijn woorden wilt halen, prima.' Ze

haalde haar schouders op, maar haar blik boorde zich in me, allesbehalve achteloos.

Ik kneep mijn ogen tot spleetjes. 'Jij vindt mij ook leuk.'

'Dat heb ik niet gezegd.'

Ik tuitte mijn lippen. Ze bood een zoen aan, misschien wat
gevrij over de kleren heen, als een experiment. Zonder
verplichtingen.

Was het genoeg? Nee.

Maar ik kon het ook niet laten lopen.

'Waarom moet je toch zo'n verdomde eikel zijn?' vroeg ik
voordat ik naar voren leunde en haar hard zoende.

Ze verstijfde, net als dinsdagavond in de auto. Maar toen
werden haar lippen zachter. Ik drukte me tegen haar aan en likte
haar volle onderlip.

Ze opende haar mond voor me en ik drong naar binnen,
zoekend, tastend, hongerig.

Ze trok zich terug en liet me naar adem happen.

'Rustig aan, meisje. Ik heb je.'

Ze boog zich naar me toe en legde haar lippen schuin op de
mijne, plagend, naderend, terugtrekkend. Elke keer als ik haar
najoeg, trok ze zich terug. Toen begon ze opnieuw, zachtjes, en
gaf me langzaam meer. Uiteindelijk leerde ik dat als ik me
ontspande, ze me alles zou geven wat ik wilde. Alles wat ik
nodig had.

Haar borst drukte tegen de mijne. Ik verlangde ernaar haar
huid tegen de mijne te voelen.

Ik liet mijn hand van haar nek over haar schouder naar haar
borst glijden. Ik wreef met mijn handpalm over de kleine welving
en voelde haar harde tepel door haar dunne hemdje. God, ze
droeg geen beha. Als ik dat had geweten, had ik de hele avond
geen zinnige gedachte meer kunnen hebben.

Beeldde ik het me in, of drukte ze zich tegen mijn handpalm,
net zo opgewonden als ik? Ze had me nergens aangeraakt waar
mijn kleren normaal gesproken zaten, maar elk deel van mij stond
in lichterlaaie als de kerstboom op Union Square. Ik wreef mijn

dijen tegen elkaar, de naad van mijn spijkerbroek tegen mijn gezwollen clitoris werkend. Mijn ademhaling versnelde.

Ze had haar hand nog steeds in mijn haar en ze trok aan de wortels. Een spoor van vonken schoot van mijn hoofdhuid langs mijn ruggengraat en rolde zich op in mijn buik. Zou ik hiervan klaarkomen? Dat wilde ik niet. Ik wilde niet klaarkomen tot ze mijn huid aanraakte.

Ik rukte mijn lippen los van de hare en zoende over haar wang naar haar oor, waar haar bloemige parfum samensmolt met de kokos van haar haarproduct, en ik was in een tropische tuin met het verlangen van mijn hart. 'Jamila, ik wil je,' fluisterde ik.

Ze kreunde in mijn oor. 'Nee, meisje. Niet vanavond.'

'Wat?' Ik likte haar oorlel. 'Zeker weten?'

'We doen dit rustig aan. Wil je niet wat voordelen voor later bewaren?' Haar vingers gleden over de achterkant van mijn nek en stuurden tintelingen langs mijn ruggengraat.

'Nee.' Het woord klonk mokkend.

'Nou, ik wel.' Ze trok zich terug en haar hand verliet mijn huid.

'Waarom?' jengelde ik.

'Ik wil niet alles in één keer opmaken. Ik wil dat je blijft terug-komen voor meer.'

'Klinkt alsof je een grote plaaggeest bent.' Ik stak mijn onderlip naar voren.

Ze boog voorover en gaf er een lichte kus op. 'We kunnen er nu meteen mee stoppen.'

'Nee!'

'Je lijkt me iemand die niet gewend is om nee te horen.'

Ze had gelijk. Het was een van de vele privileges van een Jones zijn. 'Niet vaak, nee.'

'Van mij zul je het vaak horen. We doen het op mijn manier. En mijn manier voor vandaag is dat jij naar huis gaat. Ik bel nu zelfs een taxi voor je.' Ze pakte haar telefoon van het bijzettafeltje en tikte erop.

'Wanneer zie ik je weer?'

'Maandag op het werk.' Toen ze opkeek van het scherm, was haar uitdrukking onschuldig, maar haar ogen hadden een ondeugende schittering.

'Maar op het werk zoen je me niet.'

'Absoluut niet. Maar ik neem je daarna wel mee uit voor een drankje.'

'Echt waar?' Hoop laaide op in mijn hart.

'Beloofd.' Ze boog voorover voor nog een zachte kus, als bezegeling van de afspraak. 'En nu, hup. Je taxi is er over vijf minuten.' Ze stond op en trok me overeind van de vloer.

'In vijf minuten kan ik je helpen dit allemaal op te ruimen.' Ik gebaarde naar de afhaalbakjes.

'Prima.' Ze pakte er een paar op, ik greep de rest en volgde haar naar de keuken.

Toen haar telefoon pingelde, liep ze met me mee naar haar voordeur en streek met haar duim over mijn door het zoenen gezwollen lippen. 'Welterusten, meisje. Tot maandag.'

17

DE VOLGENDE VRIJDAG, terwijl ik socialmediaberichten aan het inplannen was, slaakte Hannah een gil.

'Check je e-mail', zei ze. 'Nu meteen.'

'Was dat een goede gil of een 'o, shit'-gil?', vroeg ik, terwijl ik op mijn laptop van venster wisselde.

'Kijk, kijk, kijk!' Ze snelde om mijn bureau heen en leunde over mijn schouder, wijzend naar een ongelezen e-mail. 'Het is het artikel van *Buzz Bizz* en de foto's. Openen, openen, openen!'

Ik klikte op de e-mail en opende de bijlagen. Ik scande het artikel. De woorden *kalm, zelfverzekerd, rationeel* en *rechtuit* sprongen van de pagina. Allemaal goede tekenen. Ik moest het later nog eens goed lezen.

'Kijk naar de foto's.' Hannah griste mijn muis weg en klikte om ze te openen.

Jamila vulde mijn scherm; ze zag er verfijnd en gracieus uit, maar ook nuchter. Of zo nuchter als iemand in een jurk van duizend dollar eruit kan zien. 'Ze ziet er geweldig uit, hè?'

'Fantastisch.' Hannahs glimlach toonde haar perfecte tanden.

'En het artikel? Heb je het gelezen?'

'Ze wordt erin afgeschilderd als een godin op aarde. Totaal het tegenovergestelde van hoe ze eruitzag in dat filmpje op TikTok. Goed gedaan, baas.'

Opwinding borrelde in mijn buik. 'Ik zal vragen of we de video van het interview kunnen krijgen, zodat we wat fragmenten op TikTok kunnen zetten. Dan drukken we de slechte dingen de kop in.'

'Al gevraagd. Dat wordt een doorslaand succes.'

Ik stond op en hield mijn armen open voor een knuffel. 'Dat hebben we goed gedaan. Dank je wel.'

Ze drukte me tegen zich aan, waardoor mijn gesteven blouse kreukte. 'Ik denk dat je een toekomst hebt in de pr.'

Ik had me nog nooit zo gevoeld in een van mijn andere carrières. Zelfs niet toen ik een taartbodem had gemaakt die niet compleet mislukt was. 'Misschien heb je gelijk.'

Er klonk gekuch in de deuropening. Felicia stond daar met een envelop in haar hand.

Ik liet Hannah los en stapte om mijn bureau heen. Felicia overhandigde me de envelop.

'Wat is dit?', vroeg ik, terwijl ik een vinger onder de flap schoof.

'Salaris.' Ze draaide zich om om weg te gaan.

'En Hannah dan?' Hoe kon het dat ik een salarisstrook kreeg en zij niet?

'Ik heb automatische storting ingesteld', zei Hannah. Toen ik haar wezenloos aankeek, ging ze verder: 'Mijn salaris wordt direct op mijn bankrekening gestort. Heb je dat nog nooit eerder gedaan?'

Ik trok een vies gezicht. 'Ik heb nog nooit een betaalde baan gehad. Alleen vrijwilligerswerk en onbetaalde stages. Mijn stiefvader regelde de financiën van de bloemenwinkel.'

Ze grinnikte. 'Dat moet fijn zijn.'

Felicia liet haar minachting blijken door haar gekrulde lip. 'Dat moet wel.'

Mijn gezicht werd rood. 'Ik... ik...' Ik kon Jamila's geld niet aannemen. Het enige wat ik had willen doen, was haar helpen. Ik kon ook niet het verwende rijkeluismeisje zijn tegenover deze twee hardwerkende vrouwen. 'Ik moet haar spreken.'

Met de envelop tussen mijn vingers geklemd marcheerde ik naar Jamila's kantoor, klopte op de deur en duwde hem open.

Winslow zat in de stoel tegenover Jamila. Zijn houding was ontspannen, met een enkel over zijn andere knie. De bessenzroze broek onthulde de oogverblindend felle pastelkleurige polkadots op zijn sokken, een totale mismatch met zijn tweekleurige brogues. Hij zei lijzig: 'Welke pr-noodsituatie is er nu weer ontstaan?'

Jamila hief haar handen met de palmen naar voren. 'Ik zweer het, ik heb niks gedaan. Ik heb dat interview gedaan, precies zoals je me zei. En ik heb de hele week keihard gewerkt.'

Maandagavond had Jamila me meegenomen voor een drankje, zoals ze had beloofd, maar ze had steeds naar haar telefoon gekeken die ontplofte van de berichten. QA had een ander probleem in de code gevonden en het ontwikkelteam was zich een slag in de rondte aan het werk om het te debuggen. Het was een spelletje 'whack-a-mole': zodra ze een probleem hadden opgelost, dook er een ander op. Het leek er nog steeds op dat iemand hen tegenwerkte, maar niet Rhiannon. Dat wist ik nu wel.

Na één drankje had ik medelijden met haar gekregen en gezegd dat ze terug moest gaan naar kantoor. Het enige wat ik had gekregen, was een vluchtige kus op mijn wang. Jamila was opgesprongen om de programmeurs te helpen, en er waren geen vervolgkussen geweest. Ik had de kussen van vrijdag bij haar thuis moeten recyclen om mijn fantasie te voeden.

Niet dat ik klaagde. Die kussen bij haar thuis waren opwindend geweest.

'Het is geen pr-ding.' Ik sloeg mijn armen over elkaar. 'Het is een hr-ding.'

'O-o.' Winslow grinnikte. 'Dat laat ik jullie zelf oplossen.'

'Hr valt onder operations.' Jamila trok een wenkbrauw op.

'Niet als het om speciale gevallen gaat.' Hij stak een vinger op. 'Ik had niets te maken met haar aannemen. Dat was jij helemaal.'

'Ik meen me te herinneren dat u voorstander was van het aannemen van een pr-specialist', zei ze.

Hij deed alsof hij nadacht. 'Nee. Geen enkele herinnering daaraan.' Hij slenterde langs me heen en sloot de deur achter zich.

'Wat is er, Natalie?' Jamila liet haar kin op haar hand rusten. Er lagen schaduwen onder haar ogen.

Er stak iets in mijn borst. Ik draaide me bijna om en volgde Winslow naar buiten om Jamila een paar momenten rust te gunnen, maar dit was belangrijk. Het had invloed op ons en de rare vrienden-met-voordelen-situatie die ze had ingesteld.

Ik hield de envelop omhoog. 'Ik zei toch dat ik niet betaald wilde worden.'

Ze rolde met haar ogen. 'Ik zei *jou* dat je werk voor me doet. Mensen die werk doen, worden betaald. Ik betaal Hannah ook, hoewel technisch gezien niemand haar heeft aangenomen.'

'Ik heb haar aangenomen. Jij hebt haar nodig.'

'Dan, ipso facto, ben je mijn werknemer. Ik sta niet toe dat niet-werknemers mensen aannemen om bij Jamilow te werken.'

Shit. Dat was logisch.

'Maar… maar wat betekent dat?'

Een glimlach krulde haar lippen, hoewel haar ogen dof bleven van uitputting. 'Nou, meisje, werknemer zijn betekent dat je elke twee weken een salarisstrook krijgt, de overheid er belasting over heft en we secundaire arbeidsvoorwaarden bieden, dus als je ziek bent, kun je naar het ziekenhuis.'

'Ik heb geen secundaire arbeidsvoorwaarden of salaris nodig. Niet als dat betekent dat jij en ik…'

'Niet het andere soort voordelen kunnen hebben?'

'Heb je ooit voordelen gehad met een werknemer?'

'Zeker.'

Ik zwaaide met de salarisstrook, en het kleine plastic venstertje rammelde. 'Met een werknemer van *jou*?'

'Absoluut niet.'

'Dan ga ik hem…' Ik pakte de bovenkant van de envelop vast om hem te verscheuren.

'Nee!'

Ik verstijfde.

'Nat, ik heb je nodig. Om hier te werken. De boel is nu een stuk rustiger.' Ze keek uit het raam. 'Geen busjes van het journaal meer. Dankzij jou. Ik wil niet dat je ontslag neemt.'

'Maar ik wil dit.' Ik maakte een gebaar tussen ons in, nog steeds niet zeker wat *dit* was, maar vastbesloten om het met beide handen vast te houden.

'Dan proberen we het. Ik kan niets anders beloven dan iets vrijblijvends. Als een van ons besluit dat het niet werkt, kunnen we ermee stoppen. Zonder rancune. Nog steeds vrienden. Oké?'

Haar tanden gleden over haar kusbare lip. Haar blik was koel, alsof het haar niet kon schelen, maar dat ene weggevertje gaf me hoop dat dit haar misschien net zo veel kon schelen als mij.

'En we zijn exclusief?', vroeg ik.

Ze snoof. 'Verdorie, meid, denk je dat ik tijd heb om te daten?'

Het was geen geweldig aanbod, maar het was het beste dat ik zou krijgen. 'Oké.'

Een grijns verscheen op haar gezicht. 'Oké.'

'En nu?' Ik vouwde de salarisstrook op en stopte hem in mijn zak. 'Schudden we elkaar de hand? Een kus?'

'We gaan niet zoenen in mijn kantoor. Hier zijn grenzen aan. Dat is er een van.'

'Begrepen. Vanavond wat drinken?'

'Het team is hard aan het werk om een deadline te halen. Ik kan hier niet weglopen terwijl zij nog aan het werk zijn.'

'O ja.' Haar werk was belangrijker dan wat voor vrijblijvends we ook hadden. 'Ik denk dat…'

'Morgen', zei ze haastig. 'Dan neem ik je mee uit. Plus, ik heb een cadeau voor je.'

'Een cadeau?' Ik grijnsde. 'Ik hou van cadeaus.'

'Kom hier.' Ze pakte iets van haar bureau en liep toen naar het raam dat uitkeek op een stukje van de parkeerplaats. Ze gaf me het zwarte plastic voorwerp.

'Een autosleutel?'

'Het is een gedoe om elke dag zonder auto van San Francisco hierheen te komen. Klik maar.'

Ik klikte op de ontgrendelknop en hoorde een zacht piepje. Ik deed het nog eens en concentreerde me dit keer. De koplampen van een snoepjesrode Porsche cabriolet flitsten.

Ik staarde Jamila met open mond aan. De BMW van mijn ouders was één ding. Ik kende niemand die een vriendin een auto gaf. Zelfs vrienden-met-voordelen deden dat niet.

'Ze zijn niet in het roze verkrijgbaar,' zei ze. 'Dat heb ik gevraagd. En ik heb ze gezegd dat ze de gigantische strik konden overslaan.'

'Je kunt me geen auto geven. Dat is niet wat v...' Ik moest het woord *vriendinnen* inslikken. 'Dat is niet wat vrienden doen.'

'Werkgevers doen het de hele tijd. Het is een lease. Zie het als een auto van de zaak.'

'Maar...' Ik wist niet wat het beleid van Jamilow was met betrekking tot auto's van de zaak, maar ik vermoedde dat pr-specialisten die zichzelf aannamen er geen kregen na minder dan een maand werk.

'Rijd er morgen mee naar mijn huis. Dan gaan we op date.'

Een date. Een echte date. In een exorbitant cadeau.

'Oké.' Ik sloot mijn vuist om de sleutel. 'Dit is normaal gesproken het moment waarop ik je zou zoenen.'

Haar bruine ogen brandden in de mijne, en haar stem klonk hees. 'Bewaar het maar voor morgen.'

Ik wist niet hoe ik Jamila's kantoor uitkwam, maar ik zweefde terug door de gang naar het kantoor van Hannah en mij.

'Alles opgelost?', vroeg Hannah.

'Wat?' Wat ik had gedaan was allesbehalve opgelost.

'Je salaris.'

'O, juist.' Verward haalde ik het uit mijn zak.

Wat deed je in hemelsnaam eigenlijk met een salarisstrook?

18

IK WAS BRUTAAL genoeg om een kleine weekendtas in te pakken voor mijn date met Jamila, maar minder brutaal toen ik hem over mijn schouder gooide en op mijn tenen de trap af sloop. Ik hoopte dat ma en Charles zouden uitslapen na hun aankomst uit Parijs gisteravond, maar toen ik langs de eetkamer sloop, riep ma: 'Natalie, schat. We zijn hier.'

Zuchtend zette ik mijn tas in de gang neer en stapte de eetkamer binnen. Ma zat aan het hoofdeinde, Charles rechts van haar en Sam links. Mijn zus schoof een plakje banaan onder de tafel naar haar kleine, handtasvernietigende monster.

'Goede reis gehad?' vroeg ik, terwijl ik vooroverboog om ma een kus op haar wang te geven.

'Geweldig,' zei ze met een zachte zucht naar Charles. 'Zo romantisch. Ga zitten, dan vertellen we je er alles over.'

'Ieuw, nee bedankt.' De rol van het verwende nest van de familie was makkelijk aan te nemen. Ik pakte een aardbei uit de fruitschaal. 'Ik sta op het punt te vertrekken.'

'Waar ga je naartoe?' Ma zette haar koffiekopje met een tikje op het schoteltje.

'Naar Jamila. En misschien blijf ik bij haar slapen.'

'Slapen?' Ma's wenkbrauwen gingen omhoog. 'Drijft Jamila je te hard?'

Ik hoopte dat ze me vannacht hard zou nemen, recht tegen haar hoofdeinde aan. Ik stopte de aardbei in mijn mond om geen antwoord te hoeven geven.

Sam keek op van haar telefoon. 'Nat heeft de laatste tijd veel gewerkt. Ik heb haar nauwelijks gezien toen jullie weg waren.'

Ik keek haar met grote ogen aan. Verraadster.

'Jamila is een uitstekende invloed,' zei Charles. 'Ze kan je de richting geven die je nodig hebt.'

'Ik wed dat ze goed de leiding neemt,' mompelde Sam. Ze was afgelopen zaterdagavond aan het snacken in de keuken toen ik terugkwam van Jamila, met mijn haar in de war en door kussen uitgesmeerde lippenstift op mijn kin.

'Wanneer is je appartement weer klaar?' eiste ik.

'Niet ruziën, meiden,' zei onze moeder vermoeid. Die zin moest na al die jaren wel een groef in haar keel hebben gesleten. 'Natalie, we hadden het over Jamila's invloed op jou.'

Mijn wangen gloeiden. Ze moeten zo rood zijn geweest als de aardbeien op tafel. 'Ze is blij met mijn werk tot nu toe. Ik heb een geweldige reportage voor haar geregeld in *Buzz Bizz*.'

'Lieve schat, niemand twijfelt aan je drang naar succes. Je hebt alleen focus nodig.' Charles gaf me een vriendelijke glimlach. 'Jamila heeft dat in overvloed. We hopen dat het op je afgeeft.'

Ik onderdrukte een piepje. Ik hoopte dat we op elkaar zouden afgeven, in bed.

Giechelend draaide Sam zich om en voerde een blauwe bes aan Bilbo Baggins.

'Oké, ik ben weg,' zei ik. 'Ik app je wel als ik blijf slapen. Misschien mis ik de brunch morgen.'

'Voordat je gaat,' zei ma, 'moeten we het hebben over de picknick volgend weekend.'

'Picknick?' Ik verstijfde in de deuropening.

'De jaarlijkse Memorial Day-picknick van volksvertegenwoordiger Crawford. We gaan erheen en gebruiken de gelegenheid om met hem over onze alfabetiseringsagenda te praten.'

'Nee,' zei Sam.

Ik wou dat ik ma zo kon afpoeieren, maar zo sterk was ik nooit geweest.

'Natalie, liefje, wie neem je mee?' vroeg ma.

Ik knipperde met mijn ogen. Vorig jaar was ik met Daniel van der Poel gegaan. We gingen vaak als vrienden naar evenementen, maar mensen begonnen onze namen op een serieuzere manier aan elkaar te koppelen. Normaal gesproken zou ik er geen seconde over hebben nagedacht om met hem naar de picknick te gaan, maar ik wilde het delicate evenwicht van wat dit dan ook was met Jamila niet verstoren, zeker niet na het debacle op het kerstfeest van Billie Woods.

'Ik… ik weet het niet. Ik was het vergeten.'

'Vergeten? Dat is niets voor jou. Neem Daniel mee. Ik bel zijn moeder wel.'

'Nee!' Ik kromp ineen zodra ik het had gezegd. Dit soort dingen vereisten nuance en ik was allesbehalve subtiel geweest.

'Wat? Jullie hebben toch geen ruzie?'

'Nee. We hebben elkaar de laatste tijd gewoon… niet zo veel gezien.'

'Heeft hij een relatie?'

'Dat weet ik niet.'

'Hij heeft het net uitgemaakt met Bella Waddingworth,' zei Charles.

We keken hem allebei met grote ogen aan.

'Wat? Ik hoor ook weleens wat. Bob Waddingworth en ik hebben afgelopen zaterdag gegolfd.'

'Dan is het een perfect moment voor jou om met hem uit te gaan,' zei ma. 'Je moet je gaan binden. Daniel is een goede keuze.'

'Binden? Ik ben pas zesentwintig!'

'Ik was maar een jaar ouder dan dat toen ik Jackson kreeg.'

'Ugh. Dat was een andere tijd, ma. Ik ben er niet klaar voor om me aan iemand te binden.' Zeker niet aan Daniel van der Poel, die meer om zijn beleggingsportefeuille gaf dan om wie dan ook met wie ik hem ooit had zien daten.

'Een vaste vriend zou je de focus geven die je nodig hebt.'

Ik liet ma's woorden op tafel liggen als het bord met spek, waarvan het vet op het koude oppervlak stolde.

Na een stilte zei ik: 'Je hebt Jackson, Andrew en Sam een carrière laten opbouwen voordat je hen pushte om te daten.'

'Natalie.' Ma's ogen werden zachter. 'Misschien heb je meer succes als steun en toeverlaat dan met een eigen carrière. Net als ik.'

Zeker, ik hield ervan mensen te helpen. Maar dat betekende niet dat ik de zoektocht naar een carrière had opgegeven. Maar mijn moeder had mij opgegeven en dat deed pijn. 'Dag, ma. Ik moet Jamila ontmoeten.'

'Denk na over wat ik heb gezegd,' riep ze me na. 'Ik bel Daniels moeder wel.'

'Nee, bedankt,' riep ik vanuit de gang, terwijl ik mijn tas oppakte.

Na die magische kus met Jamila, stootte de gedachte om waar dan ook heen te gaan met iemand als Daniel me af. Zelfs als ik Jamila nooit mee zou kunnen nemen naar een politieke picknick, zou ik nog liever een kluizenaar worden zoals mijn zus dan weer mijn socialite-act op te voeren.

WE BLEVEN MAAR net lang genoeg bij Jamila thuis voor haar om een picknickmand achter in de rode cabriolet te zetten en Quill.i.am stevig tegen haar lichaam vast te maken in een zachte draagzak. Toen hij zich tussen haar borsten nestelde en zijn ogen sloot, was ik een beetje jaloers op hem. Toen waren we onderweg, met Jamila achter het stuur.

Tijdens de rit van een uur naar het zuiden praatten we over

haar werkweek. Ik wenste dat ik had opgelet bij de codetaal van mijn computerprogrammeur-broers, zodat ik het probleem dat Jamila beschreef had kunnen begrijpen. Het had haar de hele week 's avonds beziggehouden, maar ze hadden vrijdagmiddag laat een oplossing gevonden die haar duizelingwekkend optimistisch maakte over de releasedatum, over slechts drie weken. Ze tikte op het stuur op de maat van een Lizzo-nummer op de radio.

'Gaan we naar Santa Cruz?' vroeg ik uiteindelijk toen we de afslag namen.

'Jep.' Ze grijnsde. Bij een stoplicht drukte ze op een knop en het dak verdween in een vak achter in de auto.

Ik haalde diep adem en snoof de zilte lucht op. 'Naar het strand?'

'Jep.'

'Dat had je moeten zeggen. Dan had ik een badpak meegenomen.'

'Eerder een wetsuit.' Ze rilde. 'Het water is ijskoud. Bovendien,' zei ze met een wolfachtige grijns, 'vind ik die jurk die je aanhebt leuk.'

'Deze?' Ik fladderde met mijn wimpers en keek ernaar alsof ik niet precies wist wat ik droeg: een dieproze minijurkje dat zo kort was dat ik nauwelijks kon zitten zonder mezelf te ontbloten. Er zat een plagende uitsnede net onder mijn borsten die, zo hoopte ik, Jamila's vingers zou verleiden om de rand te volgen.

'Je weet dat ik dat vind.' Ze wendde haar blik weer naar de weg.

'Het is niet dat ik vandaag zou gaan zwemmen. Het badpak zou voor de zonneschijn zijn.' Als een bloem kantelde ik mijn gezicht naar de zon.

'Hmm. Misschien had ik je toch moeten zeggen een badpak mee te nemen,' spinde ze.

Ja, alsjeblieft. 'Ik zou er een van jou kunnen lenen.'

'Dat kan geregeld worden.' Ze hield haar ogen op de weg en haar handen aan het stuur terwijl we door de stad navigeerden.

We stopten voor een huis van twee verdiepingen dat enorm was in vergelijking met haar huis in Menlo Park. In de smalle ruimte tussen het huis en dat van de buren ving ik een glimp op van een zandstrand en daarachter het blauwe water. Dit was het soort huis waarvan ik had verwacht dat ze het zou bezitten. Maar nu ik haar beter kende, begreep ik haar behoefte om nooit iemand iets verschuldigd te zijn. Ik respecteerde haar bescheiden huis in Menlo Park. En ik bewonderde dit strandhuis. Jamila moest er meerdere miljoenen voor hebben neergeteld — contant.

Grijnzend liet Jamila me het even bewonderen, apetrots op mijn verbijsterde uitdrukking, voordat ze de deur opendeed. Ze pakte de picknickmand in de ene hand en mijn vingers in de andere en trok me naar binnen.

Het weelderige huis, een van de vele die rond een stuk zandstrand stonden, had een open indeling met her en der laag meubilair en bood een schitterend uitzicht op de oceaan. Het zonlicht schitterde op het blauwe water en het goudgele zand was bezaaid met de parasols en strandlakens van de gezinnen die in het zand en de branding kwamen spelen.

'Eerst eten of eerst strand?' vroeg ze, terwijl ze de mand op het kookeiland zette.

'Kunnen we beide doen? Als je een strandlaken hebt, kunnen we onze lunch mee naar buiten nemen.'

'Natuurlijk.' Ze liep naar een kast en haalde er een uit. Uit een andere kast haalde ze een stukje lilakleurige stof. Ze knikte naar een deur. 'Daar kun je je omkleden.'

Ik nam het badpak mee naar het toilet, trok mijn zomerjurkje uit en wurmde me in de bikini. Ik wou dat ik minder cellulitis op mijn dijen had en dat ik eraan had gedacht een spraytan te nemen. Ik had tenminste alles geharst in de hoop dat ik wat naakte tijd met Jamila zou krijgen. Ik keek mezelf aan in de spiegel. Terwijl ik Jamila's badpak droeg, probeerde ik een beetje van haar zelfvertrouwen op te roepen. *Je loopt hier zometeen naar buiten — nee, je marcheert hier naar buiten — en gedraagt je alsof je haar verdient.* Naar mijn spiegelbeeld knikkend, stapte ik naar buiten.

Jamila stond al in de keuken in een wit tweedelig badpak dat veel bescheidener was dan de bikini die ze mij had gegeven. Haar gladde, uitgestrekte huid maakte mijn mond zo droog als het zand buiten. Ik wilde haar overal aanraken en voelen of haar huid net zo zijdezacht was als hij eruitzag.

Ze schraapte haar keel en ik richtte mijn blik abrupt op haar gezicht. Gluren vrienden met misschien-voordelen zo naar elkaar? Ik had hier een handboek voor nodig.

Maar zij staarde ook naar mij. Specifiek naar mijn borsten.

'Dat badpak moet je houden,' zei ze met een schorre stem. 'Zo past het mij niet.'

De lila bikini had driehoekige cups en een deel van mijn huid puilden uit rond het spandex. Gedurfd keek ik naar haar topje. Haar borsten waren ongeveer een cupmaat kleiner dan de mijne, maar ze pasten perfect in de haltertop. Haar tepels waren hard en ik wilde er met mijn handpalmen over wrijven.

Ze schraapte opnieuw haar keel.

'Zullen we?'

'Waar is Quill? Gaat hij mee?'

'Nee, ik heb hem in zijn verblijf gezet voor een dutje. Hij heeft een gevoelige huid. Daarover gesproken...' Ze pakte een fles zonnebrandcrème en gaf die aan mij. 'Smeer je maar in, Keizerin Dagwandelaar. Je ziet eruit als een van die Twilight-vampiers.'

Ik keek haar uitdrukkingsloos aan. 'Grappig.'

Toch deed ik wat ze zei en wreef de zonnebrandcrème van mijn nek tot mijn tenen.

'En je gezicht?' vroeg ze.

'Mijn make-up heeft een zonnefactor.'

'Draai je om. Dan doe ik je rug wel.'

Ik draaide me om, mijn bilspieren aanspannend om ze net zo stevig te laten lijken als die van haar. Zodra haar vingers de achterkant van mijn nek raakten, rilde ik.

'Koud?'

'Ja,' loog ik. Ons huid-op-huidcontact had duidelijk niet hetzelfde effect op haar als op mij. Mijn huid tintelde terwijl ze verder ging van mijn nek langs mijn ruggengraat naar het strikkoordje van de bikini, en dan over elk schouderblad. Toen — allemachtig! — stak ze haar vingers onder het koordje en streek met haar handen over mijn rug, helemaal tot aan de kriebelplek onderaan mijn ruggengraat.

'Een klein beetje onder de tailleband,' zei ze, terwijl ze twee vingers erin liet glijden. Het waren alleen haar vingertoppen die over het bovenste deel van mijn billen gleden, maar ik kon er niets aan doen. Elk haartje op mijn lichaam ging overeind staan. 'Zou niet willen dat je verbrandt.' Ik rilde opnieuw en moest een kreun inhouden.

Plotseling waren haar lippen bij mijn oor. 'Later. Eerst ga jij van het strand genieten. En lunchen.'

Ik drukte me tegen haar aan en voelde de warmte van haar huid op mijn rug. 'Wat als ik eerst iets anders wil?'

'We hebben vijf minuten over de zonnebrand gedaan. Laten we wat zon pakken.'

'En jij dan?' Ik draaide me om en hield mijn hand op voor de fles. 'Iedereen heeft uv-bescherming nodig.'

'Ik ben al ingesmeerd.' Ze graaide een kledingstuk van het aanrecht en trok het over haar hoofd. Het strandjurkje was van een doorschijnende witte stof met lange mouwen die haar verleidelijke rondingen verborgen en tot halverwege haar dijen kwam. 'Letterlijk. Laten we gaan.'

Ze pakte de picknickmand en ik het kleed. Op weg naar buiten zette ze een enorme zonnehoed op haar hoofd en drukte er toen nog een op het mijne. 'Nu zijn we allebei bedekt.'

We liepen het houten terras op en daalden een trap af naar het zand. We vonden een plek op een paar meter afstand van de gezinnen, met een vrij uitzicht op het strand.

Ik schudde het kleed uit en Jamila pakte de mand uit. Ze zette een fles spuitwater, kaasjes, crackers, druiven en aardbeien neer. Ze koos van alles een beetje uit, legde het op een melamine bord dat ze me aanreikte en deed daarna hetzelfde voor haarzelf. Ze schonk water in twee doorzichtige, acryl bekers.

'Zo chique,' plaagde ik haar.

'Wat had je dan verwacht? Een voorverpakte lunch? Ik heb je uitgevraagd.'

Ik maakte mijn ogen groot. 'Dus dit is date-eten? Geen vriendeneten?'

'Date-eten.' Ik wou dat ik haar ogen kon zien achter haar spiegelende pilotenbril. 'Als het alcoholverbod op het strand er niet was, had ik mousserende wijn voor je meegenomen, prinses.'

Ik knabbelde aan een crackertje en genoot van het romantische gebaar dat het was.

'Vind je het lekker?'

'Ja. Zeker.' Ik legde een hand op haar knie, die op het kleed naar me toe gedraaid lag. Hij voelde net zo zijdezacht als hij eruitzag.

Ze tilde mijn hand van haar been en hield hem even vast voordat ze hem op het kleed legde. 'Dat doe ik liever niet hier.' Ze verzachtte de woorden met een glimlach, maar ik voelde een steek in mijn borst.

'Waarom niet? Die kinderen daar zijn aan het zoenen.' Ik knikte naar een jongen en een meisje van een jaar of zestien. Ze hadden een handdoek over zich heen gegooid, maar iedereen kon zien dat hij zijn hand onder haar bikinitopje had. 'Ik dacht dat je uit de kast was.'

'Mijn biseksualiteit is geen geheim, maar ik hoef het niet aan de grote klok te hangen. Bovendien ben jij, als ik het me goed herinner, niet uit de kast. Niet tegen je familie.'

Ik trok een grimas, denkend aan de kernoorlog die zou uitbreken als ik een vrouw mee zou nemen naar de politieke picknick op Memorial Day. 'Niet echt, nee.'

'Het is het beste om onopvallend te blijven. Vergeet niet, ik ben een zwarte vrouw in de techwereld. Alle ogen zijn op mij gericht. Is dat niet wat mijn pr-adviseur me zou vertellen?' Ze knipoogde.

Ik kreunde. 'Ik denk het wel. Al hoopte ik vandaag niet je pr-persoon te zijn, maar gewoon'—ik haalde diep adem—'jouw persoon.'

Ze hield mijn blik vast en haar lippen krulden speels omhoog. Hier had ik al zo lang naar verlangd: het middelpunt van Jamila Jallows aandacht zijn. Ondanks de warmte van de dag gingen de haartjes op mijn blote huid overeind staan. Ik wreef met een hand over het kippenvel op mijn arm.

Jamila verbrak ons oogcontact en reikte naar de mand. 'Probeer deze eens. Het zijn caprese-spiesjes.'

Ik pakte een kort spiesje met bolletjes mozzarella, cherrytomaatjes en basilicumblaadjes, besprenkeld met balsamico-glazuur. Ik nam een hap. 'Mmm,' zei ik.

'Die zijn lekker, hè? Het is het eerste wat ik voor feestjes leerde maken nadat ik erachter kwam dat Rotel-dip en Texas-caviar het niet zouden redden in Noord-Californië. Zelfs niet op de manier waarop mijn oma het maakte, met een beetje pittige chorizo erin.'

'Rotel-dip?'

'Jezus, dat je dat niet eens kent.'

'Wat jammer dat je je favoriete eten moest opgeven toen je hierheen verhuisde.'

Ze haalde haar schouders op. 'Ik heb veel moeten opgeven. Het was het waard. Ik heb mijn eigen bedrijf en zelfs Pavel Thakor kan me niet tegenhouden. We gaan Moo-Lah volledig inmaken met deze nieuwe app. Ik sta op het punt om het in zijn arrogante gezicht te wrijven. Tenzij we het lek niet gedicht hebben en hij het in het mijne gaat wrijven.' Ze fronste en zette haar bord neer.

'Denk je dat ze je te vlug af kunnen zijn?'

'We zijn er bijna, maar die bugs zorgen steeds voor vertraging. Ik wou dat ik wist hoe dicht zij bij de lancering zijn.'

'Denk je niet dat er ruimte is voor jullie beiden op de markt?'

'Ik weet het niet. Als ze ons met een paar dagen verslaan, is het waarschijnlijk niet zo'n ramp, hoewel ik het vreselijk zou vinden als hij alle media-aandacht inpikt en ons op een na-aper laat lijken. Als het weken zijn...' Ze hield haar handen omhoog. 'Dan zouden ze zich kunnen nestelen. Het zou moeilijk worden om marktaandeel terug te winnen.'

'Waarom besloot je een app te lanceren op het gebied van life-coaching?'

Ze haalde haar schouders op. 'Het was mijn droom.'

Ik snoof. 'Droomde je ervan een app te bouwen waarmee mensen kunnen uitrekenen welk percentage van hun salaris ze in een 401(k) moeten stoppen?'

'Nee.' Ze tekende een patroon op het strandkleed. 'Toen ik opgroeide, wilde ik alleen maar een thuis waar ik me welkom voelde.'

Ik verstijfde. 'Voelde je je niet welkom thuis?'

'Oma wilde ons niet. Dat maakte ze wel duidelijk. Ik bedoel, ze hield van ons, maar ik liep altijd in de weg. En mijn broers?' Ze grinnikte somber. 'Die hadden altijd problemen, weet je wel?'

'Ja.' Jackson was een onruststoker geweest. Ik kon me alleen maar voorstellen wat voor rampen een paar van hem zouden veroorzaken.

'Dus bedacht ik manieren om op mezelf te gaan wonen. Oma had het altijd over de universiteit en ik wist dat dat de manier was. Maar de dingen waren heel anders dan toen zij ging. Mijn leraren op de middelbare school waren niet veel beter. Ze waren naar lokale universiteiten gegaan. Ik? Ik wilde iets groters.'

'Natuurlijk wilde je dat.' Ik wilde haar aanraken en de bitterheid wegnemen die haar lip omkrulde.

'Ik werkte keihard om goede cijfers te halen en koos de moeilijkste vakken die ik kon. Mijn decaan merkte het op. Hij vertelde me over Stanford, maar niemand van mijn school was daar ooit naartoe gegaan. Hij zei dat ik een betere kans maakte om toegelaten te worden als ik naar de particuliere middelbare school in de stad ging. Ze boden extra moeilijke vakken en sommige van de leerlingen waren zelfs toegelaten tot Ivy League-universiteiten.

'Maar oma kon het schoolgeld niet betalen. Dus maakte ik een afspraak met de diaken in mijn kerk. Hij was een vriend van oma en, dacht ik, een vriend van mij. De kerk zamelde altijd geld in voor gemeenschappen in Afrika. Ik dacht dat ze wel een kind in hun eigen gemeenschap zouden helpen. Ik ging naar zijn kantoor en vroeg of hij me een beurs kon bezorgen.' Ze keek uit over het water alsof de diaken daar in de branding stond.

Ik wachtte tot ze verderging, maar dat deed ze niet. Ze staarde alleen maar naar de oceaan. Zachtjes raakte ik haar voet aan. 'Wat zei de diaken?'

Ze schrok, alsof ze was vergeten dat ik er was. 'Je wilt me vast niet horen doorzagen over wat er gebeurde toen ik vijftien was.'

'Jawel. Ik geef om je en ik wil weten wat je helemaal vanuit Texas naar dit strand heeft gebracht.'

Ze spande haar kaken. 'Hij zei, tuurlijk, hij kon helpen. Toen vroeg hij wat ik hem in ruil daarvoor zou geven. Ik begon hem te vertellen dat ik de kerk zou terugbetalen als ik een baan had, maar dat was niet wat hij wilde. Toen hij me aanraakte, wist ik niet wat ik moest doen. Pas toen hij zijn hand onder mijn shirt liet glijden, sloeg ik hem weg en rende ik zijn kantoor uit.' Ze schudde zich uit en rolde met haar schouders. 'Je realiseert je toch wel hoeveel therapie het me heeft gekost om dit verhaal te kunnen vertellen, hè?'

Ik slikte om de brok in mijn keel heen. 'O mijn god, Jamila. Het spijt me zo. Wat zei je oma?'

'Zij... zij geloofde me niet. Ze zei dat de diaken dat nooit zou doen en dat ik me vast had vergist.'

Ik hapte naar adem. 'Nee!'

'Ja. Zij en ik spraken elkaar daarna niet veel meer. En ik heb het nooit aan iemand anders verteld. Niet aan mijn broers of mijn decaan. Niemand in de kerk. Ik dacht dat ik de diaken kon vertrouwen, of in ieder geval oma, maar dat kon ik niet. De enige persoon aan wie ik het ooit heb verteld, was mijn therapeut. En nu jij.'

Ik zat even stil met het geschenk van haar vertrouwen. Ik zou het nooit aan iemand vertellen, zelfs niet aan Jackson, die waarschijnlijk die diaken in elkaar zou slaan, of er op zijn minst voor zou zorgen dat zijn persoonlijke gegevens op het dark web zouden lekken.

'Heb je een manier gevonden om naar de particuliere middelbare school te gaan?'

'Nee. Ik bleef waar ik was, werkte me kapot op school en, toen ik oud genoeg was, in een bijbaantje bij een van die tech-zaakjes, je weet wel, waar ze je telefoon repareren als je het scherm breekt? Ik vond het geweldig om de stoere meid in de achterkamer te zijn die de moeilijke problemen kon oplossen.'

'Maar dat is hardware. Hoe ben je in de software terechtgekomen?'

'Vergeet niet, ik ben iets ouder dan jij, en apps bestonden nog niet echt toen ik op de middelbare school zat. Ik kreeg in de reparatiewerkplaats een vroege smartphone in handen en zag de mogelijkheden. Ik programmeerde er een spelletje op om mijn broers te vermaken en ze vonden het leuk, dus uploadde ik het naar de app store. Het werd een succes en toen ik dat op mijn aanvraag voor Stanford zette, viel ik op.'

Het enige wat ik nodig had om naar de universiteit te gaan, was de naam van mijn familie en redelijke cijfers. En toen had ik die kans weggegooid. Samen met zoveel andere die ik had gekregen. Ik zette mijn bord neer. Mijn stem trilde toen ik vroeg: 'Was Stanford alles waar je op had gehoopt?'

'Nou, ja. Het was een stuk moeilijker dan mijn middelbare school, maar ik hield van de uitdaging. Ik ontwikkelde een netwerk. Daar ontmoette ik Winslow en via hem Billie, en ik raakte bevriend met Jackson en Cooper. Jouw familie heette me welkom op een manier die ik in Austin nooit had gevoeld.'

'En je hebt nooit meer teruggekeken?'

'Min of meer.' Ze hield haar hoofd schuin, terwijl haar enorme hoed meewapperde.

'Wacht, wat deed je?'

Ze beet op haar lip alsof ze zich wilde inhouden, maar toen leunde ze naar voren. 'Ik wou dat er een manier was geweest voor mama om een betaalbare woning te vinden, zodat ze oma niet om een plek had hoeven smeken. Dat was mijn oorspronkelijke idee, weet je? Om een plek te creëren om mensen die het moeilijk hadden bij elkaar te brengen. Iemand die de hypotheek niet kon betalen maar een kamer over had, en iemand die een kamer nodig had maar zich geen heel appartement kon veroorloven.'

'Waarom heb je het veranderd?'

'Ik wist hoe ik moest programmeren, maar ik begreep niet veel van zaken, niet toen ik twintig was. Toen ben ik gaan samenwerken met Winslow. Hij was een eerstejaars met een neus voor zaken. Hij liet me marktonderzoek zien en overtuigde me om de app richting kortetermijnverhuur te duwen. We overwogen om advertenties van appartementencomplexen en nationale hotelketens te accepteren, maar we hebben de app uiteindelijk verkocht. Een jaar later werd het die app die iedereen gebruikt om zijn huis te verhuren. We hebben het geld gebruikt om In the Know te ontwikkelen, wat onze eerste app als Jamilow was.'

Ik waagde het om mijn vingers met de hare te verstrengelen op het kleed en ze hield me niet tegen. 'Ik vind je oorspronkelijke visie prachtig. Denk je dat je er ooit nog iets mee zou doen?'

'Oh, die is er nog. Ik heb een nieuwe versie gemaakt die mensen gratis kunnen gebruiken. We noemen het KnowHome. Je moet alleen weten waar je moet zoeken. Genoeg mensen gebruiken het voor het huren van kamers en dergelijke, dus ik ben tevreden.'

'Echt waar? Ik had geen idee.'

'We maken er geen reclame voor. Het heeft genoeg mond-tot-mondreclame in de juiste kringen, dus de mensen die het nodig hebben, kunnen het meestal wel vinden.'

'Dat is geweldig.' Jamila deed zoveel moeite om er vanbuiten stoer uit te zien dat ik me vereerd voelde dat ze me een glimp van haar zachte kant had gegeven.

'De andere dingen houden ons hoofd boven water. Winslows prognoses voor deze financiële advies-app gaan door het dak. Maar als Moo-Lah ons verslaat, zullen ze een groot deel van die inkomsten inpikken. KnowHome komt dan in gevaar. Als een dienst die geen inkomsten genereert, is het het eerste wat de raad van bestuur zal willen schrappen.'

'Moo-Lah zal je niet verslaan. Dat laten we niet gebeuren.'

Ze kneep in mijn vingers en liet toen los. 'Nee, dat laat ik niet gebeuren.'

Ik fronste mijn neus omdat ze mijn *wij* in een *ik* had veranderd, maar ik vergat het zodra ze de woorden uitsprak die mijn hart sneller lieten kloppen.

'Ik denk dat het tijd is om naar binnen te gaan en die zonnebrand van je af te wassen.'

19

ZODRA WE BINNEN WAREN, gooide ik de zonnehoed op de vloer en drukte me tegen Jamila aan. Ze liet me haar tegen de deur duwen en haar kussen, een zachte streling van lippen voordat ik mijn tong in haar mond liet glijden om haar vuur te proeven.

Even later draaide ze zich om en drukte mij tegen de deur. Ze wiegde mijn gezicht in beide handen en vocht terug, mijn mond verkennend. Ik kreunde bij de zoete invasie.

'Vergeet niet wie hier de baas is, baby girl,' mompelde ze in mijn oor.

Ik snakte naar adem toen ze met een hand langs mijn zij naar mijn billen gleed en een vinger langs de tailleband van mijn bikinibroekje liet gaan.

'Je bent hier een beetje gevoelig.'

Een rilling ging door mijn hele lichaam.

Ze grinnikte. 'Misschien heel gevoelig. Daar komen we zo wel aan toe. Eerst even die zonnebrandcrème afspoelen.'

Ze liet de restjes van de picknick en het zanderige kleed bij de achterdeur achter en leidde me door de gang naar een grote slaapkamer. Onder een loom draaiende plafondventilator stond een enorm bed met een metalen frame, opgemaakt met wit linnen.

Zonder te pauzeren, trok Jamila me de aangrenzende badkamer in. Hij was ruim, ongeveer even groot als de mijne in het huis van mijn ouders, helemaal van witte tegels met grijze accenten. In de ene hoek stond een enorm diep bad en in de andere een inloopdouche. Ze zette de regendouche aan en stapte weer naar buiten.

'Draai je naar de spiegel.'

Ik gehoorzaamde, draaide mijn rug naar haar toe en trilde van verwachting.

'Vind je dit oké?' vroeg ze, terwijl ze mijn gezicht in de spiegel bekeek.

'Ja.' Mijn pupillen waren groot. Haar ogen waren zo donker dat ik in de spiegel niet kon zien of die van haar dat ook waren, maar de manier waarop haar blik over mijn lichaam dwaalde, vertelde me dat ze heel, heel geïnteresseerd was in wat er onder mijn bikini zat.

Ze maakte de touwtjes op mijn rug los, daarna die in mijn nek, en het topje viel op de vloer.

'Oeh, baby girl. Je hebt een plekje overgeslagen.'

Ze had gelijk. Ik had me niet onder mijn zwemkleding ingesmeerd zoals zij op haar rug had gedaan, en aan de zijkant van mijn borsten was een roze streep te zien waar het bikinitopje was verschoven.

'Ik pak zo wat aloë vera voor je als je klaar bent met douchen.'

'Als ik klaar ben met douchen?' Ik probeerde haar blik in de spiegel te vangen, maar die van haar was op mijn lichaam gericht. Ik hoopte dat ze mijn zonnebrand kon negeren en zich kon concentreren op de delen van me die ze wilde aanraken. 'Ik dacht dat we samen zouden douchen.'

Haar blik schoot naar de mijne. 'Wat zou Jackson zeggen als we dat deden?'

'Ik heb je toch gezegd dat Jackson niets te zeggen heeft over mijn liefdesleven. Mijn moeder trouwens ook niet,' voegde ik eraan toe, meer voor mezelf dan voor haar. 'Bovendien praat ik er niet met hem over. Het zou niet ter sprake komen.'

'Wat hij niet weet, wat hem niet deert, bedoel je?'

'Precies.'

Ze beet op haar lip, op de manier waarop ik dat wilde. Nee, op de manier waarop ik het zóu doen. Ik draaide me om, ging op mijn tenen staan en kuste haar met alle honger die zich op het strand had opgebouwd, waarbij ik de zoete smaak van de balsamico-reductie op haar tong proefde. Toen beet ik zachtjes in haar volle onderlip.

Ze kreunde. 'Kleed je uit. Ik zie je onder de douche.'

'Ik wacht wel.' Ik wurmde me uit mijn bikinibroekje en stapte eruit.

Ze bekeek me van top tot teen en likte toen haar lippen. Ze pakte de zoom van haar strandjurkje vast en trok het over haar hoofd. Ik maakte een mentale foto van haar in de witte bikini, waarbij ik elke ronding in me opnam, inclusief de manier waarop haar heupen iets uitwaaierden boven het broekje met hoge taille.

'Draai je om,' zei ik met een hese stem. 'Dan maak ik de sluitingen los.'

Ik maakte het bovenste haakje los, daarna die in het midden van haar rug, en gooide het topje op de vloer. Ik legde mijn handen op haar heupen. 'Mag ik?'

'Ja.'

Ik haakte mijn duimen in de onderkant van haar setje en liet het langs haar benen naar beneden glijden. Ik haalde diep adem en liep weer voor haar langs. Ik nam de bruine tepels op haar kleine borsten in me op, de vlekkeloze lijn van haar strakke buik en het bijgewerkte driehoekje haar boven haar schaamstreek. Ik wilde elke centimeter van haar blote huid verkennen.

'Kom,' zei ze. 'Laten we al die zonnebrandcrème afspoelen.'

'En zand. Vergeet het zand niet.' Waarom had ik het in hemelsnaam over zand als een naakte Jamila me haar enorme, stomende douche in wenkte?

'Maak je geen zorgen, schatje. Ik haal elke korrel tussen je tenen vandaan. Hé, heb je een klem of iets voor je haar?'

'In mijn tas...' Die leek heel ver weg, bij de voordeur van het huis.

'Geeft niet. Ik regel het wel.' Ze pakte een douchemuts van een haakje aan de muur, greep mijn haar vast in een paardenstaart en draaide die op mijn hoofd. Het trok een beetje, en ik trok een grimas.

'Sorry, je haar is in de war geraakt door de wind. Ik borstel het later wel uit.' Ze zette de muts over mijn haar en stopte die achter mijn oren.

Ze pakte mijn hand vast en leidde me de douche in. Ik draaide mijn rug naar de hoofd-douchekop zodat ik haar kon aankijken. Ze paste iets aan, en de bodyjets spoten aan, eerst koud, maar al snel werden ze warm. Ze pakte een zeespons en een fles body- wash van een plankje.

'Wacht. Ik, eh...' Ik liet mijn blik op de spons vallen.

'Is dit weer zo'n kreeftensituatie? Serieus, deze dingen worden duurzaam geoogst. Ze lijken meer op planten dan op SpongeBob SquarePants.'

Ik rimpelde mijn neus.

'Geen probleem.' Ze legde de spons terug op het plankje. 'Ik gebruik mijn handen wel.'

Ze spoot de ongeparfumeerde vloeistof in haar hand en wreef het tot een schuim. Ze begon met lange streken langs mijn nek. Ik rilde bij de lichte druk.

'Vind je dat lekker?' vroeg ze.

'Ik weet het niet. Nooit eerder lekker gevonden.' Een of twee keer had een man zijn hand op mijn keel gelegd, maar ik had die weggeslagen, overtuigd dat ik geen fan was van wurgseks. Maar Jamila's handen waren anders, zachter, betrouwbaar. 'Misschien zou ik het lekker kunnen vinden. En jij?'

'Niet echt. Maar we kunnen het later proberen.'

Ik hield van de klank van *later*. Het hield een belofte in dat iets losjes met Jamila niet beperkt zou blijven tot een of twee keer, zoals al mijn andere scharrels.

Ze streek met haar handen over mijn rechterschouder en langs mijn arm, helemaal tot aan mijn vingertoppen. Daarna herhaalde ze de beweging op mijn linkerschouder en -arm. Haar zachte aanraking voelde als zonneschijn, als regen, als het kabbelen van warme oceaangolven. Het was niet genoeg en toch tegelijkertijd te veel.

Ik hield mijn adem in toen haar zeperige handen boven mijn borst zweefden.

'Draai je om,' zei ze.

Ik draaide me om totdat het water op mijn borst viel en liet de straal het schuim van mijn armen spoelen. Weer begon ze bij mijn nek, waarbij ze niet alleen de zonnebrandcrème afwaste, maar ook de spieren kneedde totdat ik me zo willoos voelde dat ik samen met het zeepwater het afvoerputje in kon spoelen. Vervolgens waste ze mijn bovenrug, waarbij ze opnieuw mijn schouders en schouderbladen masseerde. Ze ging verder langs mijn ruggengraat met een verrukkelijke druk.

Toen ze bij mijn onderrug kwam, wreef ze in een cirkel aan de basis van mijn ruggengraat. Ik huiverde.

'Dat is de plek,' zei ze. 'Je bent net een kat.'

'Een kat?'

'Die vinden het lekker om net boven hun staart gekriebeld te worden. Vroeger smokkelden we eten naar buiten voor de zwerfkatten op onze achterveranda. Dat was hun favoriete plekje.'

Ik wiebelde met mijn billen om optimaal van het gevoel te profiteren. 'Ik snap wel waarom.'

Ze streek met beide handen over mijn billen, en ik hapte naar adem.

'Aha. Je bent een billenmeisje. Had ik niet gedacht. Misschien hou je wel van een tikje bij je ademspel.'

'Een tik?' Dat klonk behoorlijk vernederend. 'Ik denk niet—'

Smak. Ze sloeg me niet hard, maar het geluid weerkaatste tegen de tegels en het glas. Kleine schokgolven echoden langs mijn ruggengraat omhoog. Ik snakte naar adem.

'Oh, dat denk je niet?' vroeg ze nonchalant.

Het was nu niet alleen water dat tussen mijn benen glibberde. Ik spande mijn bekkenbodemspieren aan. 'Misschien.'

Ze grinnikte. 'Draai je om.'

Ik draaide me zo snel om dat ik uitgleed, maar Jamila greep mijn elleboog. 'Voorzichtig, baby girl.'

Ze vulde haar handpalm opnieuw met de zeep en streek het toen over mijn sleutelbeenderen, op mijn borst, en sloeg vervolgens mijn borsten over en streek over mijn buik. Ik zoog hem in, en wenste dat hij net zo strak was als die van haar.

'Niks daarvan,' zei ze. 'Ik vind het lekker hoe zacht je bent. Ontspan.'

Ik deed het en genoot van het kloppen van het water op de rugspieren die Jamila had gemasseerd.

Ze liet een vingertop rond mijn borst cirkelen. 'Prikt het?'

'Wat?'

'Je zonnebrand.' Ze gleed met een vinger over de zijkant van mijn borst.

'Nee. Voelt lekker.'

Ze trok met twee vingers een cirkel rond mijn borst. En toen eindelijk, eindelijk, streek ze met haar duimen over mijn tepels. Ik kreunde.

Ze herhaalde de beweging, steviger. De sensatie schoot naar beneden, naar mijn kern, en zette die op scherp. Mijn spieren spanden zich aan. Ze streelde opnieuw mijn tepels.

Ik reikte naar haar, greep haar onderrug vast en trok haar tegen me aan. Wanhopig strekte ik mijn nek om haar te kussen, maar ik kon alleen haar kaaklijn bereiken. Als ik op mijn tenen zou gaan staan, zou ik weer uitglijden en ons allebei meesleuren. Een ritje naar de eerste hulp zou allesbehalve sexy zijn.

Eindelijk boog ze haar hoofd en kuste me, haar tong mijn mond in vegend terwijl ze doorging met het plagen van mijn tepels. De druk tussen mijn benen bouwde zich op. Alsof ze het kon voelen, trok ze zich terug.

'Nog niet, baby girl. Dit is mijn orgasme.'

'Maar ik heb je nog niet aangeraakt.' Kon ze klaarkomen door mij aan te raken, naar mij te kijken?

'Jouw orgasme is van mij. Ik heb er de leiding over. Je komt klaar wanneer ik er klaar voor ben.'

Oh. Ooh. 'Oh.'

Ze keerde terug naar mijn tepels, cirkelend, plagend, totdat ik mijn ogen dichtkneep om van de gelukzaligheid te genieten. Plotseling waren haar handen weg.

Ik opende mijn ogen.

Ze zakte op haar knieën. Met een ondeugende grijns zei ze: 'Vergeten je benen te doen.'

Ze maakte er een show van door meer bodywash in haar hand te gieten, en streek het toen over mijn rechterheup, dan mijn dij, voor- en achterkant. Ze streek over mijn knie, mijn kuit, mijn scheenbeen, mijn enkel. Mijn benen trilden.

'Ik kan die zanderige tenen niet vergeten,' zei ze. 'Houd je vast aan mijn schouder.'

Ik greep haar schouder vast terwijl ze mijn voet optilde om tussen mijn tenen te vegen. Ze zette hem neer en pakte toen mijn andere voet. Ze wreef tussen mijn tenen, dan de onderkant van mijn voet, dan de bovenkant. Tintelingen stegen op in mijn been en bleven hangen op het kruispunt tussen mijn dijen.

Ze zette mijn voet terug op de tegelvloer en begon aan een langzame, sensuele beklimming langs mijn enkel, mijn onderbeen, mijn knie. Ze vond het kietelige plekje achter mijn knie en grinnikte toen ik trilde. 'Daar kom ik later op terug.'

Nog een *later*. De tintelingen werden heviger.

Maar toen ze langs mijn dij omhoog streek en haar vingers langs de binnenkant liet glijden, vergat ik alles over later. Het ging allemaal om nu, nu, nu, met mijn aandacht gericht op de plek waar haar vingers mijn huid raakten. Lang en behendig drukten haar vingers in mijn huid, dansten omhoog, tikten opnieuw. Mijn ademhaling werd kort en oppervlakkig.

Eindelijk vond ze het gevoelige plekje op mijn dij, net onder mijn kutje. Haar aanraking was vederlicht, lang niet genoeg.

'Ja?' vroeg ze.

'Ja. Ja! Meer. *Alsjeblieft.*'

Grinnikend, streelde ze mijn onderste lippen. Vuur vlamde door mijn bekken. Meer. Ik had meer nodig.

'Schuif een beetje naar rechts,' zei ze. Toen ik dat deed, raakte de straal mijn onderrug, waardoor die oplichtte en ik kreunde.

'Dat is mijn meid.' Toen, eindelijk, gaf ze het me. Toen ze met haar vingers mijn clitoris beroerde, werden mijn knieën week.

'Houd je vast,' beval ze.

Ik greep haar schouders vast. Ze voerde de druk op mijn clitoris op en cirkelde rond het gezwollen topje. Mijn orgasme kwam razendsnel dichterbij.

'Mag ik… mag ik klaarkomen?'

'Brave meid,' zei ze. Door haar prijzende woorden voelde het alsof ik de zon had ingeslikt. Licht en hitte straalden uit elke porie. 'Ja. Kom maar.'

Terwijl ze sneller wreef, liet ik me gaan. Ik liet mezelf alles voelen: het water dat op mijn rug beukte en langs mijn benen naar beneden droop, haar hete adem op mijn kruis en haar vingers, die magische vingers, die het orgasme uit me wrongen. Ik schreeuwde het uit, en kreunde toen ze de beweging volhield, mijn orgasme rekkend tot ik me een boei voelde, overgeleverd aan de golven van de oceaan.

Eindelijk fluisterde ik jammerend: 'Genoeg.'

'Voor nu,' zei ze. Maar haar vingers stopten en verlieten mijn lichaam. 'Kun je zelfstandig blijven staan?'

Ik greep haar schouders nog steeds vast. 'Sorry.' Ik liet haar los en ging staan. Mijn knieën hielden het. Maar net.

'Het is goed, meisje.' Haar toon stelde me gerust.

Ze ging rechtop staan en goot meer douchegel in haar hand. Ze waste zich efficiënt.

'Wacht,' zei ik toen ze met een hand over haar borst streek. 'Mag ik dat doen?'

'Deze keer niet. Ik krijg rimpelvingers. Ik heb wat lotion nodig, en dan verplaatsen we dit naar het bed.'

'Ik doe je lotion wel,' zei ik, het water liep me in de mond bij de gedachte dat ik het over haar huid zou wrijven.

'Nee, meisje.' Ze draaide de kraan dicht. 'Die van mij wil ik in bed.'

———

JAMILA SLOEG DE dekens van het enorme bed terug, waardoor frisse, witte lakens tevoorschijn kwamen. Ze ging aan de andere kant liggen en klopte op de ruimte naast haar.

Ik knielde op het bed, minder omdat ik niet wist wat ik nu moest doen, dan omdat het een betere positie was om haar te bewonderen. Haar huid had een glans van de lotion die ze had aangebracht. Die rook zo ongelooflijk lekker dat ik er ook wat van had gepakt en over mijn armen en benen had gewreven.

Nu was ze naakt, met haar tenen gestrekt naar het voeteneind van het bed en haar armen uitgespreid in een T-vorm. Haar rondingen op haar slanke lichaam waren subtiel, haar borsten werden iets platter als ze op haar rug lag. Onder de bloemengeur hing een aardse geur van opwinding, van mij en van haar. Ik sloot mijn ogen en ademde die in.

'Twijfel je?' vroeg ze.

Mijn oogleden vlogen open. 'Nee, ik ben gewoon aan het... genieten.'

'Weet je het zeker? Je kunt nog steeds terug naar vrienden zonder voordelen.'

'Nee, ik ben er klaar voor. Spreid je benen.'

De enige beweging die ze maakte was het optrekken van haar wenkbrauwen.

'Heb ik nu niet de leiding?' vroeg ik. 'Zoals jij de leiding had over mijn orgasme?'

Ze grinnikte. 'Misschien ben ik deze keer degene die genot ontvangt, maar ik heb altijd de leiding, meisje. Vergeet dat niet.'

Ik slikte en wachtte op haar instructie.

'Brave meid.'

Daar was het weer. Dat gevoel van genot dat me verlichtte.

'Je mag me aanraken. Begin met mijn borsten.'

Dat hoefde ze me geen twee keer te zeggen. Ik trok een lijn van haar sleutelbeen naar haar borstbeen en tekende toen een cirkel rond haar rechterborst.

'Niet zo kietelen. Gebruik meer kracht,' zei ze.

'Begrepen, baas.' Ik maakte me klaar om te knijpen.

'Ik hou niet van opstandigheid. Gebruik die brutale mond van je maar op mij.'

Ik durfde niet te antwoorden, zelfs niet met een 'ja, graag'. Ik kneedde de basis van haar borst en likte met mijn tong over de top. Ik speelde met mijn duim over haar tepel en herhaalde de handeling bij haar linkerborst voordat ik terugkeerde naar haar rechterborst om die met mijn tong te omcirkelen. Ik zoog eraan en keek naar haar reactie. Toen ze haar rug kromde, wist ik dat ik haar had behaagd. Voldoening verwarmde me tot in mijn tenen.

Ik stopte niet. Ik hield mijn mond en handen vol van haar, bedwelmd door haar bloemige smaak.

Haar ademhaling versnelde tot haar borstkas onder me op en neer ging.

'Oké, brave meid,' zei ze eindelijk. 'Zet die mond tussen mijn benen. Eerst mijn kutje, dan mijn clitoris.'

Ik gehoorzaamde en kuste haar buik af naar de plek waar haar geur opbloeide. Ik positioneerde mezelf tussen haar gespreide benen en nam even de tijd om naar haar donkere lippen te staren die haar glinsterende roze kern omringden.

Ik boog voorover om haar te proeven, beginnend in het midden en in een spiraal naar buiten over haar lippen, wegblijvend van haar clitoris zoals ze had opgedragen.

'Harder,' eiste ze.

Ik zette meer kracht om haar met mijn tong te strelen, zoals ik zou doen met extra koud ijs. Maar Jamila was allesbehalve koud. Ze was hitte en zijde en zoetheid op mijn tong. Ik wilde hier nooit meer weg.

'Ja, zo is het, meisje. Precies zo.'

Terwijl ik tussen haar benen knielde, raakte koele lucht mijn natte kutje. Ik was net zo opgewonden als zij. Haar zachte gekreun vertelde me dat ze het heerlijk vond wat ik deed. Ik liet het puntje van mijn tong in haar glijden, en liet het dan omhoog gaan tot bijna bij haar clitoris en dan weer terug naar beneden.

Toen ze naar adem hapte, begroef ik mijn gezicht in haar, omdat ik haar genot en het moment zo lang mogelijk wilde rekken.

'Ga anders liggen,' zei ze met een gespannen stem. 'Je knieën bij mijn borst. Je kont hier omhoog.'

Ik deed wat ze beval. We lagen parallel, niet helemaal standje 69, en ze had een volledig zicht op mijn kont. Vocht droop langs de binnenkant van mijn dij.

'Weer aan het werk. Op mijn clitoris nu.'

Ik rustte met een elleboog op het bed naast haar heup en slingerde mijn andere arm over haar heen. Met mijn duimen spreidde ik haar wijd open, waardoor haar gezwollen clitoris zichtbaar werd. Ik begon zachtjes, me herinnerend hoe gevoelig mijn eigen clitoris werd, maar ze beet me toe: 'Harder,' met een klap op mijn bil.

'Weet je zeker dat je dat wilt doen met mijn mond op je clitoris? Er zitten hier, zeg maar, een triljoen zenuwen.'

'Je bent een brave meid,' zei ze, terwijl ze een lijn trok van mijn stekende wang tot op twee centimeter van mijn kern. 'Je zult me geen pijn doen.'

Ik keek over mijn schouder. Ze keek me aan vanaf het kussen, haar ogen halfgesloten van genot.

'Nooit.' Ik ging weer aan het werk. Ik omcirkelde haar clitoris eenmaal met mijn tong voordat ik mijn lippen eromheen sloot en zoog met alles wat ik in me had. Ze legde haar hand waar ik die nodig had, dit keer niet wrijvend, maar drukkend, als een herinnering dat zij de leiding had, maar ook als een verzekering dat ze voor me zou zorgen. Ik trok mijn wangen hol.

Haar heupen kwamen omhoog. 'Ver*domme*, meid. Ja!'

Terwijl ik zoog, wreef ze over mijn kutje en liet toen een vinger tussen mijn benen glijden om mijn clitoris aan te raken. Vonken schoten door mijn ruggengraat. Jemig. Ik was net zo dichtbij als zij.

Ik ging door.

Ik wisselde zuigen en likken af tot ze het uitschreeuwde en haar benen stijf werden. Haar hand op mij stopte. Ik begeleidde haar naar beneden van haar orgasme met zachtere likjes en kusjes tot ze ontspande. Ik verheugde me op een knuffel – als ze me zou laten – en zette een hand op het bed om me op te drukken.

'Stop,' kraaide ze. 'We zijn nog niet klaar.'

'Maar...' Mijn protest stierf toen ze me snel begon te wrijven en mijn orgasme naderbij raasde. Ik liet mijn wang op haar dij rusten en staarde naar de natte puinhoop die ik van haar mooie kutje had gemaakt, terwijl zij streek, kneep en tikte tot mijn benen trilden en alles zich samentrok. Ik kreunde van opluchting.

'Dat is een brave meid,' zei ze toen mijn knieën het begaven en ik op mijn heup op het bed plofte.

Ik keek op naar haar lome glimlach. 'Waarom was dat zo'n opkikker? Wat is er mis met me?'

'Er is niets mis met je, meisje. Je bent ervoor gemaakt om mensen te plezieren. Daarom vind je het zo fijn.'

'Dat klinkt logisch, denk ik. En jij bent ervoor gemaakt om de leiding te hebben?'

'Abso-fucking-luut.'

'Dat moet fijn zijn.' Hoe zou het zijn om opgewonden te raken van mensen commanderen en dat ze nog naar je luisteren ook?

Ze snoof. 'Behalve als ik erdoor in de problemen kom.'

'Bedoel je met die verslaggever?'

Ze aaide mijn heup zoals ze Quill aaide. 'Ja, dat... en een keer in bed.'

Ik wilde echt niet denken aan Jamila in bed met iemand anders, niet terwijl mijn kern nog steeds zoemde van haar aanraking, maar Jamila stelde zich nooit open voor iets persoonlijks. Ik zou alles aannemen wat ze me wilde geven. 'Echt? Wat is er gebeurd?'

Ze keek naar het plafond en ik hield mijn adem in. Ze was zo gesloten.

'Het was een andere friends-with-benefits-situatie, maar met een man. Hij is net zo bazig als ik.'

'Moeilijk voor te stellen,' grapte ik.

'Ik weet het, hè?' Ze trok een lange lijn over mijn dij. 'We waren aan het neuken – het was een van die verveelde neukpartijen, weet je wel? We waren aan het rondhangen, naar een belachelijke oude film aan het kijken. *Singin' in the Rain*, geloof ik.'

Alle warmte stroomde uit me weg en werd vervangen door ijs. Ze moest het over Cooper Fallon hebben. Dat was zijn lievelingsfilm.

'Hoe dan ook, hij zei: 'We zijn goed samen, Mila.' En ik zei: 'Ja, we zijn goede vrienden.' Toen zei hij: 'Wat als we meer waren,' en toen begon ik te flippen.

'Hij begon te praten over het samenvoegen van onze bedrijven, synergieën en zo – hij was ook een ondernemer. Dat beviel me niet. Jamilow was van mij. En van Winslow, natuurlijk. Terwijl ik daar nog met open mond zat, zei hij: 'We zouden moeten trouwen. Dan is alles fiftyfifty en ben je beschermd."

Ik sperde mijn ogen wijd open. 'Beschermd?'

Ze wees naar me. 'Precies! Dus ik zei: 'Beschermd waartegen, precies?' en hij begon over die onzin over hoe we het risico zouden delen en blablabla. Terugkijkend weet ik zeker dat hij het beste met me voorhad, maar alles wat ik hoorde was dat ik het niet alleen kon redden. Dat ik zijn bescherming tegen mislukking nodig had. Dat ik een soort ouderwets verstandshuwelijk zou willen. Dat ik niet wist wat echte liefde was, of dat niet wilde.' Ze staarde in de verte.

Ze geloofde in liefde. Ze had misschien een dikke schil, maar daaronder was ze kwetsbaar en romantisch, net als ik. Tintelingen dansten over mijn huid.

'Wat gebeurde er toen?' vroeg ik.

Ze richtte haar aandacht weer op mij. 'Ik heb hem mijn appartement uitgezet, wekenlang niet met hem gesproken.'

Ik herinnerde me die rare tijd vlak nadat ze afgestudeerd waren, toen het ijzig was met Cooper. Jackson kon hen niet tegelijk uitnodigen. Hij had geprobeerd het verhaal uit hen beiden te trekken, maar ze zwegen. Hij probeerde hen te dwingen, maar geen van beiden gaf toe.

'Hij liet ongeveer duizend verontschuldigende voicemails en sms'jes voor me achter. Stuurde me een kamer vol bloemen. Het was voordat een van ons geld had verdiend, dus ik had geen idee waar hij het geld vandaan haalde.' Ze pauzeerde, in gedachten verzonken.

'En toen?' Waren ze nog steeds vrienden met voordelen? Nee, dat kon niet. Cooper was nu verloofd. Toch hield ik mijn adem in.

'Ik realiseerde me eindelijk hoe moeilijk het voor hem was om zijn excuses aan te bieden en hoeveel ik zijn vriendschap miste. We hebben gepraat en het goedgemaakt, maar we hebben nooit meer geneukt. En hij heeft nooit meer een woord gezegd over een fusie, inclusief de huwelijkse soort.'

Mijn borstkas ontspande. Ik hoefde tenminste niet met Cooper Fallon, die slim en zelfverzekerd was en alles wat Jamila in een partner zou willen, te concurreren om haar affectie. Ik zou nooit aan hem kunnen tippen. Ik voelde me edelmoedig genoeg om te zeggen: 'Ik ben blij dat jullie het goedgemaakt hebben.'

'Ik ook. Ik wil nooit meer dat iets onze vriendschap verpest.' Ze grinnikte. 'Kom nu maar hier en doe een dutje. Die zonneschijn heeft me uitgeput.'

Godzijdank was Jamila een knuffelaar. Ik had haar armen om me heen nodig na het verhaal over een friends-with-benefits die verkeerd was afgelopen.

20

'WAT BEN JE AAN HET DOEN?' Jamila schuifelde de keuken in op een paar met wol gevoerde pantoffels en in een zijden kamerjas met drakenprint die alle geheime plekjes bedekte die ik gisteravond had aanbeden.

'Ik maak ontbijt voor je,' zei ik, terwijl ik de perfect in blokjes gesneden uien en paprika's in de pan gooide. Jamila's keuken in haar strandhuis was van alle gemakken voorzien, waar ik achter was gekomen toen ik kort na zonsopgang naar binnen was gewandeld.

'Ik ontbijt niet.' Ze ontbeet niet? Ik zakte in elkaar. Ze schuifelde naar het koffiezetapparaat en gromde toen ze zag dat de kan vol hete koffie zat. Nadat ze een mok van het rek had gepakt, vulde ze hem en nam een slok zonder er eerst op te blazen.

Ik roerde de groenten in de pan. Ze zou mijn perfecte snijtechniek — daar had ik tenminste een tien voor gehaald — en de prachtige omelet die ik voor haar aan het maken was, mislopen. Op de koksschool hadden ze ons niet geleerd hoe je die moest maken, maar ik had Telma vaak genoeg gadegeslagen om te weten hoe het moest.

Plotseling boog ze zich over mijn schouder en ademde de

bittere koffiegeur op mijn wang. 'Ik kijk wel toe hoe jij eet. Daar heb ik gisteravond van genoten — heel erg.'

Mijn gezicht voelde zo heet aan als de pan. Ik had er niet eens bij stilgestaan hoe ik er gisteravond uitzag. De meeste mannen maakten zich daar niet druk om. Juist het tegenovergestelde: hoe rommeliger, hoe beter, leken ze te denken. Mijn ervaring met vrouwen was dat we elkaar altijd bekeken, vergeleken en beoordeelden. Jamila was de meest getalenteerde, zelfverzekerde persoon die ik kende. 'Vond je het echt fijn?'

'Ja.' Ze liet een hand onder mijn T-shirt glijden en streek over mijn buik. 'Het voelde geweldig. En je hebt een schattig kontje.' Ze kneep erin over mijn korte broek.

Ik zoemde zachtjes en drukte me tegen haar hand. *Schattig.* Van een schoonheid als Jamila betekende dat iets.

Ze snoof. 'Let op. Ze branden een beetje aan.' Ik keek naar de pan. De randjes van de uien begonnen zwart te worden.

'Oeps.' Ik haalde hem snel van het vuur en schraapte ze op een bord. Het grootste deel was nog te redden. Ik goot de eieren die ik al had geklutst erbij en begon ze door de pan te bewegen terwijl ze stolden. 'Weet je zeker dat je er geen wilt?'

'Nee, ik denk beter op een lege maag.'

'Oké.' Het plezier was uit mijn koken verdwenen. Ik had me voorgesteld hoe ik een perfect luchtige omelet voor haar op een bord zou schuiven en hoe haar bruine ogen zouden oplichten bij het feestmaal dat ik had bereid. Nu zou ze toekijken hoe ik at. Dat was beslist minder aantrekkelijk.

Net als de omelet. Waarom zag hij er zo klonterig uit? Die van Telma zagen er nooit zo uit. In de hoop op een culinair wonder strooide ik de uien en paprika's over het midden en pikte de verbrande stukjes eruit. Ik liet het een minuut rusten terwijl de randjes omkrulden, een teken dat ze te gaar waren.

Toen ik hem op het bord liet glijden, vouwde hij niet dubbel in het midden zoals die van Telma altijd deden. Hij plofte neer. Toen brak hij. Ik had geen perfecte halve cirkel van luchtige heerlijkheid gemaakt, maar een half aangebrande, half niet-gare ramp.

'Is dat wat ze je op de koksschool hebben geleerd?'

Jamila had het hele debacle gezien. Natuurlijk.

'Misschien zouden ze omeletten volgend semester hebben behandeld. Als ik niet gestopt was.' Ik staarde even naar het onaantrekkelijke roerei op mijn bord en schoof het toen in de vuilnisbak. 'Ik eet wel fruit.'

Jamila sloeg een arm om mijn schouder. 'Het is oké. Ik kan niet eens een ui snijden zonder in mijn duim te snijden. Mijn kok levert aan het begin van elke week kant-en-klare maaltijden af. Jij hebt het tenminste geprobeerd.'

'Ik kookte thuis ook nooit. Misschien was ik daarom niet goed genoeg voor de koksschool.'

'Hé. Hé.' Ze wachtte tot ik haar aankeek. 'Je bent met de koksschool gestopt vanwege je zachte, diervriendelijke hart.'

'Ik denk het.' Ik staarde in het koude, melkachtige oppervlak van mijn koffie. 'Zullen we onze koffie meenemen naar het terras?'

'Mwah. Laten we binnenblijven. Gisteren naar het strand gaan was een risico. Ik wil het lot niet tarten.'

'Een risico? Ik ben alleen een beetje verbrand.'

'Nee, schat. Ik bedoel, het is een openbaar strand. Iemand zou ons kunnen zien. Samen.'

'Maar we zijn toch samen?'

'Schat.' Haar mondhoeken trokken naar beneden. 'Ik doe niet aan serieuze relaties. Bovendien, wat zou mijn PR-adviseur zeggen als mijn gezicht naast het jouwe over heel Instagram werd uitgesmeerd? Jij bent niet bepaald onopvallend. Dan zouden we weer terug bij af zijn met de focus op mijn privéleven en niet op het bedrijf, waar die hoort te liggen.'

'Je hebt gelijk. Natuurlijk heb je gelijk.' Ook al zei ik het twee keer, ik voelde me er niet beter door. Ik was aan haar zijde wakker geworden, niet in staat te geloven dat ik precies had gekregen wat ik wilde en vol hoop dat ik het kon behouden. Maar zo zag Jamila het niet. Ik was een scharrel, het PR-risico niet waard.

Jamila reikte om me heen om een paar blauwe bessen uit de fruitschaal te plukken. Ze stopte er eentje in haar mond. 'Kom op.

Je kunt Quill er eentje geven. Het is superschattig om te zien hoe hij erop knaagt.'

Ze greep mijn hand en trok me mee naar de slaapkamer waar het verblijf van Quill.i.am was opgezet.

Het was inderdaad heel schattig om naar te kijken. En toen Jamila me kuste terwijl ik lachte, leek het alsof alles misschien toch goed zou komen.

'SLECHT NIEUWS,' zei Hannah toen ik maandag het kantoor binnen zweefde.

'Wat is er?' Ik zette mijn laptoptas neer en mijn aandacht werd scherper. De zaterdag en zondagochtend met Jamila waren fantastisch geweest, maar ik had werk te doen. Er waren nog maar een paar weken tot de lancering en ik moest tot die tijd alles bij elkaar zien te houden.

'Foto's.' Ze tikte op haar telefoon, en mijn telefoon trilde in mijn tas. Ze had me een link geappt. Ik negeerde mijn vele sociale media-meldingen en klikte op de link.

'Foto's van Jamila?' Er ging een ijskoude rilling door me heen. De eerste foto toonde haar knielend op ons picknickkleed op het strand. De volgende toonde mij naast haar, maar de slappe hoed verborg mijn gezicht. Oei, ik had me niet gerealiseerd hoe die bikini de vetrolletjes rond mijn middel liet zien. Jamila had er niets over gezegd.

Verschrikt bladerde ik door de rest van de afbeeldingen. Gelukkig had degene die de foto's had gemaakt er niet om gegeven mijn gezicht erop te krijgen. Op elke foto werd het ofwel door mijn hoed ofwel door die van Jamila aan het zicht onttrokken. Maar op de laatste foto hadden ze mijn hand op haar knie vastgelegd. De seksualiteit van de houding was onmiskenbaar. Hannah tuitte haar lippen en keek me indringend aan. Ik gaf niets toe. 'Niks aan de hand. Jamila's biseksualiteit is geen geheim. En kijk, er zijn een heleboel likes.'

'Likes geven het meer zichtbaarheid, geen sociale aanvaarding.' Voordat ik me erin kon verdiepen, zei Hannah: 'De reacties zijn gemengd. Sommige mensen vinden het geweldig dat Jamila haar beste biseksuele leven leidt, anderen veroordelen het op een familiestrand—'

'We deden niets!' snauwde ik. Toen kromp ik ineen.

'Trek niet zo'n gezicht,' zei Hannah. 'Je bent net zo trots op je biseksualiteit als zij. Misschien moet je er in de toekomst gewoon niet voor zorgen dat Jamila in een flirterige pose met haar werknemer wordt gefotografeerd, oké?'

Trots op mijn biseksualiteit was iets meer dan waar ik me prettig bij voelde. Wat zou moeder zeggen als ze dit zag? Zij zou me zelfs zonder mijn gezicht herkennen. Ze zou zeker de robijnrode ring herkennen die aan mijn vinger schitterde terwijl die op Jamila's knie rustte. Ik draaide aan de ring.

'Natuurlijk niet,' zei ik. 'Het spijt me.'

'Het komt wel goed, zolang… shit.'

'Wat?' Ik keek naar mijn telefoon en zag dat Pavel Thakor, CEO van Moo-Lah, die ik was gaan volgen, een reactie had geplaatst. Ik klikte om het te lezen.

Fijn om te zien dat mevrouw Jallow zich vermaakt. Ondertussen werken we bij @moo-lah_corp hard aan een baanbrekende app. #werkenvooru #betersnellersterker

Mijn telefoon zoemde met een melding. Nog een link van Hannah. Ik klikte erop.

De video speelde zonder geluid af met ondertiteling. Het was Jamila, eerder vandaag als ik het licht goed inschatte, haar prachtige lippen getuit in een minachtende sneer. De ondertiteling luidde: *Rot.op. Mijn weekenden zijn mijn zaken.*

'Wacht, wat?'

'De ondertiteling is netjes. Jamila heeft weer een journalist de huid vol gescholden die naar de foto's vroeg.'

Ik liet mijn hoofd achterover vallen en staarde naar het systeemplafond van ons kantoor. 'Waarom?' kreunde ik.

'Ze lieten de vraag niet zien. Het moet haar kwaad hebben gemaakt.'

Ik bekeek de video opnieuw. Deze keer voelde ik een prik in mijn hart. *Mijn weekenden zijn mijn verdomde zaken.* Alsof ik haar weekendvermaak was, het niet waard om bij naam genoemd te worden. Zeker niet met het woord *vriendin*.

Maar ze had gezegd dat we het luchtig hielden. Ze had me eraan herinnerd dat we verborgen moesten blijven. Precies op het moment dat de foto werd gemaakt. Ze beschermde mij niet. Ze beschermde zichzelf *tegen* mij.

'Ik denk dat we met haar moeten gaan praten.' Ik veegde de video weg en keek op de klok. 'We kunnen net voor de stand-up van de ontwikkelaars naar binnen.'

'Deze sla ik over,' zei Hannah. 'Ze zal in een bui zijn.'

'Lafaard,' zei ik mild.

'Bovendien zit ze nu bij Winslow.'

'Waarom? Ze heeft op woensdag een afspraak met hem.'

'Ze plannen een diner voor morgenavond met die man van de financiële partner. En dan is Winslow de rest van de week vrij.'

'Ze hebben een afspraak met Kenneth Royal van First Arbiter?' Jamila had er gisteren geen woord over gezegd.

'Ja, bij La Colombe Bleue.'

'Je zei dat Winslow vrij neemt? De app wordt over twee weken gelanceerd. Moeten we nu niet allemaal alle hens aan dek zijn?'

'Het is het weekend van Memorial Day.' Hannah haalde haar schouders op. 'Hij heeft vast plannen.'

'Het lijkt me nog steeds een rotmoment om op vakantie te gaan. Ik wed dat Moo-Lah's niet…' Ik keek naar mijn scherm, waar ik het profiel van Pavel Thakor had opgeroepen. Zijn meest recente post was een foto van hem, buiten zittend, in gesprek met een groep mannen. De foto was zo krap gekadreerd dat ik niets op de achtergrond kon onderscheiden. Ze konden op een countryclub of een restaurantterras zijn geweest, of zelfs buiten zijn gebouw. Hij zag er ontspannen uit, zijn hoofd achterover gegooid in een lach. Ik kneep mijn ogen samen bij de foto en zoomde toen in. Achter Thakor was het onderste deel van een strakke framboeskleurige broek te zien. Ik zoomde verder in, maar het beeld werd korrelig. Waren dat tweekleurige marineblauwe en bruine brogues?

Ik had het stiekeme vermoeden dat ik wist van wie ze waren.

'Gaat het?' vroeg Hannah. 'Ik heb je nog nooit zo stil gezien.'

'Het gaat prima.' Ik maakte een screenshot. 'Ik ben zo terug.'

Met mijn telefoon in mijn hand liep ik door de gang naar Jamila's kantoor. Ik stopte bij Felicia's bureau.

'Is Winslow daar bij haar?' vroeg ik.

'Ja. Maar hij komt zo naar buiten.' Ze knikte naar Rhiannon, die met haar team achter zich aan richting Jamila's kantoor marcheerde. In haar blauwe shirt leek ze op een boos blauw vogeltje dat haar kudde leidde.

'Waarom heb ik het gevoel dat ik de enige ben die haar verdomde werk doet?' Ze keek me van top tot teen aan. Haar blik bleef op mijn hand rusten. 'En de dingen niet erger maakt?'

Het vuur steeg van mijn wangen naar mijn voorhoofd. 'Ik los het op.'

'Ja, dat merk ik.' Ze haalde haar neus op met een snijdend gebaar dat mijn moeder niet had misstaan.

De hitte vlamde naar mijn borst, maar ik werd van een ondoordachte reactie gered toen Jamila's deur openging en Winslow naar buiten stapte in zijn tweekleurige brogues. Vandaag was zijn broek poederblauw met kleine Amerikaanse vlaggetjes erop geborduurd. Ik keek weer naar de foto op mijn scherm. Ik wou dat ik kon zien of de schoenen op de foto marineblauw met bruin waren of zwart met bruin, of bruin met een rare schaduw.

Ik vertrouwde mezelf niet om iets tegen Jamila te zeggen, zeker niet met publiek erbij.

'Winslow, mag ik u even spreken?' Ik knikte met mijn hoofd naar de kleine vergaderruimte een paar deuren verderop van Jamila's kantoor.

Hij grijnsde. 'Natuurlijk.'

Kokend van binnen om zijn grijns wachtte ik tot ik de deur van de vergaderruimte had gesloten om te spreken.

Ik draaide mijn telefoon om zodat hij de foto kon zien. 'Wat deed u daar, in gesprek met de concurrentie?'

Hij kneep zijn ogen samen bij het scherm. 'Ik sta niet op die foto.'

Ik zoomde in op de broek en de bovenkant van de schoenen en liet het hem zien. 'Weet u dat zeker?'

'Iedereen draagt zulke broeken en schoenen. Waarom zou u denken dat ik dat was?'

'Het ziet er niet goed uit om met een concurrent te praten als iedereen weet dat er een lek is.'

'Ik werk al vanaf dag één met Jamila. Al van voordat ze het bedrijf startte. Wat insinueert u precies?' Hij sloeg zijn armen over elkaar.

Een zweem van twijfel begon achter in mijn hoofd te knagen. Hij had gelijk dat hij niet de enige tech-nerd was die belachelijke broeken en dure schoenen droeg. Er waren veel kakkers met een trustfonds in de Bay Area. (Ik kon het weten; ik had er met genoeg een relatie gehad.) Maar ik kon me geen nieuwe misstap veroorloven zoals degene die ik had gemaakt toen ik Rhiannon beschuldigde. Jamila zou tegen me uitvallen zoals ze tegen die journalist had gedaan.

'Over belastende foto's gesproken, ik zie dat je geweldig werk levert op het gebied van PR.' Hij trok zijn wenkbrauwen op. 'Dit is een vrij zwakke poging om de aandacht af te leiden van het feit dat je met je hand in de koektrommel bent betrapt.'

'Ik weet niet waar u het over heeft.' Ik veegde het screenshot weg.

'Kijk, je bent een aardig meisje, dus ik geef je wat vriendelijk advies,' zei hij. 'Ik ken Jamila al heel lang. Ze raakt gestrest en dan blaast ze stoom af, als je begrijpt wat ik bedoel. Het lijkt erop dat jij haar nieuwste ventiel bent.'

Ik plukte een pluisje van de mouw van mijn jasje. 'Ik weet niet waarom u me dit vertelt.'

'Je lijkt me het type meisje dat zich dingen aantrekt. Jamila niet. Haar kleine avontuurtjes betekenen niets. Vraag maar aan Cooper Fallon.'

Ik kon er niets aan doen. Ik staarde hem met open mond aan.

Hij grinnikte. 'Ja, zo lang loop ik al mee. Ik heb de gevolgen gezien. Bij Jamila draait alles om vrijblijvend. Ze zal nooit iemand genoeg vertrouwen om het serieuzer te laten worden dan dat.'

Hoe vaak had ze me er niet aan herinnerd dat ze niet aan serieuze relaties deed? Vaker dan ik me wilde herinneren.

Hij liep langs me heen en legde zijn hand op de deurknop. Maar voordat hij hem omdraaide, keek hij me nog eens aan. 'Ik geef je dit advies: richt je op je eigen verantwoordelijkheden. En maak je geen illusies dat Jamila ooit iets anders zal zijn dan een scharrel. Zo'n vrouw is ze niet.'

Hij opende de deur en vertrok, mij verslagen achterlatend in de vergaderruimte.

Hij had gelijk. Ze had me zelf gewaarschuwd. Waarom had ik mezelf laten hopen dat ze voor me zou vallen? Ik was gewoon Jacksons schattige maar irritante zusje. Ik zou nooit de ware voor haar zijn.

Niet zoals zij dat voor mij was.

21

'GA JE ZO WEG?' vroeg Hannah terwijl ze dinsdagavond haar laptoptas over haar schouder gooide.

Ik knipperde met mijn ogen en verplaatste mijn blik van de open deur van ons kantoor naar haar gezicht. 'Ja. Ik wil eerst even vijf minuten met Jamila praten.'

Het was de avond van het diner met Kenneth Royal, de CEO van First Arbiter, en ik was nerveus voor haar. We hadden elkaar niet meer gesproken sinds de foto's gisteren in de media waren verschenen. Hannah en ik hadden er alles aan gedaan om de socials te overspoelen met foto's van Jamila's kamp, videofragmenten van Nita's interview en alles wat we maar konden vinden om af te leiden, maar het verhaal bleef maar verder uit de hand lopen.

Iedereen wilde de identiteit van Jamila's mysterieuze vriendin weten. Ik had Jamila lang genoeg op sociale media gestalkt om te weten dat deze dingen een patroon volgden: zodra ze haar hadden geïdentificeerd, zouden ze haar achtergrond uitspitten, haar een paar dagen volgen, een paar onflatteuze foto's van haar posten terwijl ze at of zweette na een training, en haar dan net zo snel weer laten vallen als Jamila deed. Mezelf onthullen als Jamila's vriendin zou haar geen zier helpen. Om nog maar te zwijgen over wat mijn moeder zou zeggen.

Nee, bedankt.

Zelfs als pr-adviseur had ik meer tijd op sociale media doorgebracht dan zou moeten, de reacties scannend op een hint dat Jamila's strandbabe ik was. Tot nu toe niets. Maar elke melding, elk rood cijfertje dat opliep, draaide mijn maag nog vaster in een knoop.

'Succes,' zei Hannah. 'Tot morgen.'

'Fijne avond.' Ik deed alsof ik naar mijn scherm keek.

Een minuut nadat Hannah de deur uit was gelopen, ving ik een glimp van lavendel op. Jamila was in beweging, ze schreed door de gang. Ik haastte me naar de kantoordeur en hield haar tegen toen ze voorbijkwam.

'Hé, Jamila.' Ik dribbelde om haar lange passen bij te houden.

'Natalie.' Er was geen zachtheid in de manier waarop ze het zei.

'Gaat het goed met de ontwikkeling?'

'Eigenlijk niet. We zijn weer tegen een probleem aangelopen. Ik moet blijven om te helpen, maar we hebben die verdomde vergadering vanavond.' Ze duwde de beveiligde deur naar de hoofdgang open.

Ik versnelde om haar in te halen. 'Met de... partner?' zei ik zachtjes, aangezien we buiten de beveiligde ruimte waren.

'Ja, en het wordt een complete puinhoop. Ik kan niet zeggen of hij kwader is over de foto's of over de mogelijke vertraging in het schema.' Ze mompelde de laatste twee woorden terwijl ze de deur van het toilet openduwde. Ze liep naar de spiegel om haar lippenstift te controleren.

'Kan ik helpen?'

'Niet tenzij je een toverstaf hebt die de bugs in mijn code laat verdwijnen.'

'Sorry, daar kan ik je niet mee helpen. Maar ik kan wel helpen met de pr-invalshoek. Ik kan hem vertellen over het artikel in *Buzz Bizz* en onze andere pr-inspanningen.'

Ze fronste naar me in de spiegel. 'Ben je vrij vanavond?' Ze keek langs me heen naar de wc-hokjes en voegde eraan toe: 'Om hem te ontmoeten?'

'Ja, ja, natuurlijk. Alles wat je nodig hebt.' Mijn maag bruiste als champagne. Misschien zou ze me ook laten overnachten. Dan konden we de band weer aanhalen. Dan zou ik me niet zo verlaten en afhankelijk voelen.

'Oké dan.' Ze deed de dop weer op de lippenstift. 'Laten we gaan.'

———

TIJDENS DE RIT naar de stad zat Winslow op de voorstoel van haar SUV en lichtte hij haar in over wie zijn verschillende taken zou overnemen terwijl hij zijn oma in het ziekenhuis bezocht. Toen ik hoorde over haar hartaanval, voelde ik me een beetje schuldig dat ik kritiek op hem had gehad omdat hij wegging.

Ondertussen zat ik stil op de achterbank. Ze spraken over belangrijk klinkende dingen zoals toeleveringsketens en marketingcampagnes. Mijn werk met zijn socialmediaposts, likes en fotoshoots klonk in vergelijking oppervlakkig.

Toen ze stopte bij de valet voor La Colombe Bleue, was ik eindelijk in mijn element. Ik was tientallen keren in het elegante restaurant geweest met mijn ouders en een paar keer met dates. De valet opende de deur, ik stapte uit en streek de kreukels uit mijn kokerrok. Ik stond kaarsrecht en liep voorop naar de deur, zonder te stoppen, omdat ik erop vertrouwde dat de portier die op tijd zou openen.

Bij de ontvangstbalie begroette Frankie me. 'Juffrouw Natalie. Ik had u vanavond niet verwacht. Sluiten meneer en mevrouw Hayes zich bij u aan?'

'Nee, ik dineer vanavond met mevrouw Jallow. U vindt wel een goed tafeltje voor ons, toch? Iets privés? We hebben een belangrijke bespreking die discretie vereist.'

'Natuurlijk, natuurlijk.' Frankie maakte een notitie op het tafelplan.

Jamila rolde met haar ogen. 'Serieus?'

'Je wilt onze gast toch niet naast de keuken ontvangen,' zei ik. 'Bovendien denk ik niet dat jullie samenwerking publiekelijk bekend is. We willen niet in de etalage zitten en mensen een reden geven om te speculeren.'

'Dat is eigenlijk een goed idee,' zei Winslow.

'Eigenlijk?' zei ik. 'Ik heb massa's goede ideeën.'

Nu rolde hij met zijn ogen.

Frankie leidde ons naar een tafel in een privé-nis waar we niet konden worden gezien.

'Dit is perfect,' zei ik toen Frankie mijn servet over mijn schoot legde en me een menukaart overhandigde. 'Dank u, Frankie.'

Jamila wachtte niet op Frankie. Ze spreidde haar servet op haar schoot en stak haar hand uit voor de wijnkaart. 'Wat zou ik niet geven voor een whisky.'

Frankie vroeg: 'Kan ik u iets van de bar brengen?'

'Nee, bedankt. Ik moet vanavond terug naar kantoor.'

Daar ging mijn hoop op een herhaling van vorig weekend. Nu wenste ik dat ik mijn cabrio had genomen, zodat ik 's ochtends niet met een Uber terug naar kantoor zou hoeven.

'Uw ober is zo bij u.' Frankie maakte een buiging en vertrok.

'Wat denk je, Winslow, cabernet of pinot noir?' vroeg Jamila.

Ik zat daar, vol ongeloof. Waarom had ze mij niet naar de wijn gevraagd? Ik was praktisch opgegroeid in dit restaurant. Ik had haar kunnen vertellen dat de cabernets weinig voorstelden en dat ze beter een malbec kon nemen. Maar ze had het mij niet gevraagd. Ik draaide mijn servet in mijn schoot.

Terwijl ze over de wijnkeuze discussieerden, zag ik een man die ik herkende. De zilvergrijze slapen van Kenneth Royal, zijn grijze pak, blauwe das en zwarte loafers straalden uit dat hij een bankdirecteur was. Hier was een manier waarop ik mezelf nuttig kon maken.

Ik stond op. 'Meneer Royal, welkom. Ik weet niet of u zich mij herinnert. Ik ben Natalie Jones, en u kent Jamila Jallow en Winslow Keating-Ashworth.'

Jamila keek geïrriteerd, maar ze was al de hele avond geïrriteerd. Ik kon niet zien of ze nog steeds aan de bug dacht of dat dit een nieuwe ergernis was. 'Goedenavond, Kenneth. Bedankt dat je met ons wilde afspreken.' Haar 'bedankt' klonk alsof er gemalen glas in haar keel zat.

'We moeten het hebben over de staat van onze samenwerking.' Hij ging tegenover Jamila zitten, maar draaide zijn hoofd om mij te beoordelen. 'U bent de stiefdochter van Charles Hayes.'

'Dat klopt. We hebben elkaar ontmoet op feestjes van mijn ouders.'

'Charles is een slimme man.' Hij nam me van top tot teen op. 'U bent niet degene die een softwarebedrijf heeft. U bent de socialite.'

Op mijn tanden bijtend, ging ik rechterop zitten. 'Ik ben verantwoordelijk voor Jamila's pr.'

'Ik begrijp het. Socialmediaposts en dat soort dingen?' Hij zei het alsof hij een mond vol te gaar gekookte broccoli had.

'Ja, en—'

Jamila kapte me af. 'Kenneth, laten we ons richten op jouw zorgen.'

Ik leunde achterover in mijn stoel. Waarom had ze me hierheen gebracht als ze me toch zou negeren?

'Ik weet niet zeker of Jamilow een goede match is voor FA met al dit gedoe,' zei Royal. 'Het is het ene na het andere. Eerst was er Winslows schandalige huwelijk en toen zijn smerige scheiding. Jij gaf die journalist een klap en liet je op het strand fotograferen met een of andere bikinibimbo. Nu heb je alweer een aanvaring gehad met een verslaggever. Jamilow lijkt meer op een soapserie dan op een softwarebedrijf waar onze eerbiedwaardige financiële instelling haar reputatie aan wil verbinden.'

Hij leunde achterover en liet de bom die hij had gedropt zijn werk doen.

Bikinibimbo? Had Jamila me hierheen gebracht om mijn excuses te maken?

Jamila's uitdrukking was als steen. 'Jamilow is een innovatief bedrijf dat op één ochtend meer creatieve ideeën genereert dan jouw stoffige bank in een heel jaar. Daarom werken jullie met ons samen. Dus wat maakt het uit als er een beetje drama is? Als je een groep artiesten bij elkaar zet, krijg je wat theatraal gedrag. Ik kan je echter beloven dat er voor de lancering geen mediahysterie meer zal zijn.'

Ze staarde me recht aan.

Nu begreep ik waarom ik hier was. Dit was haar manier om me te laten zien wat er in haar leven op het spel stond. Ze had geen ruimte voor een openbare relatie met mij of de onvermijdelijke aandacht die dat met zich mee zou brengen. Mijn taak was om alles glad te strijken voor de buitenwereld en Jamilow eruit te laten zien als een geschikte partner voor een saai financieel dienstverleningsbedrijf.

Nou, ik wist alles van dingen gladstrijken. Dit was waarvoor ik was opgevoed. Ik trok mijn wenkbrauwen op, en onze ober gleed naar onze tafel.

'We willen graag een fles Nicolás Catena Zapata, alstublieft. En voor mij een wodka-tonic.'

'Serieus, Nat?' mompelde Jamila. 'Dit is mijn bespreking.'

Met mijn meest stralende glimlach naar haar, zei ik: 'Maak er maar een dubbele van.'

Toen de wodka eenmaal in mijn bloedbaan zat, was het gemakkelijk om terug te vallen in de rol die iedereen, en vooral Kenneth Royal, van me verwachtte. Ik zorgde ervoor dat ieders glas vol was. Als ik sprak, fladderde ik met mijn handen om iedereen eraan te herinneren dat ik er als versiering was en dat ze me niet al te serieus moesten nemen. Ik giechelde om wat ze zeiden als het ook maar een beetje grappig was. Ik klopte op de arm van meneer Royal en schonk hem mijn meest innemende glimlachen. Langzaam werd hij zacht, als boter die op mijn werkblad op de koksschool had gestaan.

Mijn gedrag had het tegenovergestelde effect op Jamila. Ik hoefde haar glas niet bij te vullen, want ze raakte de wijn nauwelijks aan. Ze werd steeds brozer naarmate de avond vorderde, als chocoladeganache in de koeling.

Eindelijk was het diner voorbij. Meneer Royal en zijn eerbiedwaardige financiële instelling waren overtuigd. Hij schudde Winslow de hand en beloofde hem de volgende keer te bellen als hij een viertal compleet moest maken. Hij nodigde Jamila uit voor een drankje in zijn sociëteit. Hij gaf mij een langdurige omhelzing en bood me een lift naar huis aan in zijn directiewagen. Ik weigerde beleefd en bestelde een taxi.

Winslow liep met meneer Royal naar buiten en ik verwachtte dat Jamila met hen mee zou gaan, maar ze greep mijn pols vast als een handboei en sleepte me achter een potplant in de vestibule. Mijn hart fladderde van hoop. Zou ze me een knuffel geven om het glibberige gevoel van meneer Royals omhelzing weg te wassen? Of me op zijn minst een braaf meisje noemen omdat ik alles zo soepel had laten verlopen?

Maar ze deed geen van die dingen. In plaats daarvan siste ze naar me. 'Wat was dat in godsnaam?'

'Wat?'

'Zet die hertenogen niet op en doe niet alsof je niet weet waar ik het over heb. Waarom speelde je die domme leeghoofd?'

'Leeghoofd? Ik probeerde te helpen.'

'Ik had je nodig als mijn bekwame pr-adviseur, niet als een of andere Barbie.'

Barbie? De wodka in mijn maag kolkte. 'Dan had je me als je adviseur moeten voorstellen. Je negeerde me, en ik wist niet wat je wilde. Ik gedroeg me op de manier waarvan ik dacht dat je die nodig had.'

'Het was niet mijn bedoeling je te negeren.' De spanning vloeide uit haar rug. 'Ik... ik wist gewoon niet wat ik met je aan moest toen je er eenmaal was. Het is een delicate tijd in mijn bedrijf nu deze samenwerking op het spel staat.' Ze wreef over de plek tussen haar wenkbrauwen. 'Het spijt me dat ik niet beter ben in dit soort gedoe.'

Ik wilde mijn hand uitsteken en haar in een knuffel trekken. Waarschijnlijk waren we weggekomen met een vriendschappelijke omhelzing, maar we konden dat risico niet nemen. Niet na de foto's. Niet nu Jamila's nieuwe productlancering op het spel stond. Dus probeerde ik al mijn genegenheid in mijn blik te leggen toen ik zei: 'Het is oké. Het spijt me dat ik je heb teleurgesteld.'

'Je kunt de echte jij zijn bij mij, weet je,' zei ze. 'Spreek me er de volgende keer op aan. Je hoeft dat masker niet te dragen. Hoewel misschien niet recht voor de neus van Kenneth. Wacht tot na de release.'

De eerste oprechte glimlach van de avond verscheen op mijn gezicht. 'Ik zal mijn best doen.'

'Ik ook. Om dit rampzalige diner goed te maken, wil ik je graag meenemen om te wandelen dit weekend.'

'Wandelen tijdens het Memorial Day-weekend? Zit daar misschien ook een logeerpartijtje aan vast?'

'Absoluut-fucking-zeker. Neem een weekendtas en zwemkleding mee, pyjama's zijn niet nodig.'

Ik onderdrukte een gil. Een lang weekend met Jamila klonk als de hemel. Ik zou leuke wandelschoenen kopen en mijn haar in een bandana doen. Ik huiverde bij de ingebeelde knak als ze hem eraf zou trekken en me tegen de ruwe schors van een boom zou duwen.

'Ja, mevrouw,' zei ik.

Haar ogen werden vloeibaar. 'Dat klinkt goed.'

Al dan niet onvoldoende afgeschermd door een potplant, bewoog ik naar haar toe, maar verstijfde toen mijn telefoon in mijn hand zoemde.

Jamila likte haar lippen en plaagde me. 'Ik denk dat je maar moet gaan,' fluisterde ze met een hese stem.

'Tot morgen op het werk, baas.' Met een zwier van mijn haar

slenterde ik het restaurant uit en gleed in een Toyota die rook naar Axe bodyspray en hoop.

22

'<SPAN CLASS="P2">WAAR ga je heen?'

Als ik dertig seconden sneller was geweest, had Moeder me zaterdagochtend niet betrapt met mijn hand op de deurklink.

Langzaam draaide ik me om. 'Naar buiten?'

Ik trok de hightech wandelshort naar beneden die ik gisteren tijdens mijn lunchpauze had gekocht. Ik had hem opgerold, in de hoop dat als Jamila mijn ontblote dijen zou zien, we de schijn van een wandeling niet hoefden op te houden, en dat de enige oefening die we zouden krijgen in haar bed zou zijn.

'In die kleren?'

Zij moest nodig praten. Ze droeg een bordeauxrode kasjmieren badjas over haar zijden pyjama.

Ik vervloekte de ruisende stof die Moeder vast had gewaarschuwd dat ik er stiekem tussenuit probeerde te knijpen. Mijn shirt vond ik echter wel leuk. Het sloot nauw aan om mijn rondingen op een manier waarvan ik hoopte dat Jamila het zou waarderen voordat ze het van me af zou scheuren. Het had zelfs drukknopen in plaats van gewone knopen.

Moeder schraapte haar keel.

'We gaan wandelen.'

Ze trok een wenkbrauw op. 'En de picknick van volksvertegenwoordiger Crawford dan?'

'Oh. Eh.' Ik dwong mezelf te glimlachen. 'Ik denk niet dat ik dat ga halen.'

'En met wie ga je wandelen?'

'Met een… een vriendin.'

'Een "vriendin"?' Moeder sloeg haar armen over elkaar. 'Nadat uw zus met een *vriend* op reis ging, werd ze van de universiteit getrapt. Maar u bent Samantha niet. Ik had niet gedacht dat u zo stiekem zou doen. U bent altijd mijn brave meisje geweest.'

Ze wist precies hoe ze me recht in mijn hart moest raken. Het bonsde van de kracht van de beschuldiging die ze me voor de voeten wierp. 'Dat ben ik nog steeds, Moeder. Ik doe alles wat u vraagt. Alleen vandaag niet. Het is een prachtige dag om buiten te zijn.' Ik gebaarde naar het zijraam, waar de zon een handbreedte boven de horizon zweefde en de vroege ochtendwolken nog steeds roze kleurde. 'En ik heb nog nooit een bergwandeling gemaakt.'

'Ik heb u gevraagd om de picknick bij te wonen en met volksvertegenwoordiger Crawford te praten over onze alfabetiseringsagenda.'

'Ik weet het, Moeder. Maar ik ga constant naar dat soort sociale evenementen. Vandaag wil ik iets anders doen.'

Ze staarde me een lang moment aan, haar blauwe ogen boorden in de mijne. Toen keek ze door het zijraam. 'Over anders gesproken, wiens auto is dat?'

Ik had de Porsche verderop in de straat moeten parkeren, but ik was gisteren zo moe toen ik thuiskwam van mijn werk dat ik hem op de oprit had gezet.

'Het is een auto van de zaak. Voor het woon-werkverkeer naar Jamilow.'

'Waarom hebt u een auto van de zaak nodig als u een perfecte-'

'Moeder,' onderbrak ik haar. 'Ik kom te laat.'

Ze tuitte haar lippen. 'Hoewel ik waardeer wat u voor Jamila doet, zal ik blij zijn als dit PR-gedoe voorbij is en u zich weer kunt richten op uw familietaken.'

Gedoe? Mijn lege maag trok samen.

'Ik zal Daniel de groeten van u doen. Als u klaar bent met Jamila, zouden jullie twee moeten overwegen om het officieel te maken.'

'Officieel?'

'Uw verloving. Daniel zal het ver schoppen met u aan zijn zijde.'

De geur van haar Chanel No. 5 overmande me. 'Ik moet gaan.' Ik opende de deur en stapte naar buiten.

'U hebt me nog niet bedankt. Voor de foto's.'

'De… foto's?' Een zwaar gevoel drukte op mijn buik.

'Die op het strand met Jamila zijn genomen. Ik heb de foto's gekocht waarop uw gezicht te zien was.'

Mijn hemel. 'Stonden er foto's van mijn gezicht op?'

'Natuurlijk. U bent een Jones.'

Mijn mond viel open. 'Waarom hebt u ze niet allemaal gekocht?'

'Ik heb het gevraagd, maar hij wilde ze niet allemaal verkopen. Ofwel is het Jamila-verhaal te groot, ofwel heeft iemand anders hem meer betaald om ze vrij te geven. Dus, als Jamila de vriendin is met wie u gaat wandelen, wees dan discreet. Ik denk niet dat ze zich nog zo'n schandaal kan veroorloven.'

'Eh… dank u.' Mijn gezicht was heter dan mijn krultang. Begreep Moeder mijn relatie met Jamila wel? Inclusief de sexy kanten? Geen wonder dat ze me in de richting van Daniel duwde.

'Ik wou dat ik ze allemaal had kunnen krijgen. Ik heb Jamila altijd gemogen.'

'U mag haar?' Ik hield mijn adem in. Misschien zou ze niet woedend op me zijn omdat ik voor Jamila was gevallen.

Wie hield ik voor de gek? Een vrouw mogen was één ding; het idee dat je dochter een relatie met haar had, was iets heel anders, vooral in een rare vriendinnen-slash-baas-met-voordelen-situatie.

'Natuurlijk mag ik haar. Ze is praktisch een tweede dochter voor me. Jamila is gedreven, zoals ik jullie meiden altijd heb aangemoedigd te zijn. Ze doet me aan mezelf denken.'

Daar was het.

Ze wenste dat de briljante, ambitieuze Jamila haar dochter was en niet de doelloze Natalie, die meedreef met welke wind er ook maar voorbijkwam.

'Ik moet gaan, Moeder.' Ik trok de deur dicht en sjokte de trap af naar de geleasede cabriolet.

———

TOEN WE BIJ het punt kwamen waar het ruwe pad — dat door poema's en blijkbaar Jamila Jallow werd gebruikt — het gladdere pad kruiste, boog ik voorover met mijn handen op mijn knieën om op adem te komen.

Hoewel het me pijn deed, hijgde ik: 'Wacht even!'

'Wat?' Jamila kwam teruggelopen van waar ze alweer begonnen was met klimmen. Mijn nieuwe wandelschoenen hadden een blaar op mijn hiel gewreven die mijn bewondering voor haar welgevormde hamstrings en bilspieren in haar wandelshort tenietdeed.

Ze haalde haar veldfles uit haar kleine wandelrugzak en draaide de dop eraf. 'O ja, prachtig uitzicht.'

Juist. Het uitzicht. Dat ik niet kon zien door het zweet dat in mijn ogen droop. Ik richtte me op en drukte mijn hand in de steek in mijn zij. Wandelen, in ieder geval met Jamila, was zwaarder dan het leek en lang niet zo modieus als ik me had voorgesteld toen ik het schattigste paar laarzen in de sportwinkel uitkoos.

Ze had geweigerd het vlakke pad te volgen dat geleidelijk de berg op slingerde, het pad dat iedereen gebruikte. Nee. Zij baande zich een weg vooruit en volgde markeringen, die ze mij had verteld de 'blazes' van 'trailblazing' waren, op paden waarvan ik had gedacht dat alleen de meest trefzekere herten ze konden volgen. Haar lange benen beklommen gemakkelijk de rotsen en blootliggende boomwortels die we gebruikten om de helling op te komen. Mijn hamstrings smeekten me om om te keren. Maar Jamila zou nooit opgeven voordat ze de berg had beklommen en tot onderwerping had gedwongen.

'Drink wat water,' zei ze. 'We zijn er bijna. Nog maar een halfuurtje of zo.'

'Een halfuur?' piepte ik. Een halfuur was niks bijzonders op de loopband. Maar dit leek meer op de crosstrainer. Een crosstrainer met roestige spijkers in de pedalen geslagen om bij elke stap in mijn hielen te prikken.

'Hé.' Ze legde een hand op mijn bezwete schouder. 'Gaat het?'

Voor vandaag wist ik niet dat mijn schouders konden zweten. Ik klikte mijn mooie, nieuwe veldfles van mijn riem en nam een slok. 'Het gaat prima.'

'Het uitzicht boven is geweldig. Het is het absoluut waard.' Haar vingertoppen dansten over mijn borst naar de riem van mijn wandelshort.

'Dodenmars? Het is maar matig zwaar.'

Ik snoof. 'Voor een berggeit.'

'Er leven geen berggeiten in Californië. Alleen dikhoornschapen.'

'Prima. Dit pad is geschikter voor dikhoornschapen dan voor mensen.'

'Dikhoornschapen komen hier beneden niet. Als je ze wilt zien, moet je die daar beklimmen.' Ze wees naar een hogere berg in de verte.

'Misschien de volgende keer.' Dat was een leugen. Als ik een schaap wilde zien, ging ik wel naar de dierentuin. Waar de paden vlak waren en geschikter om hand in hand te lopen.

'Ik denk dat wandelen niet jouw ding is. Bedankt dat je zo sportief bent, meid.' Toen ze me dichterbij trok, maakte het me niet uit hoe rood mijn gezicht was of dat ik blaren had. Ik concentreerde me op haar lippen, zacht en kusbaar.

'Misschien heb ik wat motivatie nodig om door te gaan,' mompelde ik.

'Ik heb wat studentenhaver in mijn rugzak.' Ze nestelde zich tegen mijn slaap.

'Tenzij je dat je vibrator noemt, is dat niet het soort traktatie dat ik in gedachten had.'

'Aan uw linkerhand!' riep een stem een paar meter verderop.

We hadden die kreet de hele ochtend gehoord van snellere wandelaars en fietsers, maar deze stem klonk angstaanjagend bekend.

In plaats van mijn gezicht in Jamila's borst te begraven zoals ik had moeten doen, sprong ik bij haar vandaan en keek de dreiging aan. Mijn hart stopte met kloppen toen ik mijn broer, Jackson, op de pedalen van zijn mountainbike zag staan, gevolgd door zijn geadopteerde zoon, Noah, op een vergelijkbare fiets.

Je-mig.

'Nat?' Hij hield een hand omhoog om aan te geven dat ze stopten.

'Jackson? Wat doe jij hier?' Ik kon de woorden amper uit mijn mond krijgen terwijl mijn hart in mijn borstkast pingpongde. Van alle plekken waar hij op een zaterdag in mei kon zijn, moest hij hier zijn, op dezelfde berg, op hetzelfde pad als Jamila en ik.

'Gewoon mijn favoriete route rijden,' zei hij. 'Ik denk dat jij degene bent die moet uitleggen wat *jij* hier doet. Breng jij het Memorial Day-weekend niet normaal gesproken door met Moeder, slijmend bij politici?'

'Het is ook mijn favoriete route', zei Jamila. Haar stem was zo zacht als boter. 'Ik heb haar uitgenodigd.'

Ik staarde haar met open mond aan. Met al haar gepraat over 'casual' en geheimhouding, ging ze Jackson nu echt over ons vertellen? Mijn hart versnelde en mijn vingertoppen tintelden.

'Hé, Jamila.' Hij grinnikte. 'Eerst komt ze voor je werken, en nu zijn jullie in het weekend samen op pad? Die PR-dingen moeten goed gaan.'

'Ja,' zei ze. 'Natalie heeft echt mijn hachje gered. Ik heb haar als bedankje gevraagd om mee te komen.'

Mijn hart sloeg één keer hard toen al mijn hoop en dromen — *plof*— in het stof vielen.

'Dat is fantastisch. Je had misschien een beloning gewild die minder inspannend was, hè, Nutter Butter? Zoals een uitstapje naar de spa.' Hij schaterde het uit.

'Onbeschoft,' snoof ik. 'Ik had het prima naar mijn zin totdat jij langskwam.'

Ik draaide zowel mijn broer als Jamila mijn rug toe, mankte naar Noah toe en gaf hem een knuffel. Net als ik was hij warm en bezweet, en zijn helm kletterde tegen mijn hoofd.

'Heb je het naar je zin?' vroeg ik.

'Ja.' Zijn dertienjarige stem klonk brommerig en nors. Hij schraapte zijn keel. 'Jij ook?'

Ik keek over mijn schouder. Jamila en Jackson letten niet op, te gefocust op hun eigen luchtige gesprek. 'Mwah.'

'De volgende keer moet je met Jay en mij meefietsen. De weg naar boven is best zwaar, maar op de weg naar beneden vliegen we. Het is zo gaaf.'

'Weet Alicia van dat vliegen?' Mijn schoonzus was een van de meest voorzichtige mensen die ik kende. Zij en mijn broer waren het toonbeeld van 'tegenpolen trekken elkaar aan'.

Hij kneep een oog dicht. 'We houden het onder de radar. Bovendien,' —hij klopte op zijn helm— 'doen we voorzichtig.'

Voorzichtig was geen woord dat ik met mijn broer associeerde. Hij had zich echter omringd met voorzichtige mensen zoals Alicia en Cooper. Jamila daarentegen was allesbehalve voorzichtig. Vertelde ze mijn broer de waarheid? Dat we op het punt stonden te zoenen toen ze achter ons verschenen? Aan de manier waarop Jackson lachte, twijfelde ik daaraan.

'Wat is er zo grappig?' vroeg ik prikkelbaar.

'Niks, Nutter Butter.' Hij slenterde naar me toe en stak een van zijn lange armen uit om door mijn haar te woelen.

Ik sprong opzij. 'Schei uit!' Ik trok mijn haarelastiek eruit en kamde met mijn vingers de klitten die hij had gemaakt. Toen streek ik het weer naar achteren in een frisse paardenstaart en trok die strak aan. Toen ik opkeek, keek Jamila me met honger in haar ogen aan.

Misschien konden we onze wandeling —en mijn beloning— nog redden.

'Noah zegt dat hij niet kan wachten om de top te bereiken,' zei ik. 'Ik denk dat jullie maar eens moeten gaan.'

'Ja, kom op, kleine man.' Jackson pakte zijn fiets en ging erop zitten. 'Nat, we missen de brunch morgen. Ik zie je volgend weekend. Later, Mila.' Hij zette af en ging op de pedalen staan om de helling op te klimmen. Noah deed hetzelfde, en al snel verdwenen ze om de bocht.

Jamila schudde haar hoofd. 'Dat was op het nippertje.'

Plotseling stroomde de energie uit me weg, en het was niet alleen uitputting van onze wandeling. 'Je hebt hem vast niet over ons verteld?'

Ze knipperde met haar ogen. 'Over *ons?*' Ze verlaagde haar stem. 'Bedoel je, of ik hem heb verteld dat ik achteloos het zusje van zijn vriend neuk?'

'Kijk.' Ze kwam dichterbij, niet zo dicht als we waren voordat Jackson ons onderbrak, maar wel in mijn persoonlijke ruimte. Met een knokkel onder mijn kin tilde ze mijn hoofd op totdat ik haar in de ogen keek. 'Dit is allemaal heel nieuw. Ik vind het redelijk om te zien hoe het loopt voordat we de hele wereld over ons vertellen.'

Haar redenering was… redelijk, maar mijn gevoelens waren dat niet. 'Jackson is een van je beste vrienden. Zou je hem niet vertellen over iemand met wie je aan het daten was?'

'Normaal gesproken wel. Maar dit is geen normale situatie.' Ze draaide zich om, zette haar pet af en haalde haar vingers door haar korte haar. 'Je bent zijn kleine zusje.'

Ze mompelde haar volgende woorden, maar ik verstond elk woord.

'We zouden dit niet moeten doen.'

De messen in mijn hart draaiden zich om. Misschien had ze gelijk. Als ze niet genoeg om me gaf om met mijn broer te praten, *zouden* we dit inderdaad niet moeten doen.

'Kom op.' Maar in plaats van me de berg op te leiden, draaide ze zich om en liep ze naar beneden.

'Gaan we niet naar de top?' vroeg ik.

'Nee. Je bent moe. Ik heb je al te ver gepusht.'

Ze sjokte de berg af, zonder ooit om te kijken.

23

TOEN WE HET huis van Jamila binnenstapten, boog ze zich voorover om haar wandelschoenen los te maken en sprak ze voor het eerst in bijna een uur. 'Wil je onder de douche springen?'

Ik zag het niet zitten om de hele terugrit naar San Francisco bezweet in de geleasede Porsche door te brengen. Bovendien waren we vroeg genoeg terug, zodat mijn moeder misschien nog thuis zou zijn als ik terugkwam, en zij was in mijn donkere bui de laatste persoon die ik wilde zien.

'Zeker.' Ik schopte mijn schoenen uit, pakte mijn weekendtas en liep naar de gastenbadkamer.

Ze pakte mijn pols. 'Samen?'

'Maar ik... ik dacht...' Ik haalde diep adem. 'Je hebt geen woord gezegd op de terugweg van het wandelpad.'

'Ik moest nadenken. En nu ben ik klaar met nadenken. Ik wil iets anders doen.' Ze trok me dichterbij en bracht haar neus naar mijn hals.

Ik trok me terug. 'Wat zijn we aan het doen, Jamila? Ik kan niet je vuile geheimpje zijn. Ik heb geen auto of een salaris van je bedrijf nodig. Wat ik nodig heb, is iemand die zich niet schaamt om in het openbaar of in het bijzijn van mijn familie met me te zijn.'

'Ik weet het.' Ze draaide het uiteinde van mijn paardenstaart om haar vinger. 'Sorry voor daarnet met je broer. Ik was er niet op voorbereid en ik wist niet wat ik moest zeggen.'

Mijn schouders zakten een paar centimeter. 'Wat zou je zeggen als je hem nu zou zien?'

Ze dacht even na. 'Ik zou hem vertellen dat je niet langer een klein meisje met vlechtjes bent.' Ze trok aan mijn paardenstaart, waardoor mijn hoofdhuid tintelde. 'Je bent een volwassen vrouw. Een sexy, volwassen vrouw. En ik ben heel, heel erg in je geïnteresseerd.'

'Heel erg geïnteresseerd? Wat betekent dat?' Mijn hart bonkte.

'Dat betekent dat ik je wil neuken. En dat een tijdje wil blijven doen.'

Hoewel ik helemaal voor de seks was, was 'een tijdje' neuken niet genoeg voor mijn romantische hart. 'Een tijdje?'

'Een tijdje. Bij mijn vorige partners was ik daar niet in geïnteresseerd. Kijk, ik heb wat tijd nodig om mijn leven op een rijtje te krijgen. Ik ben er heel slecht in om over mijn gevoelens te praten. Dit is het beste wat ik op dit moment kan doen.'

Zag ik een smeekbede in haar ogen? Ze waren zacht en warm als gesmolten chocola.

Ik wilde erin verdrinken.

'Daar neem ik genoegen mee.' Ik kuste haar zachtjes op haar lippen. 'Voor nu.'

Haar armen sloegen zich om me heen en de kus werd vunzig. Vunzig omdat ik mijn eigen vieze zweet rook.

Ik trok me terug. 'Laten we in je sexy douche stappen. De helft van dat wandelpad zit op mijn gezicht geplakt.'

'Ik vind je lekker als je vies bent,' zei ze, terwijl ze een kus op mijn lippen drukte. 'Ik vind het ook fijn om je schoon te maken. Kom op.'

We lieten onze stoffige schoenen en sokken achter in haar wasruimte, waarna ze me bij de hand naar haar badkamer leidde. Deze was niet zo ruim als die in haar strandhuis, maar de douche was groot genoeg voor twee. Ze zette de regendouche aan en draaide zich naar me toe. 'Kleed je uit.'

Het was net als de ondeugende dagdroom die ik vanochtend had gehad toen ik me aankleedde. Ik zette mijn vingers op de halsopening van mijn wandelshirt en trok de zijkanten met een knal uit elkaar. Haar lippen gingen uiteen. Met een plagende glimlach om mijn lippen herhaalde ik de bedachtzame handeling bij elke drukknoop van mijn shirt. Jamila's irissen werden vloeibaarder bij elke 'ping' van de sluitingen. Ik trok het shirt uit en liet het naar de vloer dwarrelen.

Ik had mijn meest sexy sportbeha aan, als een sportbeha al sexy kan zijn, degene met cups die mijn figuur niet verborgen. Door de haakjes aan de achterkant hoefde ik me niet uit vochtig spandex te worstelen. Ik maakte de haakjes los en gooide de beha boven op mijn shirt. Ze staarde naar mijn borsten terwijl de stoom om haar heen uit de douche walmde. Ik maakte de gesp van mijn korte broek los en trok de rits langzaam naar beneden.

Ik was mijn veldfles vergeten en door het gewicht ervan zakte de korte broek met een kletterend geluid naar de tegelvloer.

'Oeps,' zei ik met een ondeugende glimlach.

'Oeps,' herhaalde ze. 'Laat maar liggen.'

Ten slotte ontdeed ik me van mijn katoenen slipje. Op mijn lip bijtend, draaide ik me om zodat ik met mijn rug naar haar toe stond en bukte om mijn kleren op te rapen. 'Waar moet ik deze laten?'

'In de wasmand.' Haar stem klonk gespannen.

Ik liep er op mijn tenen naartoe over de verwarmde tegels, keerde toen terug en bleef naakt voor haar staan. Ze greep in mijn haar om het elastiekje van mijn paardenstaart eruit te trekken. Ik schudde mijn haar los over mijn schouders.

Ze pakte een lok op om die tussen haar vingers te draaien. 'Ik vind je haar mooi.'

'Ik vind dat van jou ook mooi.' Ik strekte me uit om haar korte, veerkrachtige krullen te aaien. 'Mag ik het voor je wassen?'

'We zullen zien. Misschien heb ik het geduld niet.'

Ik pruilde. 'Wil jij dan het mijne wassen?'

'Mijn spullen voor krullen werken misschien niet voor jouw haar.'

'Dat geeft niet. Ik kan het morgenvroeg opnieuw wassen. Ik wil je handen in mijn haar.'

'Komt voor elkaar, meisje. Ga er nu maar in en was jezelf.'

'Kom je er niet bij?'

'Ik wil naar je kijken.'

Als zij wilde kijken, zou ik een show opvoeren. Langzaam draaide ik me om en opende de douchedeur. Ik nam een overdreven stap naar binnen, waardoor mijn overbelaste quadriceps, hamstrings en bilspieren werden opgerekt. Ik ging onder de regendouchekop staan, hield mijn gezicht eronder en streek met mijn vingers door mijn haar, waarbij ik de natte lokken naar achteren streek.

Toen ik me omdraaide om naar haar te gluren, glimlachte ze roofdierachtig. 'Was je maar, meisje. Ik wil dat je helemaal schoon bent als ik erbij kom.'

Ik pakte haar douchegel, goot wat in mijn hand en schuimde het op. Ik streek het langs mijn nek, over mijn schouders en over mijn armen. Ik wreef over mijn buik en mijn benen terwijl ze toekeek. 'Kom je mijn rug doen?' vroeg ik.

'Zo meteen. Je hebt je borsten nog niet gedaan. Of tussen je benen.'

'Ik hoopte dat jij daarvoor zou zorgen.' Ik schonk haar mijn meest verleidelijke glimlach.

'Ik wil zien hoe je het doet.'

Ik tintelde van verwachting. Ik omvatte mijn borsten en kneep erin, terwijl ik met mijn duimen over mijn tepels streek.

'Rustig aan,' zei ze. 'We hebben de hele middag. Vergeet de handdouche niet.'

'De handdouche?' Ik zag hem aan de muur. Ik tilde hem uit de houder en zette hem aan. 'Koud!' gilde ik toen ijskoude druppels mijn huid raakten.

Ze grinnikte. 'Dat wordt wel warm.'

Na een paar seconden was dat het geval. Ik wreef met één hand over mijn tepel terwijl ik de douchekop tussen mijn benen richtte. Het was fijn, maar... 'Heeft deze een massagestand?'

Toen haar hand zich om de mijne sloot, schoten mijn ogen open. Water glinsterde op haar naakte huid.

'Als je wilt dat iets goed gebeurt, moet je het zelf doen,' mompelde ze. Maar ze deed geen moeite om haar glimlach te onderdrukken.

Ze drukte op de knop van de douchekop en die pulseerde precies zoals ik het nodig had, een patroon van druk dat aanvoelde als een hand tussen mijn dijen. Ze richtte hem op mijn schaamlippen, die opzwollen en zich openden terwijl mijn kern zich aanspande. Mijn ademhaling schuurde in mijn borst, net als op de berg. Nu ik beide handen vrij had, bewerkte ik mijn tepels, naar adem happend bij de sensatie.

Terwijl ze de straal op mijn kutje gericht hield, verkende ze me met haar hand en tikte op mijn clitoris tot ik kreunde.

'Zo ja, meisje. Laat maar komen.' Ze tikte sneller, waardoor de sensatie naar mijn kern schoot.

En dat deed ik.

Ik kon niets weigeren wat ze me vroeg. Mijn orgasme greep me als een vuist en wrong het genot in golven uit me. Terwijl ik bijkwam, werden mijn knieën slap, maar Jamila ving me op met een arm om mijn middel.

'Ik heb je, schatje,' fluisterde ze zacht in mijn oor.

Kreunend met een geluid dat zelfs ik niet kon verstaan, sloeg ik mijn armen om haar middel en liet mijn wang op haar schouder rusten. Ik voelde me veilig in haar omhelzing terwijl het warme water op ons neerregende. De douche was mijn cocon en ik wilde hem nooit meer verlaten.

'Kun je staan?' vroeg ze eindelijk.

'Ja.'

Voorzichtig haalde ze haar arm om mijn middel weg en mijn benen hielden me overeind. 'Draai je om. Dan was ik je haar.'

Door haar vingertoppen op mijn hoofdhuid voelde ik me

slap als een vaatdoek en gewichtloos. Het was precies de zorg die ik nodig had na die wandeling de berg op en de verpletterende ontmoeting met mijn broer. Ze wrong mijn haar uit en pakte de crèmespoeling. Ze wreef een klodder in haar eigen haar en haalde haar vingers door haar strakke krullen.

Met haar armen omhoog waren haar borsten te verleidelijk om te weerstaan. Ik omvatte ze beiden en likte aan een tepel. Haar hand landde op mijn achterhoofd en hield me daar.

'Ja, schatje. Zo ja.'

Ik liet mijn andere hand tussen haar benen glijden, streelde haar zachtjes en tikte toen op haar gezwollen clitoris, zoals zij bij mij had gedaan. Haar adem stokte.

Ik zoog haar tepel in mijn mond, beet me vast en beroerde hem met mijn tong. Ze huiverde en hield me steviger vast.

'Niet stoppen.'

Dat deed ik niet. Ik tikte harder, dan zachter, terwijl ik de druk uittestte tot ze met haar heupen tegen mijn hand stootte en tegen mijn handpalm schuurde. Na nog een paar seconden werd ze stil en kreunde.

Met een laatste lik liet ik haar borst los en kuste haar hals. Ik wilde nooit dat mijn mond haar huid verliet. Hoe lang konden we hier in de hemel van haar douche blijven?

Ze boog voorover om mijn lippen te vangen, een heerlijk rommelige kus terwijl het water over ons heen stroomde. Met beide handen op mijn rug gedrukt, hield ze me dicht tegen zich aan. Toen ze mijn lippen losliet, mompelde ze: 'Godverdomme,' en schudde haar hoofd.

'Wat?'

'Gewoon… dat was lekker. Wie had gedacht dat het prinsesje zo'n vuurwerk in bed zou zijn?'

'Je bedoelt, onder de douche.'

'Ik bedoel, waar ik je ook maar wil hebben, meisje.'

Ik rilde, zelfs onder de warme straal.

'Laten we eruit gaan voordat onze vingers verrimpelen.' Ze

zette de douche uit en wikkelde me in een van haar zachte handdoeken.

We droogden ons af en smeerden ons daarna in met haar naar jasmijn geurende lotion. Ze klikte met haar tong bij het zien van de blaren op mijn hielen en zocht er een paar pleisters voor, die ze er per se zelf op wilde plakken terwijl ze achter me knielde.

Toen we schoon en uitgeput samen in haar enorme bed rolden, was ik volkomen voldaan. En voorzichtig gelukkig.

Ik tekende een cirkel rond haar navel. 'Dus je gaat met mijn broer over ons praten?'

'Is dat wat je wilt? Het hem nu meteen vertellen?'

'Nou, niet *nu* meteen.' Ik doopte mijn tong in het kuiltje. 'Er zijn nu andere dingen die ik liever doe.' Ik kuste een lijn over haar buik naar beneden en stopte bij haar schaambeen. 'Ik wil ons niet geheimhouden. Ik wil niet geheimzinnig doen.'

'Zeker, met Jackson, maar ik ga het Audrey niet vertellen. Die vrouw is angstaanjagend.'

'Ik regel mijn moeder wel. Nadat jij het Jackson hebt verteld en hij ermee instemt me te steunen.'

'Geef maar toe. Zij jaagt jou ook angst aan.'

'Ze is mijn moeder. Ik ben niet bang voor haar. Hoewel ik er een hekel aan heb als ze boos op me is.'

'Op het werk zullen we het nog steeds geheim moeten houden. Ik heb geen nieuw schandaal nodig.'

Ik kromp ineen en liet mijn kin op haar heupbeen rusten. 'Breaking news: iedereen op het werk weet het.'

'Shit! Echt?'

'Ja. Winslow en Hannah zeker. En ik vermoed Felicia en Rhiannon ook.'

'Krijg nou wat.' Ze rolde met haar ogen naar het plafond. 'Ik hoopte een beetje professionaliteit te behouden.'

'We blijven professioneel op het werk. Daar houden we ons aan de grenzen. Zolang ik ze thuis maar mag overschrijden.' Ik streek met mijn duim over haar tepel en ze rilde.

'Dat vind ik prima,' zei ze met een hese stem.

'Maar je praat met Jackson?'

'Ja, ik stuur hem meteen een berichtje.' Ze reikte naar haar telefoon.

'Niet nu.' Ik sloeg haar telefoon weg. 'Zie je niet dat ik je probeer te verleiden?'

'Ga er dan mee door, prinses. Minder praten, meer beffen.' Ze gleed naar beneden om me betere toegang te geven.

'Met alle plezier.'

24

DE VOLGENDE OCHTEND werd ik wakker van de geur van koffie. Toen ik mijn ogen opendeed, zat Jamila op de rand van het bed en hield ze een mok voor mijn gezicht.

'Sta op. Ik neem je mee uit ontbijten.'

Ik ging rechtop zitten en pakte de mok van haar aan. Ze had hem precies zo gemaakt als ik hem lekker vond: zoet en licht met havermelk. Ik genoot van de eerste hemelse slok. Toen herinnerde ik me welke dag het was.

'Het is zondag. Mijn moeder verwacht me vandaag voor de brunch.'

Ze trok een grimas. 'Dat was ik vergeten. Moet je echt gaan?'

'Je zou met me mee kunnen gaan,' zei ik, met mijn hart in mijn keel.

Ze streek met haar vingertop over mijn sleutelbeen. 'Ik denk niet dat ik al klaar ben voor een brunch met Audrey. Niet zolang we dit nog aan het uitzoeken zijn. En niet voordat ik met Jackson heb gepraat.'

'Je hebt hem gisteren gehoord. Hij zal er niet zijn.'

'Klopt, maar ik denk niet dat ik daar aan tafel bij je moeder zou kunnen zitten en brunchen alsof ik niet mijn meisje op schoot wil trekken.'

'Dus ik ben nu je meisje?' Mijn hart ging tekeer alsof ik na een dubbele espresso een spinningles volgde.

Ze deed alsof ze de slaapkamer rondkeek. 'Ik zie hier niemand anders.'

Zachtjes gaf ik haar een duwtje tegen haar schouder. 'Je weet wat ik bedoel.'

'Ik ben hier nieuw in, oké? Ik weet niet zeker hoe het zou moeten voelen. Maar toen ik vanochtend wakker werd met jou slapend naast me, was mijn eerste gedachte niet: "Hoe krijg ik die trut mijn huis uit zodat ik aan het werk kan?" Dus ik denk dat dat betekent dat je mijn meisje bent.'

Ik fladderde met mijn wimpers. 'Je weet precies wat je moet zeggen om een vrouw gelukkig te maken.'

'*Nu* vraag ik me af hoe ik je mijn huis uit krijg.'

'Echt niet.' Ik leunde naar voren. 'Je vindt me leuk.' Ik kuste haar, een zachte streling van onze lippen.

'Misschien wel.' Ze draaide een losgeraakte lok van mijn haar om haar vinger.

'Oké. Ik app mijn moeder dat mijn plannen zijn gewijzigd.' Meer tijd met Jamila doorbrengen zoals dit, in onze geluksbubbel, was het risico van de teleurstelling van mijn moeder waard.

'Echt waar?' Ze leunde naar voren en gaf me een lange kus op mijn lippen.

'Ja. Omdat het een lang weekend is, kunnen we hierna terug-komen en wat rondhangen?'

'Afgesproken. Dan gaan we met Quill chillen.'

'Of…' Ik nestelde me onder de warme lakens. 'We kunnen het ontbijt overslaan en in bed blijven.'

'Nee. Sta op. Mijn meisje eet graag ontbijt. Waar we naartoe gaan wordt het druk als je er te laat komt.'

'Prima. Ik heb wel even een minuutje nodig om mijn haar te doen.'

'Alleen een minuutje. Je weet dat ik daar allemaal niet om geef.'

Dat was een leugen. Ik wist dat Jamila om uiterlijk gaf. Ik was blij dat ik een jurk had ingepakt. Toen ik een half uur later de keuken binnenliep, floot ze.

'Vind je het leuk?' Ik draaide een rondje, waardoor de rok om mijn dijen zwiepte.

'Zeker. Al ben ik misschien wel geneigd hem in het restaurant omhoog te schuiven.'

'Tijdens het ontbijt? Dat zou je niet durven!' Hoewel de gedachte dat ze me in het openbaar zou aanraken – verdorie, de gedachte om in het openbaar de vriendin van Jamila Jallow te zijn – mijn hart sneller deed kloppen.

'Nee. Zou ik niet doen. Maar op de terugweg kan ik niets beloven.' Ze trok aan mijn vlecht. Ik had een lange over mijn rug gemaakt als een ironische verwijzing naar wat ze gisteren over staartjes had gezegd. 'Ik kan ook niet garanderen dat ik hier niet aan trek terwijl ik je vinger.'

'Ja, graag,' zei ik met een hijgerige stem.

'Laten we dan gaan.'

De rit was langer dan ik had verwacht, bijna helemaal tot aan San Francisco. Jamila parkeerde bij een vrijstaand gebouw op de parkeerplaats van een winkelcentrum in de zuidelijke buitenwijken.

'Dat moet een vijfsterrenontbijt zijn om deze rit waard te zijn,' zei ik.

'Cooper heeft het aangeraden. Alleen het beste voor mijn meisje.' Ze boog naar me toe en kuste mijn slaap. Bij het horen van Coopers naam brandde de koffie van eerder in mijn lege maag. Mijn vriendschap met Jamila was niet zo sterk als die van haar met Cooper. Zouden we een ongemakkelijke breuk overleven?

'Wat is er aan de hand?' vroeg Jamila, en ze tilde mijn kin op.

Ik keek in haar ogen, die zacht van bezorgdheid waren. Waarom maakte ik me zorgen? Op één klein foutje na had ik haar publieke imago volledig omgedraaid. Ze bleef me haar meisje noemen, en dat was maar een kleine stap verwijderd van me haar vriendin noemen. We hadden twee weekenden achter elkaar fantastische seks gehad. En nu nam ze me mee uit in het openbaar zoals ik had gevraagd. Als een vriendin.

'Niets. Alles is goed.' Ik gaf haar een kusje op haar lippen. 'Ik ga de grootste stapel pannenkoeken met blauwe bessen bestellen die ze me willen geven.' Een blik door het raam toonde tafeltjes die dicht op elkaar stonden, met serveersters die ertussen door zoefden met kannen koffie en dienbladen vol eten.

Ze grinnikte. Ik volgde haar het restaurant in, waar ik de geuren van boter, koffie en siroop inademde. Mijn maag knorde.

Ze had gelijk gehad over de drukte. Mensen zaten op bankjes langs de wanden van de kleine lobby en de gastvrouw had twee of drie vetkrijtjes uit haar knot steken. Ze glimlachte naar de krulharige man voor haar, pakte een van haar krijtjes en maakte een notitie op de tafelindeling.

Geconcentreerd op het schoolbord met de dagspecialiteiten, botste ik tegen Jamila's rug toen ze abrupt stopte.

'Wat is er m—' Maar ik zag wat er mis was. Alsof we hem hadden opgeroepen door zijn naam te noemen, stond Cooper Fallon naast de man bij de balie van de gastvrouw. De donkerharige man was zijn vriend, Ben. En naast hen stonden mijn broer en zijn vrouw.

'Shit,' mompelde ik.

Maar het was te laat om om te draaien. Ze hadden ons gezien, dankzij Jamila's onmiskenbare lengte.

'Mila!' riep Cooper. Mijn maag brandde weer bij het horen van de bijnaam. Ze had me niet gevraagd haar zo te noemen. Ik was nog niet dapper genoeg geweest om het te proberen. Het was weer een bewijs van waar ik stond in de hiërarchie van Jamila's affecties.

Ze liet mijn hand los en wurmde zich langs de andere gasten naar hen toe. Ik volgde in haar kielzog.

'Kunnen we er nog een stoel bij proppen?' vroeg Cooper aan de gastvrouw, die een handvol menukaarten vasthield.

'Twee, schat,' zei Ben.

'Wat?' Eindelijk zag Cooper mij. 'Natalie! Wat een verrassing. Natuurlijk.' Tegen de gastvrouw zei hij: 'Kun je er zes van maken?'

Terwijl de gastvrouw meer menukaarten pakte, omhelsde Jackson me. 'Wat doe jij hier?'

Ik keek vluchtig naar Jamila. Aan de schok op haar gezicht kon ik zien dat ze er niet op voorbereid was om met mijn broer over ons te praten. Toch was ze de meest zelfverzekerde vrouw die ik kende, dus ik hoopte dat ze haar belofte zou nakomen en een manier zou vinden om hem te vertellen dat we samen waren. Ze zou hem laten denken dat het het beste idee was dat hij ooit had gehoord. Als ik dan tegen moeder zou zeggen dat ik met een vrouw ging en nooit, maar dan ook nooit met Daniel van der Poel zou trouwen, zou hij achter me staan en me steunen.

Ik gaf haar mijn meest bemoedigende glimlach en raakte haar hand aan met mijn vingertoppen. *We kunnen dit.*

Ze deinsde terug voor mijn aanraking en sloeg haar armen over elkaar. 'We hebben een werkontbijt.'

Mijn huid werd koud alsof iemand de brandblussers had aangezet.

'Werken in een lang weekend? Je bent een slavendrijver,' zei Jackson. 'Of misschien is Nat de slavendrijver.' Hij nootjeste mijn hoofd, waardoor mijn Franse vlecht in de war raakte.

Ik sloeg zijn hand weg. 'Hou op.'

'Ik toon je gewoon wat broederlijke genegenheid.'

'Nou, stop ermee. Ik vind het niet leuk.'

Zijn ogen werden groot. 'Niet?'

'Ik ben geen twaalf meer.'

'Juist. Sorry.' Hij stak zijn handen op.

Ik probeerde mijn haar terug in de vlecht te stoppen, maar het was hopeloos zonder spiegel. Ik gaf het op en omhelsde Alicia. 'Goedemorgen. Voel je je goed?'

'Ja.' Ze wreef over haar lichte babybuikje. 'We zullen ons beter voelen als ik wat koolhydraten heb gegeten.'

Jackson sloeg een arm om haar middel. 'We halen zo wat zoute crackers voor je.'

Ze glimlachte, haar blauwe ogen vol liefde. 'Dank je.'

Ik wierp een blik op Jamila, maar ze had haar kaken op elkaar geklemd, net als gisteren nadat we Jackson en Noah op het pad hadden ontmoet. Haar ogen hadden een harde glans als rookkwarts. Cooper trok Jamila mee en volgde, met een hand op haar rug, de gastvrouw het restaurant in. Ik liep achter mijn broer en zijn vrouw aan.

De ronde tafel zou perfect zijn geweest voor vier, maar was krap met zes. Ik wurmde me tussen Cooper en Jamila in. Mijn broer zat tegenover me aan tafel.

'Dus. Wat doen jullie hier zo ver weg?' Ik depte met mijn servet mijn bezwete slaap. Ze hoorden allemaal thuis in het noorden van San Francisco, niet in de zuidelijke buitenwijken.

Ben leunde naar voren. 'We ontdekten deze plek tijdens een weekendtripje naar het strand. Hun pannenkoeken zijn goddelijk. En deze kerel vindt hun eiwitomelet lekker, ook al halen eiwitten alle plezier uit het ontbijt.' Hij gaf zijn verloofde een por. 'Dus nu komen we hierheen wanneer we tijd hebben. Bovendien moesten Cooper en Jackson het over getuigendingen hebben.'

'Getuigendingen?' vroeg mijn broer. 'Betekent dit dat je *mij* als je getuige vraagt? Hoe zit het met Mateo?'

Cooper wierp zijn verloofde een priemende blik toe. Ben rolde met zijn ogen.

'Ja.' Cooper schraapte agressief zijn keel. 'Wil je mijn getuige zijn? Mateo is wel onderdeel van de bruidsstoet, maar ik-ik wil mijn beste vriend naast me hebben staan.'

'Coop!' Jacksons stem brak en zijn ogen glinsterden. 'Het zou me een eer zijn.'

'Ah.' Ben vouwde zijn handen onder zijn kin. 'Jullie zijn te schattig. Nu dat geregeld is' – hij pakte zijn menukaart – 'ga ik mezelf volproppen met koolhydraten.'

Ik keek vluchtig naar Jamila. Hoe voelde zij zich nu ze buiten deze bromance werd gelaten? Afgaande op de manier waarop ze naar haar menukaart staarde, niet geweldig.

'Mila, ik' – Cooper schraapte opnieuw zijn keel – 'ik wilde je ook apart nemen, maar nu je hier toch bent, wil jij ook mijn getuige zijn?'

Ze grijnsde naar hem, alle sporen van haar eerdere stugheid verdwenen. 'Natuurlijk. Jullie plannen het nog steeds op het eiland in de herfst?'

'Oh mijn god, het wordt prachtig,' zei Ben. 'Er komt een choepa op het strand, en Cooper heeft een rabbijn gevonden op het eiland. En dan dineren en dansen in het restaurant. We hebben het hele resort voor onszelf.'

'Ik kan me niet herinneren dat ik met dansen heb ingestemd,' mopperde Cooper.

Terwijl zij ruzieden over of Cooper al dan niet publiekelijk zou moeten dansen, wierp ik een heimelijke blik op Jamila. Ze keek hen met een geamuseerde uitdrukking op haar gezicht aan.

'Hé.' Ik raakte haar dij onder de tafel aan, en ze schrok op. 'Gaat het?'

'Natuurlijk,' mompelde ze. 'Ik ben gewoon verrast, dat is alles. Het is een rare ochtend geweest.'

We hadden niet verwacht haar beste vrienden tegen te komen. Maar ik vond het niet fijn dat ze de ochtend raar had genoemd. Eerder had ze me haar meisje genoemd. Ze had me mee uit ontbijten genomen. Maar nu voelde ze ver weg, en ondanks het contact van onze knieën onder de tafel, had ze een muur tussen ons opgetrokken.

Tegen de tijd dat de ober onze bestelling kwam opnemen, had ik mijn eetlust verloren.

Maar Jamila niet. Ze schonk haar breedste glimlach aan de ober, wiens kuiltje in zijn kin me deed denken aan Hayden Christensen uit *Star Wars*. Het zou voor iedereen al veel zijn geweest, maar de volle kracht van Jamila's geflirt – want dat was precies hoe het eruitzag – was te veel voor hem. Hij bloosde, liet zijn potlood vallen, en sloeg me compleet over toen hij onze bestelling opnam. Ben moest de mouw van de ober vastgrijpen om hem terug te trekken zodat hij mijn kortaffe verzoek om een kleine stapel bosbessenpannenkoeken kon horen.

Terwijl de anderen praatten en van hun koffie nipten, voelde ik me gevangen in een onzichtbare kooi als een mimespeler op de Embarcadero. Jamila stuurde het gesprek richting zaken. Ze vroeg Alicia naar haar bedrijf en haar plannen om een andere consultant aan te nemen om haar zwangerschapsverlof op te vangen. Ze praatte met Jackson en Cooper over aandelenkoersen. Jamila vroeg Ben zelfs naar zijn werk voor een lokale stichting en of hij dacht dat liefdadigheidsdonaties zouden toenemen naarmate het land uit de recessie kroop.

Ze zei geen woord tegen mij.

Maar ik lachte om haar grapjes. Ik prikte in mijn pannenkoeken en verborg alle pijn achter een lege glimlach. Ik kende mijn rol. Mijn familie had me dat goed geleerd.

Jamila was hier met haar gelijken, haar vrienden. Ik was het sullige zusje, te oninteressant om bij het gesprek te worden betrokken. Zolang ik zweeg, zouden ze niet merken dat ik er was en me wegsturen om met mijn poppen te spelen.

Misschien was dat wat Jamila bedoelde toen ze me haar meisje noemde. Ik was een speeltje, iets wat ze oppakte als ze eraan dacht, om het vervolgens aan de kant te gooien als ze er geen zin meer in had.

Ik was een idioot geweest om te denken dat we meer konden zijn.

Terwijl zij nog bleven hangen bij de koffie, bestelde ik een taxi. Zo dicht bij de stad duurde dat niet lang.

Toen hij arriveerde, stond ik op. 'Bedankt voor het ontbijt.' Ik zei het tegen niemand in het bijzonder, ervan uitgaande dat een van de miljardairs de rekening wel zou betalen. 'Ik ga naar huis.'

'Wat?' Jamila keek me eindelijk aan, en ik wist dat ze mijn pijn zag toen haar ogen zich in de hoeken rimpelden. 'Ga je weg?'

'Ja. Ik zie je dinsdag op kantoor.'

Ze schoof haar stoel naar achteren. Ze keek de tafel rond naar haar vrienden en zei: 'Ik ben zo terug.'

Jamila volgde me naar buiten, waar een ziekelijk groene Toyota Prius stationair draaide. Ze greep mijn arm. 'Wat ben je aan het doen? Ik breng je wel terug naar mijn huis. Of naar jouw huis als je dat wilt. Ik dacht dat we het weekend samen zouden doorbrengen.'

Ik hield mijn hand boven mijn ogen tegen de zon achter haar. 'Dat dacht ik ook. Ik had het blijkbaar mis.' *Mis over hoe je over me denkt,* voegde ik er niet aan toe.

'Ik begrijp het niet. We hadden het leuk.'

'Je zei dat je Jackson over ons zou vertellen.'

'Je verwacht toch niet dat ik hem voor de neus van mijn protegé, mijn beste vriend en zijn verloofde vertel dat ik het met zijn kleine zusje doe? Hoe denk je in hemelsnaam dat dat zou gaan?'

'Ik weet het niet, want je hebt het niet eens geprobeerd!' Ik vervloekte de trilling in mijn stem.

'Kijk, ik kan het niet. Niet nu. Ik heb zijn steun en die van Cooper nodig. Ik heb mijn familie nodig. Zodra deze mediapuinhoop is overgewaaid en we de nieuwe app lanceren—'

'Dan heb je wel weer een ander excuus.' Ik haalde diep adem. 'Ik heb even tijd nodig om na te denken. Oké?'

Ze opende haar mond om iets te zeggen en sloot hem toen weer. Ze perste haar lippen op elkaar voor een lang moment, haar blik sprong tussen mijn ogen heen en weer alsof ze het antwoord in een ervan zou vinden. Uiteindelijk zei ze: 'Je komt dinsdag wel terug naar kantoor?'

'Ja.'

Ze kneep in mijn schouder. 'Dank je. Ik heb je nodig, weet je.'

Mijn rationele brein wist hoeveel moeite het haar kostte om dat te zeggen. Toch was het niet genoeg.

'Oké,' zei ik.

Ik stapte in de Prius. Deze rook naar patchoeli. Ik gaf dat de schuld van mijn tranen.

IK KWAM EEN paar minuten na elven thuis, het tijdstip waarop moeder de zondagsbrunch serveerde. Ik had geen honger en was niet gekleed voor de brunch. Toch zouden ze verwachten dat ik me even liet zien.

Ik rechtte mijn schouders en liep naar de eetkamer, maar stopte toen ik een lach uit de zitkamer hoorde komen. Ik draaide me om naar het geluid en zag Sam en Charles op de grond zitten, waar ze op de salontafel puzzelstukjes aan het sorteren waren. Bilbo Baggins snurkte onder de tafel.

'Hoi,' zei ik, terwijl ik de tijd op mijn telefoon controleerde. 'Wat is hier aan de hand?'

Charles keek lachend op. 'Omdat we maar met z'n drieën waren, besloten we geen uitgebreide brunch te doen. Er is nog koffie als je wilt.'

'Waar is moeder?'

'Ik heb haar koffie en toast op bed gebracht. De picknick voor de afgevaardigden gisteren heeft haar veel energie gekost. Ik dacht dat ze wel wat rust kon gebruiken. Wilde je haar zien?'

'Nee, dank je.' Ik liet mijn tas op de grond vallen en liep naar hen toe om naar de puzzel te turen. Ze waren nog steeds de rand-stukjes aan het zoeken. 'Ik wacht wel tot ze op is.'

'Kom er dan gezellig bij zitten.' Hij klopte naast zich op het Aubusson-tapijt en ik ging zitten. Het deed me denken aan regenachtige dagen in mijn vroege tienerjaren, toen Charles en ik samen puzzelden. Sam deed zelden mee, die was altijd bezig met een computerprogramma of huiswerk.

Ik trok een paar lichtblauwe stukjes naar me toe. Het zou een landschap met een blauwe lucht kunnen zijn. Ik deed altijd de saaie delen van de puzzel en liet de interessantere stukken – bloemen, borden, verzamelingen speelgoed of antiek – aan Charles over. Ik wilde niet dat hij zich zou vervelen en wegliep, zoals mijn broer en zussen deden. Dat had hij nooit gedaan.

Sam schoof een blauw stukje naar me toe, met een vraag in haar ogen.

Charles verwoordde die. 'We hadden je niet zo snel terugverwacht. Je zei dat je het lange weekend weg zou zijn.'

'Ja. Die plannen zijn niet doorgegaan.' Ik probeerde twee stukjes aan elkaar te leggen, maar ze pasten niet.

'Dat spijt me.' Hij wreef over mijn rug en ik leunde tegen hem aan, net als vroeger.

Mijn oudere zus en broer hadden meer herinneringen aan onze biologische vader dan ik. Ik had flitsen van Jasper Jones: de geur van zijn aftershave als hij mijn haar borstelde, of het blauwe licht van de monitor op zijn gezicht als ik 's avonds laat zijn kantoor binnensloop na een nachtmerrie. Hij was altijd aan het werk, met een van die zoete energiedrankjes die ik niet mocht hebben op zijn bureau. Hij pakte dan een glas water voor me en liet me op zijn schoot zitten, zijn armen om me heen terwijl hij typte.

Charles was meer een vader voor me geweest. Hij was elke avond op tijd voor het eten, zat op de eerste rij bij het koorconcert en hield mijn hand vast op moeders feestjes tot ik oud genoeg was om haar voorbeeld te volgen en zelf rond te fladderen. Hij was al een rots in de branding in mijn leven sinds ik tien was. Maar voordat hij mijn stiefvader werd, was hij een vrijgezelle man geweest. Misschien wist hij iets over mijn netelige situatie.

'Heb je ooit iemand in het geheim gedatet?' Ik draaide een stukje tussen mijn vingers.

'Ik?' vroeg Sam. 'Nee. Mijn datingervaring op de universiteit was zo'n ramp dat ik het helemaal heb opgegeven.'

Ik kromp ineen. Het was niet mijn bedoeling geweest om haar seksschandaal ter sprake te brengen. Moeder was daar niet mals over geweest.

'Maar nu ben je met Niall,' zei ik.

'Dat is waar, maar ik werd verliefd op hem toen we nog samen op die vreselijke tour waren. Pas toen we al voor elkaar hadden gekozen, kregen we een relatie.'

'En jij dan, Charles? Geheime dates?' Ik was hierin vast niet de enige.

'Nee. Stiekem gedoe is niets voor mij. Je moeder wilde onze relatie stilhouden omdat die minder dan een jaar na het overlijden van je vader begon, maar ik kon niet in dezelfde kamer zijn als zij zonder mijn claim te willen leggen. Dus deed ik in plaats daarvan een aanzoek.'

Ik leunde bij hem vandaan zodat ik zijn lachende gezicht goed kon zien. 'Wacht, wanneer?'

'Ongeveer drie maanden nadat ik haar had ontmoet. Ik leidde het team dat de nalatenschap van je vader afhandelde en ik werd op slag verliefd toen ik haar voor het eerst zag.'

'Echt niet! Hoe kan het dat ik dit niet wist?'

Hij haalde zijn schouders op. 'Je was je verdriet aan het verwerken. Je merkte niet veel anders op.'

'Nee, ik denk het niet.' Ik herinnerde me niet veel uit die tijd. Dat was waarschijnlijk maar goed ook. 'Maar zou je in het geheim met haar zijn uitgegaan als ze erop had gestaan?'

'Ik veronderstel van wel. Ik zou alles voor haar hebben gedaan.' Hij haalde zijn schouders op. 'Nog steeds.'

Dat was precies hoe ik me voelde over Jamila. Ik was vanochtend weggelopen, maar ik zou teruggaan. Ze had haar eigen kamers in mijn hart. Ik kon me niet voorstellen dat ik ooit sterk genoeg zou zijn om haar eruit te zetten.

'Is dat wat Jamila van je vraagt?' vroeg Sam, terwijl ze nog een blauw stukje naar me toe schoof.

Mijn hart stopte in mijn borst en ik keek Charles aan. 'Waar is de zussencode gebleven?'

'Wat is een zussencode?' vroeg ze.

Charles leek totaal niet geschokt. 'Een geheime relatie is nogal wat voor Jamila om van je te vragen. Hoewel ik het begrijp, zeker na die foto's.'

Natuurlijk wist hij van de foto's. Moeder zou het hem verteld hebben. Wist ze ook van onze relatie?

Dat kon niet. Als ze het wist, zou ze me gekoppeld hebben aan een hele reeks geschikte vrijgezellen.

'Alsjeblieft, vertel het niet aan moeder.'

Hij perste zijn lippen op elkaar. 'Je zou het haar zelf moeten vertellen.'

'Het duurt misschien niet lang genoeg om de moeite waard te zijn haar teleur te stellen. Wat moet ik doen? Ik moet weigeren, toch?' Bilbo stond op onder de salontafel, rekte zich uit en krabde toen aan mijn enkel.

'Kun je dat?' vroeg Charles.

Ik zakte in elkaar en liet Bilbo op mijn schoot kruipen. Hij rolde zich op in de hangmat die mijn rok vormde. 'Ik denk het niet.'

'Dan zul je een manier moeten vinden om op een punt te komen waar jullie niet in het geheim daten. Wat zijn de obstakels om publiekelijk te daten?'

Ik zette de meest voor de hand liggende, moeder, opzij. 'Ze wil niets wat deze deal met First Arbiter kan verstoren. Geen schandalen meer.'

'En daar help je haar bij,' zei Charles, zo logisch als altijd. 'Je houdt de andere verstoringen voor haar uit de media.'

'Ja, zoiets. Het voelt niet als genoeg.' Ik streek over Bilbo's zijdezachte vacht en het kon me niet schelen dat zijn zwarte haren aan mijn rok bleven plakken.

'Het is niet zo dat je de ontwikkeling kunt versnellen,' zei hij.

'Die dingen kosten tijd.'

'Zeker met de problemen die ze hebben gehad,' zei ik.

'Problemen met de ontwikkeling?' Sam legde het stukje neer dat ze had bestudeerd. 'Jamila heeft het beste team in Silicon Valley.'

'Nou, hier worstelen ze mee,' zei ik. 'Bugs in hun code.'

Ze fronste. 'Dat klinkt niet goed.'

Mijn zus was de slimste persoon in de computerwetenschappen die ik kende, zelfs slimmer dan Jackson. 'Weet je nog dat ze dacht dat iemand bedrijfsgeheimen aan de concurrentie verkocht? Ik, eh, ik heb geprobeerd dat uit te zoeken, maar dat is mislukt.' Rhiannon spookte door mijn nachtmerries, haar gezicht verlicht door Mateo's koplampen. 'Ik vermoed nog steeds dat iemand haar tegenwerkt.'

'Als je dat zou kunnen uitzoeken en de saboteur zou kunnen verwijderen,' zei Charles, 'zou ze haar product sneller op de markt kunnen brengen. Dan hoefden jullie geen geheim meer te zijn. Wat zijn de aanwijzingen?'

Ik probeerde nog twee stukjes, maar ook die pasten niet. 'Ik wou dat ik zo slim was als de rechercheurs in je politieseries. Ik heb geen aanwijzingen gevonden, althans niets concreets.' Alleen die foto van Pavel Thakor en wat misschien wel of niet Winslows opzichtige broek was.

'Je bent slim genoeg. Soms moeten de rechercheurs een beetje graven om die aanwijzingen boven water te krijgen.'

Hij had gelijk. Het was als met een tandenstoker in een cake prikken om te zien of hij in het midden gaar was. Rhiannon omkopen was niet de beste zet geweest, maar ik wist dat er iets niet klopte met Moo-Lah. Ik zou niet proberen Pavel Thakor om te kopen. Een miljardair als hij zou niet in de verleiding komen door contant geld. Ik kon echter wel met hem praten. Daar kon vast geen kwaad in zitten.

'Bedankt, Charles. Ik ga het proberen.'

Sam schoof nog een blauw stukje over de tafel en ik klikte het vast aan het stukje dat ik had proberen te passen.

Ze pasten perfect.

26

IK HAD HAAR appjes op Memorial Day niet beantwoord. In plaats daarvan had ik toegegeven aan mijn schuldgevoel omdat ik de picknick van het congreslid en de zondagse brunch van mama had laten schieten, en Telma gevraagd of ze me wilde leren hoe ik een omelet moest maken. Toen we klaar waren, waren de mijne niet zo prachtig als die van haar, maar ze braken niet in het midden en de vulling bleef (grotendeels) binnenin.

Ik stuurde Telma vroeg naar huis, met de belofte dat de keuken brandschoon zou zijn als ze dinsdagochtend weer aan het werk ging. Daarna serveerde ik een feestelijke brunch voor mijn ouders en Sam.

Sam hechtte niet veel emotie of aandacht aan eten, maar ze at plichtsgetrouw haar omelet en deelde wat ei en groenten, maar geen kaas, met Bilbo. Charles noemde zijn omelet heerlijk en prees mijn werk. Mama tuitte haar lippen, maar zei niets over een koks-opleiding of mijn toekomst.

Nadat ik de keuken had schoongemaakt, scande ik de sociale media en vond ik iets wat mijn hart in mijn keel deed kloppen.

Ik volgde het hele leiderschapsteam van Pavel Thakor op sociale media. Op zondagmiddag plaatste een van die dwazen een foto en tagde de locatie als een golfbaan in Cabo San Lucas. Het bijschrift luidde: *Beste #leiderschapsretraite ooit*, en een viertal stond dicht bij elkaar, bierflesje in de hand, voor een torenhoge palmboom. Naast de CEO van Moo-Lah, met zijn neus roze van de zon, stond Winslow Keating-Ashworth.

Mijn moeder had erin gestampt dat dames niet vloeken, maar ik gooide er een paar krachttermen uit toen ik het zag. Toen maakte ik een plan.

———

DINSDAGOCHTEND, terwijl ik me aankleedde voor mijn werk, beantwoordde ik Jamila's appje.

> Ik ben iets later, maar ik kom eraan

In plaats van een Uber naar Jamilow te nemen, vroeg ik de chauffeur om me af te zetten bij het gebouw van Moo-Lah, dat iets verderop lag. Maar toen ons stipje op de kaart de bestemming naderde, begon ik aan mezelf te twijfelen. Mijn laatste plan, dat waarin ik had geprobeerd Rhiannon in de val te lokken, was niet zo goed uitgepakt.

Ik keek neer op mijn lavendelkleurige jasje en paarsgeruite Prada-rok. Vanmorgen zag het er stijlvol en gezaghebbend uit, bijna als iets wat Jamila naar een van haar belangrijke vergaderingen zou dragen. Nu leek het op wat een socialite naar een tuinfeest zou dragen. Niemand zou me serieus nemen.

'Honderd dollar voor uw zonnebril', zei ik tegen de chauffeur. Die zag er meedogenlozer uit dan mijn oversized, roze getinte exemplaar.

'Honderd dollar?' Hij snoof. 'Het is een Maui Jim.'

'Vijfhonderd, en doe die sjaal erbij.' Ik wees naar de grijze paisleystof die over de voorstoel gedrapeerd was.

Nadat ik hem het geld had ge-Moo-Lahd, stapte ik uit de auto en schudde de sjaal uit. Ik snoof voorzichtig. Hij rook naar een kartonnen dennenboomluchtverfrisser en leren stoelen. Ik legde hem over mijn haar en wikkelde hem om mijn nek in de stijl van Grace Kelly. Ik zette de donker getinte pilotenbril op en controleerde mijn spiegelbeeld in de voorruit van het Moo-Lah-gebouw. Oké, ik kon elke leeftijd hebben.

Ik duwde de draaideur open en marcheerde naar de receptie. Met een rauwere stem zei ik: 'Audrey Jones voor meneer Thakor.'

De beveiligster trok twijfelachtig haar wenkbrauwen op. 'Heeft u een afspraak?'

'Natuurlijk heb ik die. Denkt u dat ik mijn tijd zou verdoen door helemaal hierheen te komen als dat niet zo was?' Ik zette mijn handen in mijn zij in een krachthouding. 'Meld me aan, alstublieft.'

Ze kneep haar ogen samen, maar pakte haar handset en sprak met iemand. Ik hield mijn adem in. Zou de naam van mijn moeder genoeg angst inboezemen om me toe te laten tot de directieverdieping?

'Ze zeggen dat u niet in zijn agenda staat, maar als ik uw identiteitsbewijs kan verifiëren, moet ik u naar boven laten.'

Identiteitsbewijs? Verdorie! Ik overwoog te liegen en te zeggen dat ik het in de auto had laten liggen, maar misschien kon ik me door deze hindernis heen bluffen. Ik haalde mijn rijbewijs uit mijn portemonnee en gaf het aan haar.

'Hier staat Natalie Jones.' Ze bekeek het.

'Ik gebruik mijn tweede naam, Audrey. Het staat er echt.' Ik hield mijn adem in, hopend dat ze niet wist dat mijn moeder bij haar huwelijk de naam van Charles had aangenomen en eigenlijk een Hayes was, geen Jones.

'Oké, mevrouw Jones.'

Ik kon me maar net inhouden om niet te dansen toen ze mijn

rijbewijs in een scanner stopte en het daarna samen met een bezoekerspas aan mij teruggaf.

'De liften zijn die kant op.' Ze wees. 'Vierde verdieping.'

Ik hing het koord om mijn nek. 'Dank u.' Ik hief mijn kin op en zweefde naar de lift, die ik binnenging met een groepje nonchalant geklede Moo-Lah-medewerkers.

Terwijl ik naar boven ging, bekeek ik mezelf steels in de spiegelende wand. Wauw, ik leek inderdaad een beetje op mijn moeder. Ik krulde mijn bovenlip in een superieure uitdrukking. Perfect.

Ik stapte uit op de vierde verdieping, waar een receptiebalie mijn weg naar de directiekantoren daarachter versperde. De ruimte van Moo-Lah voelde meer opgesloten dan die van Jamilow. De massieve kantoorpuien blokkeerden het natuurlijke licht en er was een gezoem van ledverlichting.

Ik rechtte mijn rug weer. 'Audrey Jones voor meneer Thakor.'

Toen de receptionist opstond, merkte ik dat zijn handen trilden. 'Natuurlijk, mevrouw Jones. Deze kant op.'

Wat was dit makkelijk. Als mijn pr-carrière niet zou lukken, kon ik een baan als bedrijfsspion krijgen.

De receptionist gaf me over aan een directiesecretaresse, die onmiddellijk haar handset pakte. 'Mevrouw Jones is hier', zei ze. Ze luisterde even en gebaarde toen naar een imposant uitziende houten deur. 'Gaat u maar binnen.'

Ik legde mijn hand op de koele klink en duwde de deur open. Het kantoor was een typisch mannelijk machtscentrum met donkerhouten meubels, een dik Kasjmiri tapijt met een jachtmotief en een enorm raam met uitzicht op een dennenbos en de verre Santa Cruz Mountains.

Grijze lokken schitterden op de kruin van het dikke, zwarte haar van Pavel Thakor, terwijl hij achter zijn massieve bureau zat. Hij keek op van zijn papieren toen ik de uitgestrektheid van het dikke tapijt overstak.

'U bent Audrey Jones niet', zei hij, terwijl zijn mondhoeken naar beneden krulden. Hij tilde de hoorn van zijn telefoon op.

'Ik ben haar dochter, Natalie.' Ik stond rechtop en probeerde niet te denken aan wat mama zou zeggen als Thakor haar zou bellen en haar zou vertellen wat ik had gedaan. 'Ik moet met u praten.'

Hij legde de hoorn neer, maar zijn strenge kaaklijn vertelde me dat ik maar een paar seconden had om mijn vragen te stellen.

Ik haalde mijn telefoon tevoorschijn en ontgrendelde het scherm. Ik draaide hem naar hem toe. 'Waarom was u aan het golfen met Winslow Keating-Ashworth in Cabo San Lucas?'

Zijn lippen werden een dunne streep. 'Puur toeval. We kwamen elkaar tegen in het resort en speelden een vriendschappelijk rondje golf.'

Ik bladerde naar de volgende foto. 'En hier staat u ook met Winslow.'

'Op die foto staat meneer Keating-Ashworth niet.'

'Dat zijn zijn schoenen achter u. Dat weet ik zeker.'

'Wat insinueert u, mevrouw Jones? Silicon Valley is een kleine wereld. Iedereen kent iedereen. We zijn hier amicaal.' Hij spreidde zijn handen alsof hij niets te verbergen had.

Ik stopte mijn telefoon in mijn tas en zette mijn handen in mijn zij. 'Ik denk dat u iets te amicaal bent met Winslow. Ik denk dat u geheimen hebt gestolen.'

Hij stond op uit zijn stoel, hij was langer dan ik me herinnerde van de feestjes van mijn moeder. 'Dat is een serieuze beschuldiging, Miss Jones.'

Ik rechtte mijn rug. 'Bedrijfsspionage is een serieuze zaak.'

'Gelukkig is het geen zaak waar ik me mee bezighoud.' Hij pakte de telefoonhoorn. 'Haal de beveiliging', beet hij haar toe. 'Ik wil dat Miss Jones naar buiten wordt begeleid. Nu.'

Ik zette mijn hakken in het tapijt. 'Die foto's zijn bewijs en ze staan op sociale media.'

'Die foto's bewijzen niets. U hebt nul bewijs. U bent naar mijn kantoor gekomen met ongegronde beschuldigingen. Zeg ook maar iets tegen de media, en mijn advocaten zullen u met grof geschut aanpakken.'

'Ik ben niet bang.' Ik probeerde de leugen te verkopen met nog een hooghartige beweging van mijn kin.

'Dat zou u wel moeten zijn. Ik bel uw moeder.'

Ik kon maar net voorkomen dat ik ineenkromp. 'Ze zal me steunen.'

Dat zou ze niet doen. Ik zou flink in de problemen komen als ze erachter kwam. Hij had gelijk over mijn gebrek aan bewijs. Waarom had ik niet geleerd van mijn fout met Rhiannon?

Winslow was het lek. Op de een of andere manier zou ik bewijs vinden. Hij moest een spoor hebben achtergelaten.

Er werd geklopt en een beveiliger opende de deur. Het was niet de vrouw met wie ik beneden had gesproken, maar een grote, potige vent met biceps die uit zijn zwarte Moo-Lah-poloshirt barstten.

'Ik zal dat bewijs vinden', zei ik, 'en dan zullen we nog wel eens zien wie er uit dit gebouw wordt gezet.'

Thakor lachte alleen maar. 'Betreed mijn eigendom niet meer.'

Hoewel hij twee keer zo groot was als ik, hield de beveiliger mijn arm stevig vast terwijl hij me het gebouw uit marcheerde. Er stond een taxi op me te wachten en de bewaker bleef met gekruiste armen aan de stoeprand staan tot de taxi me uit het zicht van het gebouw had gereden.

Ik dook ineen op de achterbank. Achteraf gezien was het een fout om zonder echt bewijs naar binnen te gaan. Maar ik zou het wel vinden. De volgende keer zou ik een beter plan hebben.

———

DIE MIDDAG WAS ik met Hannah de crisiscommunicatiemap aan het doornemen, toen iemand — oké, laten we eerlijk zijn, ik was het waarschijnlijk zelf — mijn pr-carrière in vlammen deed opgaan.

Felicia klopte op de open deur, met een grimmige uitdrukking. 'Kantoor van Jamila.'

Ik klapte mijn laptop dicht en pakte een notitieblok en pen. 'Kom mee, Hannah.'

'Alleen jij, Natalie. Dat zul je niet nodig hebben.' Felicia knikte naar het notitieblok.

'O?' Misschien was het een persoonlijke ontmoeting. Jamila's appje had geïmpliceerd dat ze me wilde zien, maar we hadden elkaar niet meer gesproken sinds ik zondag was weggelopen van de brunch. Daar moesten we het over hebben. Ik herinnerde me het advies van Charles. Ik moest opkomen voor wat ik wilde. Tenzij Jamila er nog niet klaar voor was om het openbaar te maken. Ze zou er misschien op aandringen dat we een stap terug deden. Hoewel twee uur 's middags op een maandag een vreemde tijd was om onze persoonlijke relatie in haar kantoor te bespreken.

Ik slikte, maar de brok in mijn keel bleef. Terwijl ik Felicia naar Jamila's kantoor volgde, ging mijn hart als een razende tekeer.

Toen ik binnenkwam, wist ik dat Jamila me niet had geroepen om over onze relatie te praten. Want ze was niet alleen.

Een bal van angst vormde zich vlak achter mijn ribben. Winslow Keating-Ashworth, zijn neus en wangen zonverbrand, zat tegenover haar aan het bureau. Zijn frons vertelde me dat hij wist wat ik die ochtend had gedaan.

Ik keek naar Jamila. Haar gezicht was als steen. Haar ogen fonkelden niet van plezier en genegenheid zoals zaterdag, toen we aan die wandeling begonnen. Ze fonkelden van vurige woede.

'Wat de fuck, Natalie?' Haar stem was gespannen als een snaar.

Ik zweeg. Hoeveel wisten ze?

Winslow vulde de stilte. 'We weten van je kleine uitstapje vanmorgen. Ik heb een kopie van Moo-Lah's bezoekerslogboek ontvangen. Je hebt je ingeschreven als Audrey Jones, maar dat is een scan van jouw rijbewijs.'

Ik wierp weer een blik op Jamila. Ik wou dat ik was teruggekomen met een greintje bewijs om te laten zien dat ik gerechtigd was om me een weg naar Thakors kantoor te bluffen.

'Heb je niets te zeggen voor jezelf?' Winslow stond op. 'Hoe lang verkoop je al de geheimen van Jamilow aan Moo-Lah? Wat heb je ze vandaag gegeven, de productspecificaties?'

Het duurde even voor ik het begreep. 'Wacht, wat? Je beschuldigt mij ervan het lek te zijn? Ik was er niet eens toen het lekken begon! Ik heb de productspecificaties niet.'

'Wie zegt dat het om één mol gaat?' Hij kwam dichterbij. 'Je zag een kans om wat geld te verdienen nadat jij en Jamila uit elkaar gingen.' Ik hapte naar adem en keek weer naar Jamila. Haar handen lagen plat en gespannen op haar bureau, alsof ze zich vastklampte voor haar leven.

'Maar ik... maar... ik ging daarheen om jou te beschuldigen! Jij bent het lek!'

'Ik?' Hij legde een hand op zijn borst. '*Ik* ben het lek? Ik ben al vijftien jaar Jamila's rechterhand. Ze vertrouwt me blindelings. Ik heb te veel in dit bedrijf geïnvesteerd om enige motivatie te hebben om het te beschadigen.'

Motivatie! Daar had ik niet aan gedacht. Niet voor Winslow. Waarom zou hij Jamila of haar bedrijf willen schaden? Een groot deel van zijn vermogen moest vastzitten in aandelenopties en dergelijke. Ik had weer een overhaaste conclusie getrokken.

Toch was er de kwestie van de foto's.

'Waar was je vorige week, Winslow?'

'Ik ging op bezoek bij mijn grootmoeder.'

'Waar?' drong ik aan.

'In Mexico. Ze was daar op vakantie toen ze ziek werd. Maar we hebben het nu over jou.'

'Pavel Thakor was in Mexico! Jullie hebben samen gegolfd!'

Hij kruiste zijn armen. 'We kwamen elkaar op een dag tegen op de golfbaan. En?'

'En... en jij...' Maar ik kon de andere foto niet ter sprake brengen. Ik wist dat het Winslows voeten op de foto waren, maar niemand anders kon het zien. Mijn geloofwaardigheid hing al aan een zijden draadje.

'Over foto's gesproken,' zei hij, 'hoe vreemd was het dat op geen enkele van de foto's van jullie tweeën op het strand *jouw* gezicht te zien was? Het is bijna alsof iemand je opzettelijk niet wilde identificeren. Toch stoomde het Jamila klaar voor een nieuwe val.'

'Opzettelijk?' sputterde ik. 'Ik wist die dag niet eens waar we naartoe gingen!'

Jamila's gezicht was verstild, als een masker. Er was geen glimlach, geen fonkeling. Niets dan pijn, versterkt door ondoordringbaar staal.

Eindelijk sprak ze. 'Ik kan niet geloven dat je me probeerde te kwetsen door geheimen aan Moo-Lah te verkopen.'

'Dat zou ik nooit doen.'

'Thakor zegt van wel.'

'Wat?'

Winslow stapte tussen mij en het bureau, alsof hij Jamila wilde beschermen. 'In Thakors e-mail stond dat je hem details over onze lancering aanbood.'

'Maar ik—nee. Dat heb ik niet gedaan. Ik weet niet waarom hij dat zei. Ik beschuldigde—'

'Dat is triest, Natalie.' Hij schudde zijn hoofd. 'Je zou beter moeten weten. Hier is een tip: houd je privéleven en je werk gescheiden. Dan zullen je gevoelens je werk niet beïnvloeden.'

'Laat je laptop in je… het kantoor', zei Jamila, haar stem klonk hol. 'Felicia heeft je laatste loonstrook.'

'Wat? Je ontslaat me?' Woede vlamde op. Ik had niet gedaan wat ze zeiden. Ik had een fout gemaakt door zonder bewijs bij Moo-Lah binnen te vallen, maar mensen werden toch niet ontslagen voor zulke fouten? Of wel?

Winslow snoof. 'Ben je verrast?'

'Je kunt niet—' Maar ik maakte mijn zin niet af. Blijkbaar konden ze me ontslaan, ook al was ik een Jones. Deze keer hoefde ik geen ontslag te nemen.

Winslow maakte het pijnlijk duidelijk. 'We kunnen het wel en we hebben het gedaan. Als je probeert een andere concurrent te benaderen, schakelen we onze advocaten in. Ik denk niet dat je zou genieten van de accommodaties in de federale gevangenis van Dublin met minimale beveiliging.'

Het gonsde in mijn hoofd. Jamila wist dat ik niet zou doen waarvan Winslow me beschuldigde. Ik staarde haar aan, hard, alsof ik haar kon dwingen op te kijken van haar bureau. Maar dat deed ze niet.

Op dat moment opende Bruno, die een paar uur geleden nog naar me had geglimlacht en had gezegd: 'Goedemorgen, juffrouw Natalie', de deur.

Bruno keek toe, met zijn armen over elkaar, terwijl ik Hannah het wachtwoord van mijn laptop gaf. Hij gaf me geen tijd om haar vragen te beantwoorden over waarom dit gebeurde of wat ze nu moest doen.

'Dit kun je wel', zei ik. 'Ik heb vertrouwen in jou en de map.'

Hij volgde me naar Felicia's bureau. Frownend hield ze een envelop omhoog. Ik negeerde het. In plaats daarvan graaide ik in mijn tas en haalde mijn sleutelbos tevoorschijn. Zuchtend om de onvermijdelijke schade aan mijn manicure, peuterde ik de sleutelhanger van de Porsche van de ring, ineenkrimpend toen mijn duimnagel tot in het leven scheurde.

Ik hield de sleutel omhoog. 'Kun je dit aan Jamila geven?'

Ze nam hem van me aan. Met tegenzin zei ze: 'Pleister nodig?'

Ik keek naar beneden naar mijn duim, waar een bloeddruppel opwelde.

'Nee, bedankt.' Ik zou niets meer van Jamila aannemen, zelfs geen pleister. Niet nu ze, na alles wat we hadden gedeeld, me niet vertrouwde. Ik stopte mijn duim in mijn mond om de pijn te verzachten.

Voor de tweede keer op één dag werd ik door een beveiliger uit een kantoorgebouw in Silicon Valley begeleid.

De Uber van vandaag terug naar de stad was de ergste tot nu toe.

'Sorry voor de stank', schreeuwde de chauffeur boven de wind uit die door de auto gierde. 'De vorige passagier had een voedselvergiftiging.'

27

HANNAH BELDE DRIE keer achter elkaar voor ik eindelijk opnam.

'Je weet dat ik daar niet meer werk, hè?', leunde ik tegen de buitenmuur van de boetiek aan Sacramento Street.

'Ik bel om te kijken hoe het met je gaat. Als je vriendin, niet als je medewerker.' Ik zag Hannah haar ogen bijna rollen.

Een schuldgevoel kromp mijn maag samen. 'Sorry.'

'Ik sta voor je huis, maar je bent er niet.'

'Je had niet helemaal hierheen hoeven komen.' Het was spitsuur en het verkeer voor me kroop vooruit. Iemand claxonneerde.

'Dat is wat vrienden doen. Waar ben je?'

'Aan het winkelen in Sacramento Street.' Ik keek naar mijn lege hand en speelde met het verband dat nog steeds om mijn kapotte duimnagel zat, een week nadat ik hem had opengehaald aan de sleutelhanger. Ik had de hele middag door de winkels geslenterd, maar niets kon mijn interesse wekken.

'Ah. Winkeltherapie.'

'Zoiets, ja.' Misschien moest ik eens echte therapie proberen.

'Hoe… hoe gaat het op kantoor?', vroeg ik. 'Je bent er nog wel, toch?' Een steek ging door mijn hart. Ik had Hannah aangenomen. Hadden ze haar eruit gegooid, samen met mijn dossiers?

'Ja. Ze hebben me nodig. Jamila is weer bezig geweest.'

'Waarmee?'

Een zilveren Lexus stopte langs de stoep. Het was geen cabriolet, maar het raam ging omlaag en Hannah stak haar hoofd naar buiten. 'Stap in, sukkel. We gaan een ijsje eten.'

Ik stak de stoep over en boog me voorover om naar binnen te kijken. 'Deed je me net na uit *Mean Girls*?'

Ze grinnikte. 'Dat wilde ik altijd al eens doen.'

Ik deed mijn gordel om terwijl ze wegreed van de stoeprand. 'Wat bedoelde je met "Jamila is weer bezig geweest"?'

'Heb je het niet gezien?'

Ik pulkte aan mijn verband. 'Nee. Ik heb mijn meldingen uitgezet.'

'O, jee. Er was weer een ramp met de ontwikkeling. Iemand was een heleboel code kwijtgeraakt. Ze moesten de lancering uitstellen.'

'Nee! Het zou vrijdag gelanceerd worden!'

'Ja, nou, dat gaat niet door. First Arbiter raakte zo gefrustreerd dat ze de deal hebben opgezegd, dus Jamilow heeft nu maar een half product.'

'Dat is niet eerlijk!' Jamila moet er kapot van zijn geweest dat al dat harde werk voor niets was.

Hannah sloeg een rustigere straat in. 'Dat is nog niet eens het ergste. Blijkt dat ze van twee walletjes aten. FA had ondertussen ook een deal met Moo-Lah.'

'Dat kunnen ze niet maken! Was er geen concurrentiebeding?'

Ze haalde haar schouders op. 'Het zal wel even duren voor de advocaten dat hebben uitgezocht. Ondertussen begint Jamilow weer van voren af aan. Iedereen wilde een interview om te zien wat Jamila ervan vond. En dat heeft ze ze laten weten ook', eindigde Hannah somber.

'O-o.' Ik bracht mijn telefoonscherm tot leven en zocht het op. De opname van haar commentaar was het eerste resultaat.

'Nee, ik ben niet boos', zei ze, hoewel haar fonkelende ogen haar woorden zelfs op mijn telefoon tegenspraken. 'Pavel Thakor is zo laag, hij moet omhoogkijken om de hel te zien. En nu, opzij.'

'Oei.' Het laatste frame ving op een spectaculair onflatteuze manier de krul van haar lip.

'Tientallen memes. Ik heb er zelf ook een gemaakt, om het als een soort girlpower-ding te framen. Maar de haters zijn luider.'

Moeiteloos parkeerde ze op een perfecte plek voor een kleine gelatozaak.

Met een hand op haar arm hield ik haar tegen toen ze wilde uitstappen. 'Hoe gaat het met haar?'

'Niet geweldig.' Ze leunde achterover en bekeek mijn gezicht. 'Ze is geobsedeerd door het vinden van een nieuwe partner en dit om te draaien. Ze praat bijna met niemand behalve Rhiannon.'

'En Winslow?', vroeg ik.

'Hij is er niet zo veel geweest. Blijkbaar is zijn scheiding net afgerond. Hij was druk bezig zijn vermogen te liquideren. Ik hoorde dat hij weigerde zijn ex ook maar iets van zijn aandelen of opties in Jamilow te geven.'

'Dat is… dat is loyaal van hem.' Ik verslikte me in het woord *loyaal*. Vijf dagen geleden had ik hem beschuldigd van ontrouw, en ik geloofde het nog steeds tot in mijn diepste wezen. Maar ik was de enige.

'Vast. Kom, we gaan. Jij hebt wat vet en suiker nodig.'

We stapten uit en gingen de winkel binnen. Op een dinsdagmiddag in het toeristenseizoen was het er druk.

Hannah pakte ons eerdere gesprek weer op. 'Ik weet zeker dat Jamila het wel had begrepen als Winslow wat aandelen had moeten opgeven. Billie is een redelijk persoon. Ze zijn vrienden. Ze zit al in het bestuur van Jamilow.'

'Wacht. Winslows ex is Billie Woods?' Mijn gezicht werd rood bij de herinnering aan mijn gênante gedrag op haar kerstfeest.

'Is dat niet raar? Blijkbaar was er een schandaal toen hij met een bestuurslid trouwde, maar Jamila steunde hen beiden. Het lijkt Jamilow uiteindelijk geen kwaad te hebben gedaan.' Hannah liep naar de toonbank en bestelde een bananen-avocadogelato.

Ik vroeg om extra pure chocolade met kersen. 'Calorieën tellen niet als je in de put zit, toch?', grapte ik half.

'Denk aan alle calorieën die je verbrandt met woelen en draaien. Ik wed dat huilen ook veel verbruikt. Vooral lelijk huilen. Je hebt toch niet gehuild, hè?'

'Nee, niet zo veel.' Huilen voelde niet als de juiste reactie. Ik had me meer leeg dan wat dan ook gevoeld. Toen Jamila haar vertrouwen terugnam, had ze de rest van mij meegeschept.

'Ik denk niet dat Jamila ooit in haar leven heeft gehuild.' Hannah nam haar bakje gelato mee naar een statafel met metalen krukken. 'Ze was een van die kinderen die, als ze op het school-plein vielen, echt dachten dat er wat zand op wrijven het beter maakte.'

Ik neuriede en stopte een hap gelato in mijn mond. Ik wedde dat ze had gehuild toen haar vader stierf en toen haar moeder wegging en nadat die vreselijke man die ze had vertrouwd probeerde haar onschuld te verhandelen voor geld voor een privéschool. En ook die dag in het kantoor van mijn broer, toen de hatelijke woorden van die verslaggever haar ogen rood hadden gemaakt. Maar Jamila wilde niet dat iemand wist van haar verleden of haar zachte kant. Ze moest er nu spijt van hebben dat ze die aan mij had laten zien.

Plotseling smaakte de gelato me niet meer. Koud en zoet was verkeerd. Ik was vuur en bitterheid. Ik wilde hier niet in deze gelatozaak zitten, romige, gekoelde zoetigheid in mijn mond lepelen en roddelen over mensen met wie ik vroeger werkte. Ik wilde vechten voor Jamila. Zelfs als ze niet van mij hield zoals ik van haar.

Ik moest met Billie Woods praten.

Ik stak mijn lepel in mijn gelato. 'Kun je me naar huis brengen?'

'Zeker.' Hannah genoot van een lepel van haar dessert, haar ogen ten hemel geslagen.

Ik tikte op de tafel, klaar om te vertrekken. 'Nu?'

'Nu?', slikte ze.

'Nu meteen. Ik kan wel rijden terwijl jij je ijs opmaakt. Alsjeblieft?'

Normaal gesproken had ik het subtiel aangepakt. Beleefd zijn, op de achtergrond blijven en vanaf de zijlijn helpen was mijn comfortzone. Maar voor Jamila zou ik door de barrières van acceptabel gedrag heen breken. Ik zou elk middel gebruiken dat ik had om haar pijn te verzachten.

'Het is belangrijk, zeker?'

'Absoluut.' Ik gooide mijn ijs in de prullenbak. 'Kom, we gaan.'

———

IK VOND MIJN moeder op haar favoriete plek in huis, de serre. Ze droeg een hoofddoek over haar blonde bob en tuinhandschoenen om iets met lange, riemachtige bladeren te verpotten. Ik had nooit veel om haar planten gegeven. Ze liet me er nooit mee helpen.

'Hoi, moeder.' Ik kuste haar op haar wang.

'Terug van het winkelen? Heb je iets leuks gekocht voor Charles' verjaardag?'

Shit. Ik was het vergeten. 'Nog niet. Zijn verjaardag is pas volgende week zondag. Ik heb nog tijd.'

'Natuurlijk.' Ze drukte de aarde rond de wortels van de plant aan en trok toen haar tuinhandschoenen uit. Toen keek ze me aan. Keek ze me echt aan, op een manier waarop alleen een moeder dat kan.

Ze hield haar hoofd schuin. 'Je ziet er vandaag iets beter uit.'

'Ik, eh. Ja. Ja. Ik voel me beter.'

'Ben je er klaar voor om me te vertellen waarom je je baan hebt opgezegd?'

Ik leunde tegen de verpottafel. 'Ik heb geen ontslag genomen. Jamila heeft me ontslagen.'

Haar blonde wenkbrauwen schoten omhoog. 'Ontslagen? Heeft dit iets te maken met het telefoontje dat ik kreeg van Pavel Thakor?'

Ik kromp ineen. 'Ik heb Winslow Keating-Ashworth, haar COO, beschuldigd van bedrijfsspionage. En ik heb dat misschien gedaan terwijl ik me voordeed als jou.'

Ze tuitte haar lippen. 'Jouw baan was PR, niet het opsporen van spionnen. Jamila had je dat niet moeten vragen.'

'Dat deed ze niet. Daarom heeft ze me ontslagen.'

'Waarom dacht je dat Winslow iets verkeerds deed?'

'Ik zag een foto van hem op een plek waar hij niet had moeten zijn, en ik legde een verband. Maar het was alleen indirect bewijs. Hij wist het op de een of andere manier zo te draaien dat ik de verrader leek. Jamila is gevoelig voor dat soort dingen, weet je. Vertrouwensbreuk.'

'Daarom kan ze het zo goed met Jackson vinden. Hij is tot in het extreme loyaal.'

Juist. Wat me eraan herinnerde hoe chagrijnig ik was geweest in het weekend voordat ik Winslow beschuldigde. Als Jamila een excuus zocht om de banden met mij te verbreken, had ik het haar te gemakkelijk gemaakt.

'Denk je dat Jackson boos zou zijn als—' Ik sloot mijn mond abrupt. De woorden waren eruit gerold als parels uit een gebroken ketting. Ik kon mijn moeder niet vragen naar het daten met Jamila. Ik herinnerde me de blik op Jamila's gezicht toen Winslow met dat bezoekerslogboek en de kopie van mijn identiteitsbewijs kwam. Ze zou het me nooit vergeven. Waarom zou ik nu mijn biseksualiteit onthullen, als het er niet toe deed?

'Als wat, schat? Of ik denk dat hij boos zal zijn als hij hoort dat Jamila je heeft ontslagen? Waarschijnlijk meer op haar dan op jou. Hoewel ik echt niet begrijp waarom jij je er überhaupt mee bemoeide.'

'Ik… ik bemoeide me ermee.'

Ze aaide over mijn wang. 'Dat is mijn Natalie, altijd iedereen willen helpen.'

Dat was niet juist. Niet in dit geval. Als het iemand anders was geweest, had ik hun de foto van Winslow op die golfbaan laten zien en het hen laten afhandelen, maar daar had ik geen genoegen mee genomen. Niet met Jamila. Omdat mijn gevoelens te sterk waren. Omdat ik van haar hield. En liefde was niet iets wat je voor je moeder verborgen hield, zelfs niet als je moeder allerlei heteronormatieve ideeën had over de rol van een vrouw in de maatschappij.

'Moeder, ik'—ik haalde diep adem—'ik moet je iets vertellen.'

'Ja?' Ze streek een lok van mijn haar op zijn plek op mijn schouder.

'Ik hou van Jamila.'

Ze borstelde een verdwaalde haar van mijn trui. 'Natuurlijk doe je dat. We houden allemaal van haar.'

'Nee. Moeder.' Ik pakte haar hand vast om te voorkomen dat ze elke onvolkomenheid van me afplukte. 'Ik hou romantisch van haar. Ze is mijn persoon.'

'Je persoon? Wat is dat voor Gen-Z-onzin? Komt dat uit een liedje van Olivia Rodrigo?'

'Moeder, luister naar me.' Ik wachtte tot ze me aankeek. 'Ik ben biseksueel en ik ben verliefd op Jamila Jallow.'

'Mens, toch. Ze is tien jaar ouder dan jij. Ze is praktisch een oudere zus voor je.'

'Dat is ze, en ik hou van haar.'

Ze staarde me even aan. 'Houdt zij van jou? Ik bedoel, ik weet dat zij ook biseksueel is, maar…'

Dat 'ook' brak me. Ze had zojuist mijn geaardheid geaccepteerd en alle rommeligheid die dat in haar zorgvuldig geordende leven zou brengen.

Ik sloeg mijn armen om haar heen. We waren niet echt een knuffelfamilie, maar mijn gevoelens waren te groot om binnen te houden.

'Dank je', snoof ik.

'Doe dat niet.' Ze trok zich terug en depte met haar duimen onder mijn ogen. 'Dan word je helemaal pafferig. En waarvoor moet je me bedanken? Ik ben je moeder en ik hou van je. Maar hoe zit het met Jamila? Voelt zij hetzelfde?'

Mijn kin trilde. 'Nee. We'—ik slikte de details die ik op het punt stond te geven in—'we hebben een tijdje gedatet, maar het is niets geworden.'

'Mijn arme kleine meid. Misschien moet je een paar dagen naar Mexico gaan. Laat de zeewind je problemen wegblazen.'

Mexico, waar die vreselijke Winslow naartoe was gegaan om zijn geheimen te verklappen terwijl hij deed alsof hij een zieke oma had. Het herinnerde me eraan wat ik moest vragen.

'Moeder, ik heb een gunst nodig.'

'Natuurlijk mag je mijn creditcard gebruiken. Hoe zou je anders een reis kunnen betalen?'

'Nee, geen geld, een connectie. Jij kent Billie Woods, toch?'

'Zeker. Van de bibliotheekstichting. Weet je nog, ik zei dat je naar haar feestje moest gaan toen Charles en ik met kerst de stad uit waren.'

Hoewel ik Billie liever nooit meer zou zien, moest ik het voor Jamila doen. 'Ik moet haar spreken.'

'Waarom heb je Billie nodig? Dit is waarschijnlijk geen goed moment voor haar. Ze is onlangs gescheiden, weet je. Ze is in het buitenland, op Pangkor Laut. Je zou daarheen kunnen gaan in plaats van naar Mexico.'

'Daar heb ik geen tijd voor. Ik moet haar spreken over haar scheiding. Ik denk dat het iets te maken zou kunnen hebben met het lek bij Jamila's bedrijf.'

'Denk je dat zij er iets van weet?'

'Nee, maar ik durf mijn favoriete Fendi-tas te verwedden dat haar ex er iets mee te maken had.'

'En je denkt dat dit Jamila's genegenheid kan winnen?'

Ik zakte in elkaar. Jamila's vertrouwen was als de deur van een vliegtuig. Als die eenmaal gesloten was, ging hij niet meer open. 'Nee, maar ik wil haar nog steeds helpen.'

Ze glimlachte me weemoedig toe. 'En daar heb je Billie voor nodig?'

'Ja.'

'Ik zal haar bellen. Het is vroeg in Maleisië, maar voor mij neemt ze misschien wel op.'

'Dank je, mam.'

'Mijn telefoon ligt daar aan de oplader. Haal je hem even voor me?'

Ik zag hem op het tafeltje naast de deur waar mijn moeder haar sieraden neerlegde voordat ze in de aarde ging wroeten. Ik snelde erheen om hem te pakken en bracht hem naar haar toe.

Ze toetste het nummer in.

'App je niet eerst?' Ik zou het vreselijk vinden om een onverwacht telefoontje te krijgen, vooral voor—ik controleerde het tijdsverschil op mijn telefoon en kromp ineen—tien uur 's ochtends op haar strandvakantie in Maleisië.

'Waarom zou ik dat doen?' Ze hield de telefoon aan haar oor. 'Hoi Billie, met Audrey Hayes.'

Ik rolde met mijn ogen. Billie moest via de nummerherkenning wel weten wie het was.

Mijn moeder luisterde even en glimlachte. 'Dat is geweldig. Ik hoop dat ik u niet stoor?' Haar wangen kregen een blos. 'Welnu. Dan houd ik u niet lang op. Mijn dochter Natalie heeft een paar vragen.'

Ze pauzeerde en knikte. 'Hier is ze.' Ze hield een duim op de microfoon en gaf me de telefoon. 'Wees snel. Ze heeft een gast.'

'Een wat?' Mijn mond viel open. 'Je bedoelt een man? Ik wil niet—' Maar ik wilde wel. Hoe eerder Jamila van die slang, Winslow, af was, hoe beter.

Ik nam de telefoon aan. 'Hoi Billie, met Natalie.'

'Natalie', sprak Billie slepend. 'Ik heb je niet meer gezien sinds je jezelf voor gek zette op mijn feestje.'

Ik kromp ineen. 'Het spijt me daarvan. Ik had een slechte avond.'

'Natuurlijk had je dat. Iedereen kon zien dat je het zwaar te pakken had voor Jamila Jallow. Behalve Jamila zelf.' Haar lach was een vrolijk gerinkel, als windgongen van schelpen.

'Nog steeds. Daarom heb ik een vraag over uw ex, Winslow.' Ik trok een grimas. Ze wist wie haar ex was.

'Ik praat liever niet over hem op dit moment.'

'Ik weet het, en het spijt me. Ik vroeg me af of, um… of er bepaalde bepalingen in uw echtscheidingsregeling waren? Specifiek die met Jamilow te maken hebben. Ik begrijp dat hij zijn aandelen en opties heeft gehouden?'

'Ja. Hij stond *heel* erg op dat punt. Ik wilde het door het midden delen, eerlijk is eerlijk en zo. Ik wilde Jamila zelf blijven steunen. We zijn al jaren goede vriendinnen, sinds Stanford. Ik was haar RA, weet u, toen zij eerstejaars was. Ik was de eerste die ze vroeg voor het bestuur van Jamilow.'

'Echt? En toen trouwde u met Winslow.'

'Niet mijn beste beslissing, zo bleek. Hij kan charmant zijn als hij dat wil, weet u. Ik liet me meeslepen door de aandacht van een jongere man. Het lijkt een patroon van me te zijn.' Ze grinnikte.

Ik kon haar niet laten afdwalen naar haar gast. 'Vertel me over de Jamilow-aandelen.'

'Juist. Hij zei dat hij me de contante waarde zou geven, wat voor hem een slechte deal bleek te zijn. We hebben de waarde in januari vastgesteld, maar de aandelenkoers is gestaag gedaald sinds de PR-blunder, en deze week kelderde hij toen Moo-Lah hun product lanceerde. Ik denk dat het voor mij een goede zaak is geweest, niet zo goed voor Jamila en Winslow, hè?'

'Mmm-hmm.' Mijn gedachten tolden. Hij had al zijn aandelen en opties gehouden en niet om heronderhandeling gevraagd ondanks de dalende koers? Wat was zijn strategie?

'Hij kreeg de aandelen. Ik kreeg al het geld en het onroerend goed—behalve zijn appartement in Los Altos.' Haar stem werd bitter. 'Daar hield hij zijn minnares, maar zij heeft hem ook verlaten.'

'Waarom denkt u—'

'Zij kon het waarschijnlijk ook niet meer verdragen. Het enige wat hij de afgelopen twee jaar deed, was over Jamila praten. Jamila dit, Jamila dat.'

O, nee. Ik herinnerde me al die tijd die hij in haar kantoor doorbracht. Hun gemakkelijke geklets. 'Denkt u… denkt u dat hij verliefd is op Jamila?'

'Verliefd?' Ze lachte, scherp en koud. 'Hij neigt haar. Hij hield nooit op met praten over hoe ze—pardon my French—het bedrijf dat ze samen hadden opgebouwd aan het verneuken was. Hoeveel beter hij het zou runnen als hij maar de controle kon krijgen.'

Mijn hart sloeg een slag over. 'De controle krijgen? Zei hij dat?'

'Elke godvergeten dag. Tot ik hem verliet. Toen zei hij het vast tegen de spiegel.'

'Als hij op de een of andere manier het geld zou vinden om zijn aandelenopties uit te oefenen, hoeveel van Jamilow denkt u dan dat hij zou kunnen beheersen?'

'O.' Ze pauzeerde. 'Ik had niet gedacht dat hij het echt zou doorzetten. Als hij ze allemaal zou uitoefenen, zou hij net geen veertig procent bezitten. Dat is evenveel als Jamila voor zichzelf hield.'

Net niet genoeg om de controle van haar af te pakken dus. Maar—

'Wat als hij een partner had die ook aandelen opkocht terwijl de prijs laag was? Of als hij een andere bron van inkomsten had?' Zoals smeergeld van Moo-Lah.

'Zolang hij het stiekem deed, zou hij haar bezit kunnen overtreffen of sterk genoeg kunnen zijn om Jamila uit te dagen als activistische aandeelhouder.'

'Hij zou haar eruit kunnen stemmen', zei ik. 'Of een vijandige overname door Moo-Lah kunnen uitvoeren.'

Mijn moeder hapte naar adem.

Billie riep uit: 'De slang! Denkt u dat hij dat heeft gedaan?'

'Ik denk dat hij de bron van het lek naar Moo-Lah is. Ik denk dat hij de aandelenkoers omlaag heeft gedreven zodat hij meer aandelen kan vergaren. Denkt u dat hij Jamila dat zou aandoen?'

'Tien jaar geleden? Nooit. Nu? Ik ben bang van wel. Hij mag dan vriendelijk zijn in haar gezicht, maar achter haar rug om is hij... geen aardig persoon.'

'Holy shit.' Ik kromp ineen. 'Sorry, moeder.'

'De COO is van plan Jamila's bedrijf over te nemen? Holy shit', herhaalde moeder.

'Ik heb bewijs nodig', zei ik.

'Ik heb een document met een overzicht van zijn Jamilow-bezittingen', zei Billie.

'En hoe zit het met contant geld dat hij mogelijk van Moo-Lah heeft ontvangen?'

'Ik zal mijn advocate een e-mail sturen. Als het er is, zou zij het moeten kunnen vinden.'

'Oké, dat is goed.' Het was het bewijs dat ik nodig had.

Een diepe stem mompelde aan Billie's kant van de lijn.

'Nog iets nodig, schatje?', vroeg ze. 'Want ik heb een hete date met een Maleisische magnaat.'

'Nee. Dank u wel. U bent zeer behulpzaam geweest.'

'Ik stuur die e-mail meteen', zei ze. 'Veel succes.'

'Bedankt.' Energie gonsde in mijn vingers en tenen. Ik had een spoor dat zou bewijzen dat Winslow het lek was, een spoor dat zou voorkomen dat hij Jamila nog meer pijn zou doen dan hij al had gedaan.

28

DE VOLGENDE OCHTEND, woensdag, liep ik het hoofdkantoor van Jamilow binnen alsof de tent van mij was. Dat was niet zo, maar ik hoopte dat Jamila aan het eind van de dag nog wel de eigenaresse zou zijn.

Bruno hield me tegen. 'Mevrouw Jones, u werkt hier niet meer.'

'Ik weet het, Bruno. En ik weet dat u uw werk doet, maar u moet me naar boven laten gaan.'

'Nee, dat hoef ik niet. Jamila heeft gezegd…'

'Het is goed, Bruno.' Hannah kwam de trap af en liep resoluut op ons af. 'Ze meldt zich aan als mijn bezoekster.'

'Ik weet niet zeker of ik dat kan toelaten…'

'Bruno.' Ik leunde over de gebogen balie. 'Ik ben hier om Jamila te redden. En het bedrijf.'

Hij fronste. 'Het klinkt alsof u problemen gaat veroorzaken.'

Daar had hij wel een punt. 'Waarschijnlijk wel. Wilt u met ons meegaan? Dan kunt u me eruit zetten als ik de verkeerde soort problemen veroorzaak.'

'Eerlijk is eerlijk.' Hij pakte de hoorn en belde iemand. Toen de vervangende bewaker arriveerde, marcheerde ik de trap op, een neongelen bezoekersbadge aan de hals van mijn saaie, marineblauwe kokerjurk geklemd, degene die ik naar begrafenissen droeg. Op de tweede verdieping draaiden hoofden zich om toen we naar Jamila's kantoor liepen. Felicia blokkeerde de deur, haar armen over elkaar.

'U kunt daar niet naar binnen. Ze wil u niet zien.' Ze wierp een beschuldigende blik op Bruno, die met zijn voeten schuifelde.

'Ik heb iets wat ze moet zien. Iets wat jullie allemaal moeten zien. Laat me naar binnen. Ik heb maar vijf minuten nodig.'

'Vijf minuten.' Haar lippen werden een dun streepje. 'Het lijkt erop dat u in vijf minuten een hoop schade kunt aanrichten.'

'Ik beloof het, ik wil Jamila geen kwaad doen. Ik wil haar helpen. Alstublieft?'

De laatste stem die ik wilde horen, klonk links van me. 'Absoluut niet.'

Langzaam draaide ik me om. Vandaag droeg hij dezelfde framboelskleurige broek, zijn tweekleurige schoenen, een wit overhemd met open kraag en een marineblauw jasje. 'Winslow.'

'Was onze boodschap op uw laatste dag niet duidelijk, mevrouw Jones? U bent hier niet welkom.'

'Ik moet haar zien.' Ik verhief mijn stem luider dan acceptabel was in een kantoor waar mensen probeerden te werken. 'Ze moet horen wat ik te zeggen heb.'

'Ze hoeft helemaal niks meer van u te horen,' siste Winslow. 'Bruno, begeleid haar naar buiten. Sterker nog, begeleid ze allebei naar buiten. Hannah, u bent ook ontslagen.'

'Dat kunt u niet maken!' Ik wist niet dat mijn stem zo luid kon zijn. 'Hannah heeft niets verkeerds gedaan!'

'Ze heeft u toch binnengelaten?' Hij reikte naar mijn halslijn en rukte de bezoekersbadge eraf. 'Zet ze eruit, Bruno.'

'Wat is hier in godsnaam aan de hand?' Jamila stond in haar deuropening met haar handen in haar zij, alsof ze een wraakgodin was. 'Zijn jullie potverdorie helemaal gek geworden?'

'Jamila, ik moet u spreken. Ik heb maar vijf minuten nodig. Alstublieft?' Ik klemde de schoudertas vast die aan mijn schouder hing.

Ze keek op haar smartwatch. 'Vijf minuten. Vanaf nu.' Ze draaide zich om, liep terug haar kantoor in en ik volgde. Winslow, Hannah en Bruno ook.

Jamila ging moeizaam op haar stoel zitten, alsof ze het gewicht van het hele gebouw op haar schouders droeg. Op dat moment besefte ik dat ze dat ook deed. Niet alleen Hannah en Bruno, maar ook Felicia en iedereen buiten die deur had zijn baan aan haar te danken. Misschien had ze geprobeerd zichzelf te bewijzen aan haar oma, haar moeder en iedereen die niet in haar had geloofd, maar als gevolg daarvan had ze een bedrijf opgebouwd dat honderden mensen in dienst had en geld verdiende voor nog eens duizenden. En ik stond op het punt om haar leven een heel stuk ingewikkelder te maken.

Ik ging voor haar bureau staan, met mijn voeten zo wijd als mijn strakke rok toeliet. 'De vorige keer kwam ik hier met redelijk zwakke beschuldigingen. Vandaag heb ik bewijs.'

Ik greep in de Saint Laurent-schoudertas die ik van moeder had geleend en haalde de papieren tevoorschijn die ik had uitgeprint uit de e-mail van Billies advocaat. 'Dit is een overzicht van Winslows aandelen en opties.'

'Wat moet dat in hemelsnaam bewijzen?' Winslow probeerde de papieren uit mijn handen te grissen, maar stopte toen Jamila haar hand uitstak om ze aan te pakken.

Ze scande ze, knikkend. 'Niets wat ik niet al wist.'

'Klopt, maar hier wordt het interessant. Bij zijn recente scheiding heeft Winslow alleen de Jamilow-aandelen behouden. Die vertegenwoordigen ongeveer de helft van de rijkdom van het stel, en Billie heeft de andere bezittingen gehouden.' Ik gaf haar de volgende set papieren.

'Waar hebt u dat vandaan?' snauwde Winslow. 'Die documenten zijn privé.'

'Een vriendin heeft ze me gegeven.' Ik leunde naar voren. 'Winslow bezit een aanzienlijke hoeveelheid Jamilow-aandelen. Hij heeft ook nog niet-uitgeoefende aandelenopties die bijna gelijk zouden zijn aan uw eigen bezit, Jamila. Hij zou die opties kunnen uitoefenen om die aandelen voor een habbekrats op te kopen.'

Jamila rolde met haar ogen. 'Ik denk dat we allemaal wel weten hoe aandelenopties werken. Dat is niets dubieus. Winslow heeft die opties verdiend als onderdeel van zijn directiebeloning en als een van mijn eerste werknemers.'

'Maar,' zei ik, 'sinds zijn scheiding heeft hij niet genoeg contant geld om die opties uit te oefenen, laat staan om extra aandelen tegen de marktprijs te kopen.'

'Wacht,' zei Jamila, met een glimlachje om haar lippen. 'Ik dacht dat u een modeontwerpster-bloemiste-chef-kok-pr-consultant was, geen financieel expert.'

'Ik ben een Jones.' Ik haalde mijn schouders op. 'Dit is waar wij het over hebben tijdens het avondeten. Hoe dan ook, het interessantste is deze recente transactie op Winslows bankrekening, de dag nadat zijn scheiding definitief was.' Ik liet het laatste papier op haar bureau vallen. 'Een storting van twintig miljoen dollar van een offshore-rekening van Pavel Thakor.'

'Wat?' Jamila glimlachte niet meer. Haar ogen werden groot.

'Niet alleen heeft Winslow smeergeld aangenomen van uw concurrent, maar ik vermoed dat hij van plan is het te gebruiken om zijn aandelenopties uit te oefenen en mogelijk extra aandelen te kopen. Hij is van plan een meerderheidsbelang in Jamilow te nemen. Ik vermoed dat hij van plan is u als CEO te ontslaan en mogelijk een vijandige overname door Moo-Lah te proberen. En ik vermoed dat hij ook iets te maken had met de ontwikkelingsproblemen.'

'Dat is belachelijk,' sputterde Winslow. 'Jamila, gaat u dit kind geloven? Ze komt hier binnen paraderen in haar designerkleding met wat papieren die ze niet zou moeten hebben – wie weet of ze legitiem zijn – en doet beweringen die ze verder niet kan onderbouwen.'

Jamila stond langzaam op. 'Hebt u dat gedaan, Winslow? Hebt u geld aangenomen van Pavel Thakor? Van Moo-Lah?'

'Nee, ik...' Hij klemde zijn lippen op elkaar. 'Ik moet met mijn advocaat spreken.'

'Waarom?' Haar stem verloor al haar volume, al haar brutaliteit. Dat *waarom* was van een jong meisje dat overbelast was door de zorg voor twee onstuimige jongere broers, dat haar moeder vroeg waarom ze niet terugkwam, dat een diaken van de kerk om een gemakkelijkere weg vroeg, dat haar oma vroeg om in haar te geloven.

Mijn hart brak voor haar. Voor wat ik haar had moeten laten zien over een man die ze als haar vriend had beschouwd.

Die man stond in haar kantoor, met een strakke kaak. 'Jamilow zou zoveel meer kunnen zijn. U wilde nooit op de manier slagen waarvan ik wist dat we het konden. U had al die sprookjesachtige ideeën over het helpen van mensen in crisis en het onderwijzen van mensen uit de armoede, maar ons bedrijf zou het best mensen dienen die al geld hadden om aan een betaalde app uit te geven, degenen die dingen kochten waarvoor we konden adverteren en die de nettowaarde hadden om te profiteren van een partnerschap met FA. U zag nooit de visie van alles wat we konden zijn.'

Ik had er spijt van dat ik mijn messen op de koksschool had laten liggen. Ik trok een vlijmscherpe wenkbrauw op. 'U bedoelt alles wat Jamilow zou kunnen zijn als u de leiding had?'

'Precies.' Hij had zijn handen in zijn zij, nam ruimte in die hij niet verdiende.

Ik keek naar Jamila. Ze staarde ongelovig naar de papieren die haar wereld op zijn kop hadden gezet. Ze had tijd nodig om alles te verwerken.

'Iedereen eruit,' zei ik. 'U ook, Winslow. U kunt beter die advocaat bellen.' Ik maakte een wegjagend gebaar met mijn handen en dreef de mensen haar kantoor uit. Ik pauzeerde bij de deur.

'Het spijt me echt, Jamila,' zei ik. 'Ik wou dat het niet waar was.'

Ze zei niets. Haar schouders hingen onder het enorme gewicht van verraad.

Zachtjes deed ik de deur achter me dicht.

———

TOEN IK EEN uur later thuiskwam, wilde ik niets liever dan mijn joggingbroek aantrekken, een bak ijs in bed eten en naar Darren Star-shows kijken tot mijn ogen in hun kassen zouden verschrompelen. Maar mijn zus en haar hond zaten op het bed waar ik op wilde neerstorten.

'Wat doe je hier?' vroeg ik. We waren nooit het type zussen geweest dat in elkaars kamers rondhing, geheimen deelde, elkaar make-overs gaf of over jongens praatte, hoe graag ik dat ook had gewild.

Ze aaide Bilbo's zwarte vacht. 'Ik vertrek vandaag, weet je nog? Ik wilde niet terug naar Ohio gaan zonder te horen hoe de grote confrontatie is verlopen. Moeder vertelde me wat je had ontdekt.'

'Het... is verlopen.' Ik plofte op het bed, mijn handen over mijn ogen. Bilbo stootte met zijn neus tegen mijn hand en ik tilde hem op om hem te aaien. 'Het heeft haar hart gebroken om verraden te worden door iemand die ze vertrouwde. Iemand die ze als een vriend beschouwde.'

'Wat is er met Winslow gebeurd?'

'De beveiliging heeft hem naar buiten begeleid. Jamila moet haar advocaten de papieren laten indienen voordat de federale recherche erbij betrokken kan worden.'

'Denk je dat hij het land zal verlaten? Dat smeergeld was genoeg om iedereen comfortabel te laten leven op een of ander eiland.'

'Misschien.' Ik haalde mijn schouders op tegen het pluizige dekbed. 'Maar ze zullen waarschijnlijk beslag leggen op zijn Amerikaanse bezittingen, zoals zijn aandelen, dus hij zal Jamila tenminste niet meer lastigvallen.'

'Hoe reageerde ze?'

'Niet goed. Ik had verwacht dat ze zou ontploffen, maar ze klapte dicht. Ik maak me zorgen om haar.'

'Natuurlijk maak je je zorgen.' Sam was niet het type persoon dat je zomaar aanraakte, maar ze kneep in mijn hand, degene die op Bilbo's flank rustte. 'Denk je dat ze van gedachten is veranderd over jou?'

Ik herinnerde me Jamila's lege uitdrukking. Ze had me niet eens bedankt. Ik begreep het. Ik had een handgranaat in haar bedrijf gegooid en was weggelopen. Bovendien had ik het niet voor haar dankbaarheid gedaan. Ik had het gedaan omdat het het juiste was om te doen.

'Ik weet het niet. Ik ben op dit moment niet het belangrijkste wat er in haar leven gaande is, hè?'

Er werd op mijn deur geklopt en Charles stak zijn hoofd naar binnen. 'Natalie. En Sam! Ik dacht dat je al weg was.'

'Nog niet. Ik moest even met Nat praten.'

'Vind je het erg als ik even stoor?'

'Kom binnen,' zei ik.

Hij stapte mijn kamer binnen. 'Ik kreeg vandaag een telefoontje van Jamila. Ik denk dat ik jou daarvoor moet bedanken. Eerlijk gezegd was ik een beetje gekwetst toen ze met FA in zee ging, maar ze kwam naar mij toe aan the end. Bedankt, Natalie. Mijn raad van bestuur watertandt al bij het idee van een partnerschap met Jamilow.'

Hij ging door over synergie en revitalisering voor zijn stoffige bank, maar ik luisterde niet meer. Was Jamila naar Charles gegaan?

Mijn zus vroeg: 'Zei ze dat ze het vanwege Nat had gedaan?'

Hij hield zijn hoofd schuin. 'Nee, maar ik nam aan...'

'Sorry, Charles,' zei ik. 'Dat was allemaal Jamila's verdienste. We werken niet meer samen.'

'O.' Zijn gezicht betrok. 'En jullie doen... eh... ook geen andere dingen mehr samen?'

Ik kromp ineen. 'Nee.'

Hij liep naar het bed en trok me overeind zodat hij me kon knuffelen. 'Het spijt me. Ik weet dat je om haar geeft.'

Ik ontspande me in zijn omhelzing. 'Het is goed. Uiteindelijk heb ik haar geholpen, dus dat heb ik tenminste.'

'En je hebt wat waardevolle ervaring om op je cv te zetten.'

'Mijn cv?'

Hij liet me los om me in de ogen te kijken. 'Ik heb je nog nooit zo gelukkig gezien als toen je bij Jamilow werkte. Dat kwam deels door Jamila, maar je genoot echt van het werk. Ik denk dat je pr nog een kans moet geven. Als Della Lippman geen functie voor je heeft, weet ze vast wel iemand die dat wel heeft.'

'Huh. Misschien heb je gelijk.' Jamila zou me nooit bij iemand aanbevelen, maar Hannah kon me een aanbeveling geven voor haar tante. De gedachte om me weer in het pr-werk te storten, deed een vonk van opwinding in mijn buik ontbranden, zoals de koksschool, de bloemenwinkel en de modeopleiding dat niet hadden gedaan.

'Ik heb bijna altijd gelijk,' zei hij, terwijl hij me losliet. 'En nu, Sammy, je moet naar het vliegveld. Kom op, ik breng je wel.'

'Weet je zeker dat het met je gaat?' vroeg Sam, terwijl ze me in de ogen keek.

'Uiteindelijk wel, ja.'

'Mijn huis is klaar als ik over twee weken terug ben. Kom je dan Bilbo Baggins en mij opzoeken?'

'Ja. Oké.'

Ze klopte op mijn schouder. Bilbo was guller met zijn liefde. Hij sprong in mijn armen en likte mijn kin. Ik deinsde niet eens terug. Misschien zou ik een hond nemen als ik mijn leven op orde had en uit het huis van mijn ouders was vertrokken.

Voor het eerst voelde dat als een mogelijkheid.

29

NADAT ANDREW ME op een zaterdagavond begin juli voor Jacksons herenhuis had afgezet, keek ik de straat in en voelde het alsof ik een stomp in mijn maag kreeg. Er stond een rode Porsche cabriolet, net als degene waarin ik reed toen ik met Jamila was, voor zijn huis geparkeerd.

Ik kneep mijn ogen samen. In de gloed van de ondergaande zon wist ik niet zeker of hij rood was. Hij kon bruin of oranje zijn. En het kon een ander bouwjaar zijn.

Ik schudde mijn hoofd. Ze zou de auto niet hebben gehouden nadat ik haar de sleutel had teruggegeven. Ze zou het leasecontract vervroegd hebben beëindigd, want dat was de slimste financiële zet.

Zowel Charles als Jackson zeiden dat het goed met haar ging, maar ik wou dat ik het zelf kon zien. Ik zou in haar prachtige ogen staren om te zien of de pijn van het verraad er nog was, of dat een sprankje hoop die had vervangen. Voordat ik dichtbij genoeg was om de nummerplaat te lezen of de bestuurder te herkennen, reed hij weg.

Ik snoof om mijn eigen belachelijkheid. Het was stom om me druk te maken over een auto die me aan Jamila herinnerde. Het was ook stom van me om Hannahs zorgvuldig samengestelde

Jamilow-socialmedia-account te stalken. Ik moest een timer van tien minuten zetten, anders zou ik er voor altijd in worden meegezogen. Het was nog stommer van me om te masturberen bij de herinneringen aan de weinige nachten die we samen hadden doorgebracht.

Oké, misschien was dat niet zo stom.

Ik zou die herinneringen waarschijnlijk voor altijd koesteren, want *heet*, maar het was lachwekkend om te denken dat het ooit iets had betekend. Ik was voor haar gewoon weer een scharrel en niet speciaal genoeg om haar liefde te verdienen.

Ik belde bij Jackson aan, en alsof hij op me had staan wachten, deed hij de deur open.

'Klaar voor ons afspraakje?' vroeg ik, terwijl ik een ondeugende grijns op mijn gezicht forceerde.

'Zeker weten. Bedankt voor het oppassen...'

'Ik ben geen baby.' Noah drong zich een weg naar de deur. 'Zeg tegen Jay dat ik *dertien* ben, en dat is te oud voor een oppas.'

Ik herinnerde me alle keren dat mijn familie me als een baby behandelde – verdorie, ze behandelden me nog steeds als de benjamin – en gaf hem een scheve glimlach. 'Jij hebt geen oppas nodig. Maar Val wel, en ik kan alle hulp gebruiken die ik kan krijgen. Je helpt me toch?'

'Ja, vast wel. Ik weet waar al haar spullen zijn.'

Valentine waggelde naar ons toe en stak haar handjes op. 'Op.'

Noah bukte en tilde haar op, en zette de peuter op zijn heup zoals ik Alicia en Jackson al honderd keer had zien doen. Mijn hart maakte een enorme sprong.

'Dus ik help jou,' zei ik.

Valentine leunde naar voren en strekte haar mollige vuistjes naar me uit. 'Tante Na.'

Ik nam haar van Noah over en ademde de babygeur van de shampoo van haar badje in. 'Tante Nat is zo blij je te zien, Val.'

Ze nestelde zich in mijn nek en ik kon mijn grijns niet bedwingen. Dit keer was hij echt.

'Hé, Noah, kun je ons een minuutje geven?' vroeg Jackson. 'Ik moet even met tante Nat praten.'

'Zet alvast een videogame voor ons klaar,' stelde ik voor. 'Niks te bloederigs, oké?'

'We kunnen spelen nadat Val in bed ligt,' zei hij. 'We kijken eerst een van haar films.'

'Mon-sah,' zei ze, en ze leunde weer naar hem toe.

'Precies,' zei hij. 'Die met het blauwe monster.'

Ze gilde het uit toen hij haar weer optilde en met haar de woonkamer in stuiterde.

Jackson leidde me voorbij de televisie, door de keuken naar de wasruimte en deed de deur dicht. Hun kat, Tigger, lag opgerold boven op de droger, te dutten in de zonnestraal die door het kleine raampje viel.

'O-oh. Dit moet serieus zijn als we een gesprek achter gesloten deuren nodig hebben,' grapte ik. 'Wacht. Is het serieus? Is alles oké met Alicia?'

'Met haar gaat alles goed. Met de baby ook. Ze is zich even aan het omkleden. Ze heeft als een bezetene gewerkt om alles klaar te krijgen voor haar zwangerschapsverlof. Dit gaat over jou.'

'Mij?'

'En Jamila.'

'O, mijn god. Was zij dat, voor je huis? Was ze hier net?'

'Heb je haar gezien?'

'Alleen haar auto.'

'Ja. Ze kwam langs om te praten. Ze heeft me iets heel interessants verteld.'

'O?' Ik haalde diep adem, in een poging mijn razende hartslag te kalmeren.

Toen Jackson tegen de droger leunde, tilde Tigger zijn kop op. Hij ging staan, rekte zich uit en wreef met zijn wang tegen Jacksons schouder. Hij krabde de kat achter zijn oren, maar zijn blik verliet mijn gezicht niet. 'Ze vertelde me dat ze je biseksuele kers heeft ontkurkt.'

Mijn gezicht werd heter dan de zomerzon die door het kleine raampje scheen. 'Doe niet zo goor.'

'Speel niet de onschuld. Ze vertelde me dat jullie twee... intiem waren.'

Ik rolde met mijn ogen, me Jamila's *losse* label herinnerend. 'Ze heeft me nauwelijks ontmaagd. Ik ben zesentwintig. Ik heb tientallen partners gehad, van verschillende genders.'

Hij sloeg zijn handen voor zijn oren. 'Dat wilde ik niet horen.'

'Haal er dan niemands seksualiteit bij, eikel,' zei ik, geprikkeld door de herinnering aan Jamila's constante herinneringen dat het slechts een bevlieging was. 'Het betekende niets.'

'Niets?' vroeg hij.

'Dat heeft ze overduidelijk gemaakt. En we zijn niet langer intiem. Niet sinds ze me heeft ontslagen.'

'Dus die dag op de berg en de volgende dag bij de brunch, waren jullie samen?'

'Ja.'

'Ik snap het. Weet mam het?'

'Ik heb het haar verteld toen ik haar hulp nodig had om de waarheid over Winslow te achterhalen.'

'Vond ze het goed?'

Mijn bloed kookte. Ik balde mijn vuisten. 'Ik had gedacht dat juist jij, als beste vriend van twee queer mensen, me zou steunen!'

'Ik steun je. Ik maak me wel zorgen om je. Ik wou dat je naar me toe was gekomen voor hulp met mam. Misschien ook met Jamila.'

'Ik heb je hulp niet nodig.'

Hij stak zijn handen uit. 'Ik weet het. Je bent geen klein meisje met vlechtjes meer. Je hebt een volwassen baan. Maar als je grote broer en als haar vriend had ik me beter gevoeld als ik had geholpen.'

'Soms willen mensen geen hulp, Jackson.' De haren in mijn nek gingen recht overeind staan. Ik had mijn hulp aan Jamila opgedrongen. Misschien had ik haar vertrouwen niet verloren als ik het eerst had gevraagd.

'Het spijt me. Vergeef je het me?' Hij zette de zieligste puppy-ogen ooit op.

Ik rolde met mijn ogen. 'Vast wel.'

'Echt, ben je oké? Vooral met mam?'

'Het gaat prima. Ik denk dat ze gelukkiger zou zijn als ik een rijke vent zou ontmoeten, smoorverliefd zou worden en een half dozijn kleinkinderen zou produceren, maar ze zou het ook niet erg vinden als ik een rijke vrouw zou ontmoeten. Ook al werk ik nu voor Della, ze maakt zich zorgen over mijn toekomst.'

Ondanks hoe druk ze was met haar productlancering, had Jamila me geschokt toen ze Della Lippman had gebeld om te zeggen dat ze me moest aannemen. Ik had niet eens de kans gehad om Hannahs connectie te gebruiken voordat Della me een functie aanbood. En toen had Jamila me de schattigste bloeiende cactus gestuurd. Op het briefje had simpelweg gestaan: *Veel succes op je eerste dag. Ik weet dat je zult bloeien in je nieuwe baan.*

Er stond niets over liefde, hoezeer mijn weke hart het gebaar ook op die manier had willen interpreteren. De cactus was geen grap over haar stekelige persoonlijkheid of een herinnering aan Quill.i.am, ook al identificeerde het labeltje hem als een egelcactus, *Echinocereus fendleri*. Ze was zo druk met het herontwikkelen van haar product dat ze Felicia er waarschijnlijk om had gevraagd, en het was puur toeval. De aanbeveling voor de baan? Gewoon een andere manier om ervoor te zorgen dat ik op afstand zou blijven.

Hij kneep zijn ogen samen. 'Dus je bent oké?'

'Ja. Ik denk dat ik eindelijk mijn leven op de rit heb. Ik ben gelukkig op mijn werk, en misschien kan ik ooit de liefde weer vinden.'

'Hield je van haar?'

'Ja.' Ik wilde niet toegeven dat ik zo'n zielig hoopje was dat ik nog steeds van haar hield, een maand nadat ze me in één klap had gedumpt en ontslagen. 'Je was aardig tegen haar, toch? Toen ze je over ons vertelde? Ze was bang voor wat je zou denken.'

Hij rechtte zijn rug. 'Ik hoop dat je me hoger had ingeschat. Je zult altijd de benjamin van de familie zijn. Ik plaag je misschien een beetje...'

'Of heel veel!' Ik stompte hem op zijn arm.

Hij ving mijn vuist en hield hem vast. 'Maar jij en Jamila zijn volwassen vrouwen, die in staat zijn hun eigen beslissingen te nemen. Als twee van mijn favoriete mensen ter wereld bij elkaar komen?' Hij haalde zijn schouders op. 'Dat zou niet het ergste zijn.'

Ik wou dat Jamila dat had kunnen begrijpen. Misschien had ik dan haar vertrouwen niet verloren, als ze niet op zoek was geweest naar een excuus om het uit te maken.

Ik omhelsde mijn broer stevig. 'Bedankt.'

'Waarvoor?'

'Omdat je in me gelooft. Omdat je denkt dat ik, weet je, iets waard ben.'

'Nutter Butter.'

En daar was het, de kopstoot waar ik zo bang voor was geweest. Hij zou me waarschijnlijk nog steeds kopstoten geven als ik zestig was. Of tachtig. Maar het voelde niet verschrikkelijk. Het voelde als liefde.

'Je bent iets waard,' zei hij. 'Je bent veel waard. Dus wat maakt het uit dat je even nodig had om je leven op orde te krijgen? Ik ben mijn leven ook nog op orde aan het krijgen. Dat doen we allemaal – zelfs Jamila.'

Hij liet me los en ik deed een stap achteruit, terwijl ik met mijn vingers door de verwarde puinhoop kamde die hij van mijn haar had gemaakt.

'Waarom blijf je hier niet slapen en hang je morgen met ons rond? We gaan naar een barbecue.'

Ik blies mijn adem uit. 'Ja. Waarom niet?' Het zou beter zijn dan op mijn kamer te zitten, te staren naar Jamila's onbestaande persoonlijke social media en spijt te hebben van wat ik was verloren.

30

DE VOLGENDE DAG, terwijl we in Alicia's SUV over de 101 naar het zuiden reden, werd de knoop in mijn maag strakker. Ik was in twee maanden niet zo dicht bij Silicon Valley geweest en ik wou dat ik mezelf van de al te bekende herkenningspunten kon afleiden door een koptelefoon op te zetten en een spelletje op mijn telefoon te spelen, net als Noah. Valentine zat vastgesnoerd in haar autostoeltje in het midden van de achterbank en had een van haar kleine Nikes uitgeschopt. Ik viste hem van de vloer en wurmde hem weer aan haar voetje.

'Hoever is het nog?' vroeg ik toen ik het bord voor de afslag Marsh Road zag.

'Waarom?' Jackson keek me aan in de achteruitkijkspiegel, zijn handen losjes om het stuur. 'Heb je wat beters te doen?'

'Nee, ik gewoon...' Ik maakte mijn zin niet af toen Jackson de al te bekende afslag nam. Ik trok de veiligheidsgordel van mijn borstbeen. 'Waar is die barbecue precies?'

'Bij een vriendin.'

'Jackson,' Alicia legde een hand op zijn schouder. 'Ze zou het moeten weten.'

'Maar ik had het beloofd.'

'Wat zou ik moeten weten?' Ik leunde naar voren, in de ruimte tussen de voorstoelen.

'Nee, nee, nee, nee!' grinnikte Val.

'De barbecue is bij Jamila,' zei mijn broer. 'Het is om alvast de lancering van haar product te vieren.'

'Godverdomme, Jackson!'

'Vloekenpot!' zei Noah, ondanks zijn koptelefoon.

'Verdomme, verdomme, verdomme!' Valentine schopte met haar gympen in haar autostoeltje tussen ons in.

Ik kneep in de brug van mijn neus. 'Sorry. Maar waarom heb je het me niet verteld?'

'Ben je er niet klaar voor om haar te zien?' vroeg mijn broer, terwijl hij voor een stoplicht stopte.

'Ik... ik weet het niet.' Zeker niet in deze te lange spijkerbroek van voor Alicia's zwangerschap, die ik bij de enkels had opgerold, en haar T-shirt met de tekst: 'Jullie kunnen allemaal naar de hel lopen, ik ga naar Texas.'

'Als je er niet klaar voor bent, kunnen we je ergens afzetten en je over een paar uur weer ophalen,' zei Alicia.

Het klonk verleidelijk, om me in een boetiekje of café te verstoppen en Jamila niet opnieuw onder ogen te hoeven komen, om de versteende uitdrukking op haar gezicht niet te hoeven zien en me een tijd te herinneren waarin haar ogen fonkelden van passie als ze naar me keek, terwijl we het luchtig hielden, maar het als veel meer voelde.

Gisteren had ik mijn grote broer verteld dat ik een volwassen vrouw was, en het werd tijd dat ik me als zodanig gedroeg. Ik kon haar onder ogen komen. Ik kon vriendelijk zijn. Ik kon met haar kletsen over de aanstaande lancering en blij voor haar en trots op mezelf zijn.

'Het is goed,' zei ik, terwijl ik uit het raam naar de andere bescheiden huizen in haar straat staarde.

Jackson parkeerde op de eerste de beste plek in haar straat, praktisch terug bij het stopbord. Mevrouw González vond het vast geweldig dat er aan beide kanten van de straat auto's geparkeerd stonden. Nadat Jackson Valentine uit haar autostoeltje had bevrijd en voor ongeveer een hele discountwinkel aan opblaasbaar speelgoed had uitgeladen, volgden we een stel stoeptegels langs de zijkant van het huis naar het openstaande hek in de houten schutting. We namen het korte pad naar het zwembad en Val kronkelde in mijn armen en trok aan mijn haar tot ik haar aankeek. 'Bad! Bad! Bad!'

'Ja,' zei ik. 'Het is een mooi zwembad. Wil je erin?'

'Kun je haar even vasthouden terwijl we gedag zeggen?' vroeg Jackson. 'Ik trek haar zo haar badpakje aan.' Toen ik knikte, liepen hij en Alicia recht op Jamila af, die aan de andere kant van het zwembad stond met een bekende zonnehoed op haar hoofd en een van die geïsoleerde blikjeshouders in haar hand.

Toen onze blikken elkaar boven de achtertuin kruisten, brandde haar blik door merg en been.

Ik was er niet klaar voor.

Nog niet. Ik had nog maar net het feit verwerkt dat ik haar vandaag zou zien. Ik had geen plan of script voorbereid, zeker niet een om met haar woede om te gaan. Hoe kon ik voorkomen dat ik mezelf voor schut zette als ik me herinnerde wanneer ze die hoed voor het laatst had gedragen en wat er daarna was gebeurd? Ik zou het nooit kunnen vergeten en terug kunnen gaan naar wie ik daarvoor was. Ik had mezelf beloofd dat ik nooit meer zou terugvallen in het onderdanige persoontje dat ik op het feest van Billie was.

Noah gooide een armvol zwembadspeelgoed neer bij de trap naar het ondiepe gedeelte. Hij zou me redden.

'Kan ik je helpen?' vroeg ik.

'Waarmee?'

'Ik weet het niet. De boel opzetten.'

'Nee hoor. Ik ben helemaal klaar.' Hij gebaarde naar de rommelige stapel van een zwemvest, een eenhoorndobber, een set duikstokken en een half dozijn zwembuizen.

Hij pakte de tailleband van zijn trainingsbroek, liet die langs zijn magere benen glijden en stapte eruit. Hij droeg er een zwembroek onder en zijn shirt was een rashguard. Hij liet zijn slippers aan de rand van het zwembad staan en maakte een bommetje in het water. Ik deinsde achteruit om niet doorweekt te raken.

Noah kwam weer boven en veegde zijn lange haar uit zijn ogen. 'Kom je er ook in, tante Nat?' riep hij.

'Nee, ik vind het prima zo. Ik wacht wel tot je vader Val haalt.' Ik was dankbaar voor het excuus. Ik zou veel meer moed moeten verzamelen om mijn huid weer te ontbloten in het bijzijn van Jamila.

'Hé, Natalie.' Een lange, knappe blonde man stapte op me af met een bierflesje in zijn hand.

'Tyler! En Marlee.' Ik begroette zijn vrouw en omhelsde hen allebei. Marlee en Tyler waren ongeveer van mijn leeftijd en we vonden elkaar vaak op feestjes. 'Gefeliciteerd, jullie twee. Ik geloof niet dat ik jullie nog heb gezien sinds jullie getrouwd zijn.'

Toen Marlee Val en mij omhelsde, raakte haar oversized zonnebril verstrikt in mijn haar en we lachten terwijl we onszelf loswikkelden.

'Vertel me alles over jullie bruiloft,' zei ik.

'Het was klein.' Marlee kromp ineen. 'We konden niet iedereen uitnodigen die we wilden…'

Ik wuifde haar excuus weg. 'Maak je geen zorgen. Ik begrijp het.' Tyler en Marlee kwamen niet uit een rijke familie. Ze hadden de bruiloft zelf betaald terwijl ze Marlees vader in een verpleeghuis met geheugenzorg onderhielden.

'Het was magisch.' Marlee zuchtte extatisch. Het leek ook wel een sprookje, vooral toen ze me een foto liet zien van de gasten die bij zonsondergang sterretjes aanstaken. Marlee was net begonnen te vertellen over hun huwelijksreis toen Ben, die ik sinds die rampzalige brunch niet meer had gezien, aan kwam stormen en haar omhelsde, gevolgd door Tyler en toen mij. Cooper liep achter hem aan, maar omhelsde niemand.

'Zie je wel, schat? Ik zei het je.' Ben nam me van top tot teen op. 'Ze draagt haar eigen kleren. En ze heeft een net-ge-eh-eh-neuktkapsel. Sorry,' fluisterde hij, terwijl hij naar de baby keek. 'Je bent me vijftig dollar schuldig. Het andere deel van onze wedden-schap pak ik wel als we thuiskomen.' Hij knipoogde.

'Weddenschap?' Ik haalde mijn vingers door mijn haar en werkte er een klit uit die Val met haar bezwete handen had gemaakt.

'Jij en Jamila. Ik wist het al toen we je die dag bij de brunch tegenkwamen. Cooper dacht van niet. En raad eens wie er gelijk had?' Hij grinnikte.

'Nee, we zijn niet...' Ik weerhield mezelf ervan om te zeggen *meer.* 'Niet samen. Dit zijn Alicia's kleren. Ik heb gisteravond opgepast.'

'Oh.' Bens lippen krulden omlaag. 'Maar ik hoopte dat jullie...'

Cooper boog zich voorover om zijn mond bij het oor van zijn verloofde te brengen. 'Ik incasseer *mijn* winst wel thuis,' spinde hij.

Ben rilde over zijn hele lichaam. 'Laten we de rest van de ronde doen. Ik voel een vroegtijdig vertrek opkomen.'

'Haha.' Ik forceerde een grijns op mijn gezicht. 'Verloofde stellen zijn het ergst, hè?'

Maar Tyler kneep zijn ogen tot spleetjes. 'Jij en Jamila, hè?'

'Nee, nee, geen...' Ik moest het woord weer inslikken. 'Hele-maal niet.'

'Ze heeft iemand zoals jij nodig,' zei Tyler. 'Om te helpen al haar lasten te dragen. Ik dacht dat Winslow die persoon was, maar we zien allemaal hoe dat is afgelopen.' Hij fronste.

'Ik denk dat ik wat te drinken nodig heb.' Ik stikte door alle woorden die zich in mijn keel opstapelden als een kettingbotsing op de I-80.

Tyler wees me naar een tafel die in de schaduw was opgezet en ik begaf me ernaartoe, waarbij ik de kring van mensen rond Jamila vermeed.

De bar was geen zelfbedieningskoelbox met bier. Er was een barvrouw. En het was Rhiannon. Ik kromp ineen toen ik haar zag, vrezend voor welke snijdende opmerking ze ook voor me had.

'Hoi, Natalie. Wat mag het voor jou zijn?' Ze keek me argwanend aan.

'Oh. Ehm… heb je een mousserende wijn?'

'We hebben een Napa blanc de blancs.'

'Perfect. Bedankt.' Ik keek hoe ze de wijn inschonk. 'Het lijkt nauwelijks eerlijk dat je de hele week werkt en dan ook nog op het feestje van Jamila moet werken.'

'Nee, dit is mijn keuze. Jamila heeft me gedwongen te komen, aangezien ik, weet je, het product in feite heb gebouwd. Ondanks die slang, Winslow.' Ze trok een grimas. 'Ik hang hier graag rond. Het geeft me een manier om met iedereen te praten, maar ik hoef mezelf niet op te dringen. Ze komen naar mij toe.'

'Slim.' Ik hief mijn glas voor een toost en nam een slok van de bittere wijn. De bubbels deden mijn neus jeuken.

'Hé, over slim gesproken…' Rhiannon keek naar beneden. 'Je was een oen dat je dacht dat ik het lek was, maar je kwam er uiteindelijk achter. Ik had nooit gedacht… Hoe dan ook, bedankt dat je je aan je Jessica Fletcher-gedoe hebt gehouden.'

'Eh. Graag gedaan? Maar ik deed het niet voor jou.'

'Ik weet voor wie je het deed.' Haar blik ontmoette de mijne. 'We geven allebei op verschillende manieren om haar. Ik waardeer wat je voor ons allemaal hebt gedaan.'

Ik knikte. 'Misschien kunnen we nu vriendinnen zijn?'

Ze snotterde. 'Vriendinnen? Ik heb niet in je *mousserende wijn* gespuugd. Dat is een begin.'

'Eerlijk. Bedankt daarvoor. Ik zie je nog wel, denk ik.' Hoewel ik dat waarschijnlijk niet zou doen. Ik zou niet teruggaan naar Jamilow en de volgende keer dat Jackson voorstelde om iets te gaan doen, zou ik vragen waar we naartoe gingen voordat ik in zijn SUV stapte.

'Zorg dat je wat te eten neemt. Ik kom je dronken reet later niet ophalen.' Ze wees naar een gigantische barbecue, bediend door twee enorme mannen.

Met een halfslachtige glimlach schuifelde ik naar de barbecue voor mijn volgende ongemakkelijke ontmoeting. Zelfs de stijve feestjes van mijn moeder waren niet zo'n kwelling.

'Hé, J.J. Hé, Jevin.'

'Nat-a-lie.' Jevin rekte de lettergrepen van mijn naam uit met een taxerende blik. 'Je ziet er goed uit.'

'Hou daarmee op.' J.J. gaf zijn tweelingbroer een elleboogstoot in zijn ribben, hard genoeg om hem te laten kreunen. 'Ze is Mila's meisje.'

'Oh, nee, dat ben ik niet…'

'Ik zie geen ring.' Jevin knipoogde. 'Tot die tijd is ze vogelvrij.'

'Dat is gewoon smerig, broer. Natalie.' J.J. glimlachte naar me en het leek hartverscheurend veel op Jamila's glimlach. 'Wat kan ik voor je halen? De beste spareribs die je ooit hebt geproefd, of een matige burger van mijn broer?'

'Haal je kop uit je reet, J.' Dit keer was het Jevins beurt om zijn tweelingbroer een elleboogstoot te geven. 'Ze is vegetariër. Ik heb je vegaburger hier, schatje.' Hij haalde een geroosterd broodje van de grill en schoof er een burger op.

'Sorry. Vergeten.' J.J. tilde zijn Texas Longhorns-pet op en veegde het zweet van zijn voorhoofd met de achterkant van zijn pols. 'De bijgerechten staan daar.' Hij wees naar een andere tafel met serveerschalen. 'Blijf uit de buurt van de ovenschotel met de aardappelchips. Daar zit kip in.'

'Begrepen. Gaat het goed met jullie? Het was aardig van jullie om hierheen te komen voor Jamila's lancering.'

'Nou, dat is niet het enige dat we…'

'Yo!' J.J. stompte Jevin op zijn arm. 'Daar gaat je mond weer, klappert als een verroeste oude hordeur.' Hij gaf zijn tweelingbroer een boze blik.

'Sorry, man. Ze komt er snel genoeg achter.'

'Wie komt er waar achter?' Ik zocht Jamila in de groep mensen naast het zwembad. 'Jullie zijn toch geen geintje van plan?'

'Dat is een idee.' Jevin wreef over zijn gladgeschoren kin. 'Misschien moet Mila maar eens gaan zwemmen.'

Ik zette me schrap. 'Als je het probeert, ga jij zwemmen. En ik denk niet dat je Air Jordans dat erg leuk zouden vinden.' Ik keek veelbetekenend naar zijn vlekkeloze vintage gympen.

'Met haar valt niet te spotten.' Jevin hief zijn spatel. 'Geen gekkigheid. Beloofd.'

'Thanksgiving wordt leuk,' mompelde J.J.

'Ga die vegaburger eten voordat hij koud wordt,' zei Jevin. 'En proef zeker de aardappelsalade. Het is het recept van onze oma.'

Ik sjokte naar de tafel met bijgerechten waar ik de aardappelsalade zag en schepte een klodder op mijn papieren bord. Ik schepte wat salade en een smeuïge brownie op – die verwennerij had ik zeker verdiend nadat ik tegen mijn wil naar Jamila's feest was gesleept – en vond een vrij tafeltje in de schaduw van een plataan.

Ik spreidde mijn servet op mijn schoot. De aardappelsalade zag er goed uit met stukjes aardappel samengeklonterd door een romige dressing. Iets groens, misschien selderij, voegde kleur toe. Ik reikte naar mijn vork, maar ik was vergeten er een te pakken. Ik schoof mijn stoel naar achteren en legde mijn servet naast mijn bord.

'Zoek je deze?' Jamila gaf me een doorzichtige plastic vork en mes. Toen ik naar haar opkeek, brandde de zon achter haar hoofd, de stralen ervan stroomden naar buiten als een kroon. Ze droeg haar witte bikinitopje met een licht, bijna doorzichtig shirt en een sarong bedrukt in felrood, oranje en paars.

'Ja. Bedankt.' Ik nam het bestek van haar aan. Waarom was ze hierheen gekomen? Ze had me het hele feest kunnen negeren. Nee, als gastvrouw moest ze iedereen gedag zeggen, inclusief de persoon die de verkeerde gevoelens voor haar had, de persoon die haar wereld had opgeblazen.

'Mag ik erbij komen zitten?' Ze wees naar de klapstoel naast me.

Ik knikte. Terwijl ze in de stoel ging zitten, prikte ik met mijn vork in de aardappelsalade. Mijn eetlust was verdwenen, samen met de coolheid die ik nog over had.

'Bedankt voor je komst.' Ze draaide aan het uiteinde van haar shirt.

'Jackson heeft me hier onder valse voorwendselen naartoe gebracht. Het was niet mijn bedoeling om je lanceringsfeest te crashen.'

Ze keek me diep in de ogen. 'Ik wilde dat je hier was.'

'Ik?' Ik legde een hand op mijn hart om de galop ervan te vertragen. 'Jij wilde *dat ik* hier was?'

'Alleen jij. De rest kan me niets schelen.'

'Zelfs mijn broer niet? Of je broers?'

'Nou, oké, mijn broers kunnen me wel wat schelen.'

Een halve glimlach sloop op mijn gezicht. 'En Rhiannon? En Alicia?'

'Goed.' Ze gooide ongeduldig haar handen in de lucht. 'Ik heb al deze mensen hier uitgenodigd omdat ik om ze geef. Gooi geen roet in het eten van mijn romantische gebaar.'

'Romantisch gebaar?'

'Ik weet het, ik weet het. Niet de woorden die de meeste mensen met mij associëren. Maar het is wat je wilt, nietwaar? Nog steeds?' Haar ogen werden zacht als een lavacakeje. 'Daarom heb ik die egelcactus gestuurd. Ben ik te laat?'

Ondanks de warmte van de zon kreeg ik kippenvel. 'Te laat? Wat bedoel je?'

'Ik bedoel dat jij de ware voor me bent. Toen we samen waren, maakten mijn gevoelens me bang. Ik had nog nooit zoveel gevoeld voor iemand met wie ik had gedatet. Ik heb mezelf nooit laten voelen, maar bij jou kon ik het niet helpen. Toen ik dacht dat je achter mijn rug om was gegaan, deed dat pijn.' Ze kromp ineen en klopte op haar borstbeen. 'Precies hier.'

'Zoals toen je moeder wegging,' zei ik.

Ze rimpelde haar neus. 'Nee, dat was absoluut erger. Ik wilde me nooit meer zo voelen en ik dacht dat als ik alles onder controle kon houden, dat niet zou hoeven. Maar jij zorgde ervoor dat ik de controle verloor. Ik was kwaad.'

'Ik weet het.' Ik legde mijn hand op haar knie, met mijn handpalm omhoog, en ze greep hem vast.

'Toen je binnenstormde en me vertelde dat Winslow degene was die me had verraden, werd ik een soort van gevoelloos. Alsof er een blauw scherm in mijn brein verscheen. Het duurde een minuut om opnieuw op te starten. Tegen die tijd was je weg.'

'Ik dacht dat je misschien een minuutje nodig had. Jij en Winslow stonden dicht bij elkaar.'

'Ja.' Ze schudde haar hoofd. 'Hij had geprobeerd met me te praten over zijn ideeën voor het runnen van het bedrijf, maar ik kapte hem af. Ik dacht dat het een gezonde onenigheid was. Ik had het mis.'

'Het spijt me. Ik wou dat ik er voor je had kunnen zijn.'

'Dat was je.' De intensiteit was terug. 'Je liet me zien wat ik had gemist. Ik heb nog steeds het meerderheidsbelang in Jamilow, dankzij jou. Je hebt mijn bedrijf gered.' Ze schraapte haar keel. 'Dank je.'

Ik keek neer op onze ineengestrengelde handen. Haar lange, donkere vingers overspanden mijn blekere huid. 'Dat is nogal extreem. *Jij* hebt het bedrijf gered. Ik heb je alleen de informatie gegeven die je nodig had.'

'En me gepusht tot ik het accepteerde.' Ze haalde haar schouders op. 'Maar ik heb je niet gevraagd hier te komen om over het bedrijf te praten.'

Ik snotterde. 'Voor zover ik me herinner, heb je me helemaal niet gevraagd hier te komen.'

'Jawel! Ik heb Jackson gevraagd je mee te nemen.'

Ik gaf haar een twijfelachtige blik.

'Oké, prima. Misschien moet ik aan mijn sociale vaardigheden werken, maar dat is wat ik je vraag. Kun je me de ruimte geven om te verbeteren? Terwijl ik te veel tijd op het werk doorbreng. Terwijl ik flaters blijf slaan voor journalisten en hun camera's.'

Mijn mousserende wijn was doodgeslagen in zijn plastic beker, maar er stegen bubbels in me op. 'Wat vraag je me, Jamila? Want dit klinkt tot nu toe niet als een geweldig aanbod.'

'Ik ben eerlijk tegen je. Dit is wat je krijgt.' Ze maakte een gebaar naar zichzelf. 'Ik ben stekelig en grofgebekt en lijk in niets op wat een prinses als jij zich voorstelt. Maar als je met me wilt zijn, beloof ik mijn uiterste best te doen om te zijn wat je nodig hebt.'

Mijn hart stond stil. 'Je wilt met me zijn? Je vertrouwt me weer?'

'Ik vertrouwde je de hele tijd al. Ik kon het niet helpen. Daarom deed het zo'n pijn toen je…'

'Toen ik de Nancy Drew ging uithangen?'

'Ja. Ik dacht dat we hecht genoeg waren dat je het me zou hebben verteld voordat je zoiets extreems deed.'

Ik slikte. 'Ik… ik… was bang dat ik het zou verpesten, zoals ik altijd doe.'

'Babygirl, ik zou zelfs van je houden als je het verprutste.'

'Wacht. Je houdt van me?'

'Godverdomme! Zie je, dit krijg ik niet goed. Ik dacht dat je het wel zou begrijpen met dat telefoontje naar Della en die cactus.'

'Ik hoopte het, maar ik wist het niet.' Mijn hart fladderde.

'Sorry. Ik zei je toch dat ik hier slecht in ben. Ja. Ik hou van je.'

Mijn borstkas voelde bijna te vol om te ademen. 'We kunnen openbaar zijn? Ik kan je… je vriendin zijn?'

Ze greep mijn hand bijna pijnlijk stevig vast. 'Ik wil er helemaal voor gaan met jou. Ik laat je zelfs af en toe de leiding nemen. Wat je ook nodig hebt. Want ik heb jou nodig.'

Ik boog me naar haar toe en fluisterde: 'Noem je me nog eens babygirl?'

'Ik hou van je, babygirl.' Ze kuste mijn lippen, een zachte druk.

'En ik hou ook van jou… Mila. Mag ik je zo noemen?'

'Alleen als je blij met me bent. Niet als ik je boos maak.'

'Je zult me nooit boos maken.' Ik kuste de hoek van haar mond.

'Oh, ik beloof je, ik zal je boos maken. Niet met opzet, maar ik zal het doen. En dan zal het me echt' — ze kuste mijn lippen — 'echt' — ze kuste mijn kaaklijn — 'echt spijten.'

Ik huiverde. 'Komt er dan goedmaakseks?'

'Absoluut.'

Met moeite trok ik me terug. 'Dan ga ik er ook helemaal voor.'

De harde hoeken smolten uit haar gezicht. Alleen haar volle lippen, haar warme ogen en haar prachtige jukbeenderen bleven over. En ze waren allemaal van mij.

'Ben je uit de kast bij iedereen om wie je geeft?' vroeg ze.

'Ik heb het mijn moeder en Charles verteld. Mijn zus. Mijn broers. Ik denk dat de rest het ofwel weet of een vermoeden heeft. Of ze houden genoeg van me om er niet om te geven.'

'Laten we het dan iedereen hier vertellen.'

'Iedereen?' Ik overzag de feestgangers, maar dat was de oude Natalie die de menigte inspecteerde. De nieuwe Natalie gaf er niets om wat iemand dacht. Het was niet mijn taak om hen te plezieren of gelukkig te maken. De enige persoon die ik wilde plezieren was mezelf – en Jamila.

'Oké,' zei ik.

Ze greep mijn hand en trok me overeind. 'Dit is het plan. We vertellen ze dat we een stel zijn en dan sluipen we weg naar mijn kamer.'

'Maar dan weet iedereen wat we aan het doen zijn!'

'En dat is een probleem, want...?' Ze liet een hand over mijn onderrug glijden, onder de tailleband van mijn geleende spijkerbroek naar de plek precies bij mijn stuitje waar ik kietelde. Rillingen verspreidden zich van waar haar huid de mijne raakte, en ontstaken een vlam in mijn kern.

'Geen probleem,' piepte ik.

'Dacht ik al. Hé, allemaal!' riep ze.

En terwijl ze de menigte vrienden over onze relatie vertelde, kraaide ik vanbinnen. De meest fantastische vrouw ter wereld hield van mij. Alleen van mij.

En ik hield ook alleen van haar.

EPILOOG

MIJN VRIENDIN WAS, naar bleek, dol op feestjes.

Haar pre-lanceringsbarbecue van vorig weekend in de achter-tuin voor familie en vrienden was niets vergeleken met het eigenlijke lanceringsfeest op het dakterras van het Jamilow-gebouw.

Toen ik beneden werkte, had ik geen idee dat dit hierboven was. Het gebouw was maar twee verdiepingen hoog, maar vanaf het dakterras keek je uit over de boomtoppen in de verte en de fonkelende lichtjes van Mountain View. Als je dicht bij de westkant stond, kon je de inktzwarte vlek van de vijver beneden zien. Weerspiegelingen van de daklichten schitterden op het wateroppervlak.

'Wat doe jij hier?', fluisterde Jamila heet in mijn oor, en ik rilde.

Ik nam het champagneglas aan dat ze me aanbood. 'Observeren.'

Ze legde theatraal de rug van haar hand op mijn voorhoofd. 'Natalie Jones is een feestje aan het *observeren*? Ze staat niet in het middelpunt, te netwerken? Dit zou weleens ernstig kunnen zijn.'

Ik pakte haar hand en liet hem langs onze zijden zakken. 'Hannah heeft het geweldig gedaan.'

'Ja, ik ben blij dat ik haar heb aangenomen.'

'Pardon?', ik liet haar hand los om naar mezelf te gebaren. 'Ik heb haar aangenomen.'

'Niemand werkt bij mijn bedrijf zonder mijn goedkeuring. Ze was een geweldige aanwinst.'

Ik zuchtte en liet het rusten. We waren een team. Wij hadden Hannah aangenomen, die een fantastisch lanceringsfeest had georganiseerd. Alle miljardair-zakenrelaties van Jamila waren er, behalve Winslow Keating-Ashworth, tegen wie, samen met Pavel Thakor, momenteel een federaal onderzoek liep. Verslaggevers en techbloggers verdrongen zich op het dakterras.

'Wat doe jij hier?', vroeg ik. 'Je zou daar moeten zijn, om met een blogger of een investeerder te praten. Niet hier bij mij. Je mist je eigen feestje.' Ik gaf haar schouder een zacht duwtje.

'Ik ben precies waar ik wil zijn.' Ze draaide haar rug naar het feest en legde haar handen op mijn taille. 'Had ik al gezegd dat ik dit een leuk jurkje vind?' Haar handen gleden de korte afstand naar de zoom en krulden eronder.

Ik liet mijn handen van haar schouders naar haar nek glijden en speelde met de korte krullen achter in haar nek. 'Dat zei je al toen ik bij je aankwam. En nog eens, achter in de auto hiernaartoe.'

'Ah, juist,' fluisterde ze in mijn oor voordat ze mijn nek kuste. 'Je kunt niet van me verwachten dat ik onthoud wat ik zeg als je zo'n kort rokje draagt. Het verbaast me dat je moeder je erin de deur uit liet gaan.'

Ik duwde tegen haar schouder. 'Ik woon misschien nog bij mijn ouders, maar ze hebben niets te zeggen over wat ik draag.'

Ze drukte me tegen de muur. 'Misschien zou iemand dat wel moeten hebben. Dat rokje is onfatsoenlijk. Ik vraag me erdoor af wat je eronder draagt.' Toen ze mijn blote bil streelde, werden haar ogen groot. 'Niets?'

'De vrouwen van de familie Jones gaan niet zonder ondergoed de deur uit.' Ik tilde mijn kin op. 'Het is een string.'

'Een string.' Ze vond het G-stringetje en liet haar duim eronder glijden, terwijl ze over het gevoelige plekje bij mijn staartbeen streek. 'Misschien moet ik je meenemen naar mijn kantoor voor een grondigere inspectie.'

Rillend pakte ik haar ondeugende hand, trok hem onder mijn rokje vandaan en hield hem vast.

'Later. In je bed, niet op je kantoor.' Ik gaf haar een duwtje, zodat ze zich naar het feest omdraaide. 'Heb je al met een van de COO-kandidaten gesproken?'

'Ik moet zeggen, het was briljant van je om ze hier uit te nodigen. Ik heb er een paar gepolst. Ze zouden geïnteresseerd kunnen zijn in de baan. Al zal ik wel een volledig antecedentenonderzoek moeten laten doen naar serieuze kandidaten. Geen bedrijfsspionnen meer,' mopperde ze.

'Geen bedrijfsspionnen meer,' stemde ik in. 'Of vrienden.'

'Over geen-vrienden gesproken, wat doet *hij* hier?' Ze wees naar een lange man, wiens grijze haar schitterde in de lichtsnoeren met Edison-lampen die kriskras over het midden van het dakterras hingen. Hij kwam me vaag bekend voor.

'Wie is hij?'

'Dat is Harris Weston. Hij was de CEO van Synergy totdat hij een vijandige overname probeerde.'

Daarom kwam hij me bekend voor. Hij had op de gastenlijst van mijn moeder gestaan, totdat hij had geprobeerd een wig te drijven tussen Cooper en Jackson. 'Ik heb hem niet uitgenodigd. Denk je dat Hannah het per ongeluk heeft gedaan?'

'Maakt niet uit,' gromde ze. 'Hij is hier niet welkom.' Ze liet mijn hand los en beende op hem af. Ik volgde zo snel als ik kon op mijn hakken.

Hij had een glas met iets bruins in zijn hand terwijl hij met een groep goedgeklede mensen bij de bar praatte. Hij droeg een pak van Dolce & Gabbana dat misstond had moeten hebben op het informele dakterras, maar op de een of andere manier iedereen er te gewoontjes uit liet zien. Zijn lichtblauwe das accentueerde zijn blauwe ogen, die werkelijk prachtig waren. Eigenlijk was hij knap op een manier waar ik voor had kunnen vallen, als ik op grijze mannen viel en als ik niet zo verslingerd was aan Jamila. Zijn witte tanden flitsten toen hij lachte.

Zijn glimlach vervaagde toen hij Jamila zag.

Ze haakte haar arm door de zijne. 'Een woordje, Weston?'

Hij knikte de groep gedag. 'Natuurlijk, Jamila.'

Ze liepen naar de donkere kant van het dakterras achter de bar, en ik volgde om er zeker van te zijn dat ze geen drankje in zijn gezicht gooide of hem over de rand probeerde te duwen. Ze was woedend, dus beide opties leken mogelijk.

Ze trok hem tot stilstand en siste: 'Hoe durf je je lelijke smoel op mijn feestje te laten zien?'

Hij hield zijn handpalmen omhoog in een kalmerend gebaar. 'Ik kwam hier met—'

'Het kan me niet schelen of u hier met Barbara Jordan en Ruth Bader Ginsburg en hun engelen bent. U. Bent. Niet. Welkom. Niet op mijn feestje.' Ze accentueerde elk woord met een stoot van haar lange vinger tegen zijn borst.

'Prima.' Dit keer was zijn glimlach niet vriendelijk. Hij was koel en berekenend. 'Ik heb bereikt wat ik wilde bereiken.' Hij streek het deukje glad dat Jamila in zijn das had achtergelaten en liep weg naar de uitgang.

Jamila pakte haar telefoon en drukte op een knop. 'Bruno. Zorg ervoor dat Harris Weston het gebouw verlaat. Hij is de klootzak die nu van het dakterras vertrekt.' Ze stopte haar telefoon in haar zak.

Ik kwam dichterbij. 'Wat denk je dat hij heeft bereikt?'

'Dat zijn reet uit mijn gebouw wordt geëscorteerd. Dat zijn foto bij de beveiliging wordt opgehangen, alsof het een foto is van een winkeldief.'

'Nee, Mila, dat gaan we niet doen. Je hoeft niet stoer te doen tegen mij.'

'Goed.' Ze sloeg een arm om me heen, maar staarde naar de deur die achter Weston dichtviel. 'Ik weet het niet. Het kan zijn dat hij gewoon zijn gezicht weer eens wilde laten zien op een techfeestje. Zich terug in de gunst van iedereen te werken zodat hij zich met mooie praatjes weer een CEO-baan of een bestuursfunctie kan inpraten. Of het kan iets kwaadaardigers zijn.'

Ik rilde. 'Zeg nog eens *kwaadaardig*.'

Ze drukte haar neus onder mijn oor. 'Zullen we een rollenspel doen rond het woord *kwaadaardig?*'

'Het is opwindend als je het met jouw accent zegt.'

Ze rechtte haar rug. 'Ik heb geen accent.'

'Jawel, als je dat wilt. Wanneer je iemand van je spoor wilt brengen. Je overweegt toch niet om die privédetective weer in te huren om Weston na te trekken, hè?'

'Nee…'

'Dat klonk niet als een echte *nee*. Geen privédetectives meer. Hier hebben we het over gehad. Alles netjes volgens de regels.'

'Goed. Hoewel ik wel zou willen weten wat hij van plan is.'

'Ik zal eens rondvragen. Kijken wat ik via onofficiële kanalen kan ontdekken.'

'Braaf meisje.' Ze sloeg een arm om me heen en trok me dichterbij. 'Misschien heb je je roeping als privédetective gemist. Je hebt het zo goed gedaan toen je uitzocht wat Winslow van plan was.'

'Nee.' Ik legde mijn hoofd op haar schouder. 'Ik ben gelukkig waar ik ben. Della Lippman is de beste mentor die ik me kan wensen.'

Haar hand gleed naar mijn heup. 'Weet je zeker dat je niet liever terugkomt om voor mij te werken? Ik weet niet zeker of ik je kan betalen wat Della je betaalt, maar de voordelen…' Ze liet haar vingers onder mijn rokje glijden en bewoog ze naar mijn bil, waar ze een cirkel op wreef. 'De voordelen zijn geweldig.'

Ik probeerde niet te denken aan het vocht dat in het kleine driehoekje van mijn string trok. 'De voordelen van je vriendin zijn, zijn al behoorlijk spectaculair. Ik ga niet nog eens met mijn baas naar bed, dank je.'

'Mmm. Heb je al nagedacht over een bezoekje aan mijn kantoor?'

'Absoluut niet. Jij bent de ster van dit feestje waar Hannah zo hard aan heeft gewerkt. Je blijft hier op dit dakterras om de hand te schudden van de laatste persoon die vertrekt.'

Ze kneep in mijn bil en trok haar hand toen onder mijn rok vandaan. 'Goed dan.'

We droegen allebei hakken, dus ik moest op mijn tenen gaan staan om in haar oor te fluisteren. 'Ik beloof je dat brave meisjes thuis een beloning krijgen.'

Ze trok haar wenkbrauwen op. 'Ben ik het brave meisje in dit scenario?'

'Om de beurt?', beet ik op mijn lip.

'Dat bevalt me wel.' Haar donkere ogen fonkelden. 'Laten we eens kijken hoeveel buitensporige dingen ik moet doen om mensen vroeg te laten vertrekken.'

'Ik denk dat je het concept van een braaf meisje niet helemaal begrijpt.'

'Laat het me dan zien? Je weet dat ik je graag aan het werk zie.'

'O ja?' Ik zette een stap richting het feest, keek over mijn schouder naar haar en fladderde met mijn wimpers. 'Volg me dan maar.'

Dat deed ze.

BONUS EPILOOG
DE BRUILOFT

3 maanden later

IK WIST NIET wat het mooist was: de helderblauwe lucht, het glinsterende water dat tegen het strand kabbelde, het poederzachte zand onder mijn blote voeten, de twee knappe bruidegoms onder de met bloemen versierde choepa, of Jamila, die achter mijn broer stond in een strakke smoking en met een pilotenbril op.

Het was een overdaad aan oogstrelende schoonheid.

Haar zonnebril was te donker om te kunnen zien waarom Jamila's rode lippen omhoog krulden. Ik hoopte dat ik de reden was.

Terwijl de meeste bruiloftsgasten wijdvallende maxi-jurken droegen, had ik een zwierig jurkje met bloemenprint aan dat nauwelijks mijn billen bedekte. Toen ik met een vinger langs de rand van de diep uitgesneden V-hals streek, likte ze langs haar lippen. Ja, mijn vriendin keek naar me. Ik trok de stof iets opzij, alsof ik het een beetje warm had gekregen. En dat had ik ook, door de hitte in haar blik.

Eindelijk stopte de rabbijn met spreken en hield hij een delicaat wijnglas omhoog. Hij wikkelde het in een fluwelen doek en legde het op de grond tussen de bruidegoms. Grijnzend tilde Ben zijn voet erboven op en gaf Cooper een duwtje om hetzelfde te doen. Voorzichtig lieten ze hun voeten zakken en verpletterden ze het samen.

'Mazzeltof!', riepen de gasten.

Cooper boog voorover om Ben te kussen. Het leek alsof hij voor een kuise kus op de lippen ging, maar daar nam Ben geen genoegen mee. Hij greep Coopers revers vast en hield hem daar. Jackson, de volwassen persoon die hij was, floot toen Ben zijn tong in Coopers mond duwde.

Een seconde later gaf Cooper zich over. Zijn lange armen omsloten zijn echtgenoot en hij draaide hen rond zodat zijn rug naar de niet zo kleine groep familie en vrienden was gekeerd die zich hadden verzameld om getuige te zijn van hun bruiloft op het strand.

'Lekker bezig, Cooper. Pak 'm, Ben', zei Jamila. Ze draaide zich naar de rijen gasten en zei: 'Hé, allemaal. Laten we ze hun gang laten gaan en het feestje beginnen.'

Ze klapte in haar handen en iedereen deed mee. Toen Cooper Ben tegen de choepa drukte, wiebelde de boog gevaarlijk. De rabbijn haastte zich uit de weg om de gasten naar de strandbar een paar stappen verderop te leiden.

Jamila keek nog een paar seconden naar Cooper en Ben voordat ze zich bij mij voegde, waar ik op de tweede rij wachtte.

Ze worstelde zich uit haar smokingjasje, waardoor een witte tanktop eronder tevoorschijn kwam. Ze wapperde met het jasje voor haar gezicht.

'Smokings en stranden zijn misschien afzonderlijk geweldig, maar ze zijn een waardeloze combinatie. Herinner me daaraan als wij gaan trouwen.'

'Wacht, wat?' Misschien had ik een zonnesteek opgelopen, ondanks mijn luchtige zomerjurkje en enorme flaphoed.

'Smokings. Veel te warm voor een strandbruiloft.'

'Nee, dat andere. Dat wij gaan trouwen.'

'Wil je dat dan niet? Niet vandaag, natuurlijk.' Ze veegde een zweetdruppel van haar haargrens.

'Natuu... wacht. Is dit een aanzoek?'

'O, nee, schatje.' Ze legde haar hand om mijn kaak. 'Ik weet dat je van je sokken geblazen wilt worden en al die ongein. Maak je geen zorgen. Dat regel ik. Als de tijd rijp is.' En toen gaf ze me een tikje op mijn neus.

Ik duwde haar hand weg. 'Nee. Nee, hoor. Zo werkt dit niet. We zijn twee volwassen vrouwen. We gaan hier een volwassen gesprek over voeren. Niets van die patriarchale onzin over een verrassingsaanzoek wanneer het jou verdomme uitkomt.'

'Ik begrijp het.' Ze ging op een van de klapstoelen in het zand zitten en trok me op haar schoot. 'Dus zo gaan we het doen?'

'Bij jou is het altijd een machtsspel.' Ik sloeg mijn armen over elkaar.

'Ik dacht dat je dat leuk vond. Als ik je mijn kleine meid noem.' Haar hand sloop naar beneden, naar de plek onderaan mijn rug die ze zo goed had leren kennen. Tintelingen verspreidden zich vanuit haar aanraking en een warmte welde op in mijn kern.

Ik draaide wat op haar schoot en ze grijnsde als de Grijnskat.

'Ik vind het leuk. Als we spelen. Vooral in bed. Maar dit is serieus. Je hebt het over de rest van ons leven.'

'Wacht even.' Ze zette me van haar schoot op de volgende stoel in de rij. 'Wil je dat dan niet? De rest van ons leven, samen?'

'Nou, ja. Dat wil ik al sinds mijn vijftiende. Maar ik dacht niet dat jij daarvan hield. De ceremonie. De getuigen.' Ik gebaarde naar de lege stoelen om ons heen. 'Het romantische gedoe.' Ik wuifde naar Cooper en Ben, die eindelijk hun kus hadden verbroken en hand in hand richting de receptie slenterden.

Wat ik niet durfde te zeggen? *De verbintenis. De kwetsbaarheid.*

Maar het was alsof ze hoorde wat ik niet had gezegd. 'Wat ik voor jou voel is... anders. Alsof je mijn beste vriendin bent en meer. Je wilt niets dan goeds voor me en je houdt nooit iets van jezelf achter. En ik wil' – ze schraapte haar keel – 'dat ook voor jou zijn.'

Ik boog voorover om haar te kussen. 'Dat ben je al.'

Ze trok zich terug uit de kus, maar legde een kalmerende hand op mijn schouder. 'Nog niet, maar ik werk eraan. Ik probeer me voor je open te stellen. Zoals nu. Kijk, ik weet dat we pas een paar maanden samen zijn. En ik zou het graag nog een paar maanden de tijd geven. We zouden waarschijnlijk ook moeten gaan samenwonen, om het te proberen. Ik kan een groter huis nemen, zoals je gewend bent.'

Mijn adem stokte in mijn borst. 'Ik heb geen groter huis nodig. Zolang jij er bent, zou ik zelfs een studioappartement delen.'

'Dat is een vreselijk idee. Je zou het haten als ik je midden in de nacht wakker maak met mijn conferencecalls met India. Bovendien heb je ruimte nodig voor je jurkjes.' Ze betastte de stijve popeline van mijn uitlopende rok. 'Maar als je er klaar voor bent, zou ik het geweldig vinden als je bij me intrekt in mijn huis in Menlo Park. En het strandhuis in Santa Cruz. En mijn huis in de heuvels buiten Austin.'

'Dat klinkt geweldig.' Elke dag naast Jamila wakker worden, waar ze ook was, was mijn droom die uitkwam.

'En als dat je niet afschrikt, kunnen we afspreken om te trouwen. Begin volgend jaar.'

'Is een aanzoek een taak op je schema voor het eerste kwartaal?' Ik beet op mijn lip om mijn dwaze grijns in bedwang te houden.

'Precies. Al ga ik het plannen van de bruiloft wel aan jou delegeren. Maak het precies zoals jij het wilt. Alle sprookjesachtige onzin die je maar kunt bedenken, oké?'

Ze keek me in de ogen, al haar gebruikelijke grappenmakerij was verdwenen. 'Ik wil je net zo gelukkig maken als jij mij hebt gemaakt.'

'Echt? Ben je gelukkig? Met mij? En maak hier geen seksgrap van', voegde ik eraan toe toen haar lippen zich tot een grijns vertrokken.

'Ja. Ik laat het misschien niet vanbuiten zien, maar bij mijn lichamelijk onderzoek vorige maand zei mijn dokter dat mijn bloeddruk gezonder was. En ik slaap beter. Dat komt deels door de seks, maar...' Ze haalde haar schouders op. 'Ik denk dat het vooral door jou komt.'

Ik zette mijn hoed af en leunde met mijn hoofd op haar schouder zodat ik haar niet hoefde aan te kijken voor wat ik ging zeggen. 'Als we niet samen waren, weet ik niet zeker of ik de tweede week was teruggegaan naar mijn PR-certificeringscursus.'

'Ik weet het, schatje.' Ze streek over mijn rug. 'Je had gewoon een klein zetje nodig voor je zelfvertrouwen. Een beetje vuur in je buik.'

'Bedankt dat je in me gelooft.'

'Dat heb ik altijd gedaan. Niemand anders dan jij had me ervan kunnen overtuigen dat ik überhaupt een PR-afdeling nodig had.'

'Dat is belachelijk. Elke grote onderneming heeft een PR-afdeling nodig. Zeker als ze een CEO hebben met een klein' – ik pikte haar lippen om de woorden te accentueren – 'klein. temperament.'

'Dat is mijn meid. CEO's van zichzelf redden, PR-ramp na PR-ramp. En nu.' Haar glimlach werd ondeugend. 'Toen we voor de bruiloft getuigen waren, vertelde Mimi me over een Joodse traditie genaamd een Yichud. Het is eigenlijk een verplichte zeven minuten in de hemel.'

Ik grinnikte. 'Dit is niet mijn eerste Joodse bruiloft. Ik ken het concept. En het is technisch gezien acht minuten. Hoewel de meeste stellen het daar binnen niet echt doen. Meestal relaxen ze en nemen ze een hapje.'

'Ik weet toevallig dat het pasgetrouwde stel niet van plan is de cabana te gebruiken die Bens moeder per se wilde reserveren voor de Yichud. En Ben heeft me de sleutel gegeven.' Ze haalde hem uit haar zak en hield hem omhoog.

'Wat stel je voor?' Ik wiebelde met mijn wenkbrauwen.

'Ik stel voor dat we het gaan bekijken. Zorgen dat het geschikt is voor het doel. Verslag uitbrengen aan Ben en Cooper voor het geval ze van gedachten veranderen.'

'Voor het welzijn van de bruidegoms? Dat bevalt me.' Ik stond op en stak mijn hand uit.

Jamila pakte hem aan en stond op. 'Het is... oei.'

'Komen jullie twee nog?' Jackson had zijn smokingjasje uitgetrokken en de mouwen van zijn witte overhemd opgerold.

'Dat zouden we gedaan hebben als jij niet zo'n pretbederver was', mompelde ik. Harder zei ik: 'Zo meteen.'

'Of over acht minuten', zei Jamila.

'Coop stuurde me om jullie te halen voor foto's.'

'Niemand wil foto's maken in deze hitte.' Jamila plukte haar tanktop van haar borst. 'Bovendien hebben we voor de ceremonie foto's gemaakt toen we nog fris waren.'

Jackson rolde met zijn ogen. 'Het is Bens idee, een soort voor-en-na-ding, en je weet dat Coop hem niets zal weigeren.'

'Geef mij dan maar de schuld.' Jamila pakte mijn hand. 'Ik heb mijn meid iets beloofd, en dat is belangrijker.'

'Jouw probleem.' Mijn broer stofte zijn handen af. 'Zorg dat je op tijd bent voor de toost.'

'Hoeveel tijd hebben we?', vroeg ik.

Hij haalde zijn schouders op. 'Waarschijnlijk een halfuur. Mensen staan in de rij om het gelukkige paar te feliciteren. Hoewel ik ze wel wat kan ophouden. Coop verwacht altijd dat ik roet in zijn eten gooi.'

'Bedankt, Jackson. We zijn er over een halfuur.' Nadat hij over het tijdelijke houten pad was weggeslenterd, fluisterde ik in Jamila's oor: 'Laat je me die cabana zien?'

Het was niet ver naar de mintgroene en roze cabana, de enige tussen ons en de strandbar. Maar er was een probleem.

Tyler drukte Marlee tegen de deur van de cabana. Haar rok was opgeschoven tot de bovenkant van haar dijen zodat ze haar benen om Tyler heen kon slaan. Ze stonden te zoenen, zijn handen op haar billen, zich niet bewust van hun omgeving. Ze leken twee seconden verwijderd van het staand op het strand te doen.

'Oeps', fluisterde ik. 'Misschien moeten we...'

Jamila schraapte haar keel. 'Weten jullie wel dat dit een openbaar strand is?'

Tyler zette Marlee weer op haar voeten en zij trok haar rok naar beneden. 'Oeps, ik liet me meeslepen.'

'Misschien moeten jullie ergens naartoe gaan waar het wat meer privé is?'

Tylers wangen kleurden vuurrood terwijl hij een hand door zijn haar haalde. 'Sorry. We waren van plan hier naar binnen te gaan, maar de deur was op slot, en…'

Jamila glimlachte. 'Geen probleem. Weet je, het damestoilet in het resort heeft een bank en een deur die op slot kan.'

'Oeh', zei Marlee. 'Dat is een goed idee. Ik moet misschien even gaan liggen.' Ze legde de rug van haar hand op haar voorhoofd.

Tyler richtte zijn aandacht op zijn vrouw. 'Gaat het?'

'Natuurlijk, lieverd.' Ze klopte op zijn arm. 'Maar ik heb er altijd al van gedroomd om op een flauwvallersbank genomen te worden.'

'Zoals u wenst, prinses.' Hij bood haar zijn elleboog aan, en zij haakte haar arm door de zijne.

Jamila grinnikte. 'Neem jullie tijd. We verzinnen wel een excuus als iemand naar jullie vraagt.'

'Bedankt. Je bent de beste.' Tyler leidde Marlee richting het resort.

'Ik zie dat je ze niet de sleutel van de cabana hebt aangeboden', zei ik toen ze buiten gehoorsafstand waren.

'Ik ben niet gek. Dit is mijn neukhoekje.' Ze stak de sleutel in het slot en opende de deur. De cabana bestond uit één kamer met een tweepersoons chaise longue en een paar loungestoelen. Luiken zorgden voor ventilatie, en een paar openslaande deuren keken uit op het strand.

Nadat ze de deur op slot had gedaan, trok Jamila de doorzichtige witte gordijnen dicht om het uitzicht te verbergen. 'En nu… hoe wil ik je hebben?', mijmerde ze.

Ik knielde op het bed en keek haar van onder mijn wimpers aan. 'We hebben maar een halfuur. Eigenlijk vijfentwintig minuten nu. Iets efficiënts, zoals standje 69?'

'Efficiënt?', snoof ze. 'Efficiënt is voor code en drive-throughs.

Nooit voor seks. Bovendien sta ik al op het randje sinds ik je in die jurk zag.'

'Echt waar?' Ik beet op mijn lip. 'Ik had geen idee.'

Ze stapte naar de plek waar ik knielde en liet haar hand langs mijn zij glijden om aan de zoom van mijn rok te plukken. 'Je wist precies wat je deed toen je dit aantrok.'

'Vind je het mooi?' Ik kuste haar lippen, en daarna de basis van haar nek waar haar kraag openstond.

'Ik zou het mooier vinden als het opgetild was', gromde ze.

Zachtjes duwde ze tegen mijn schouder, en ik ging op de chaise longue liggen. Ik tilde mijn rok op om mijn rode string te onthullen. 'Zo?'

Ze keek hongerig op me neer. 'Precies zo.'

Ze had net haar vinger in de tailleband van mijn slipje geschoven toen er een doffe klap tegen de deur klonk. De deurknop rammelde. Toen ik naar adem hapte, legde Jamila haar hand over mijn mond en knipoogde.

'Op slot, mi tesoro.' Mateo's stem dreunde door de deur.

'Verdomme. Ik wist dat ik Benny om de sleutel had moeten vragen', zei Mimi.

'Als je me een paar van je haarspelden zou lenen, zou ik het slot kunnen forceren.'

Ik probeerde mijn rok naar beneden te duwen, maar Jamila, met één hand nog op mijn mond, schudde haar hoofd en duwde hem weer omhoog. Haar vingers streelden de voorkant van mijn slipje en mijn kern spande zich aan.

'Nat', playbackte ze. 'Je vindt dit lekker.'

Ik wilde het niet lekker vinden. Ik wilde niet opgewonden raken bij de gedachte dat mijn vriendin en haar vriend zouden binnenkomen en Jamila zouden betrappen met haar hand op mijn kutje. Maar verdomme, dat vond ik wel.

'Of...' Mimi's stem werd plagend. 'We kunnen het hier gewoon doen.'

'Mi vida, het is een openbaar strand.'

'Maar omdat Benny en Cooper het hele resort hebben gereserveerd en iedereen bij de receptie is, is hier niemand. Kom op, ik ben snel.'

'Snel is niet wat ik met jou wil, mi tesoro.'

'We kunnen later langzaam doen. Nadat we de scherpe randjes eraf hebben gehaald. Je weet dat als ik je zo opgedoft zie, ik je wil bespringen. Het herinnert me aan die avond op het gala. Alsjeblieft?'

Ik kon zijn antwoord niet horen, maar er klonk nog een zware klap tegen de deur. Had die kleine Mimi haar grote vriend ertegen geduwd? Aan het diepe gekreun te horen, had ze dat gedaan.

Ik keek Jamila met grote ogen aan. We zaten gevangen in de cabana terwijl een ander stel een vluggertje had aan de andere kant van de deur.

Jamila's uitdrukking was duivels toen ze mijn slipje uittrok. Ik schudde mijn hoofd. Dit was toch slecht?

Maar toen haar duim op mijn clitoris landde, was het het tegenovergestelde van slecht. Ik probeerde me op haar te concentreren, op de sensatie die zich tussen mijn benen opbouwde terwijl ze me wreef, op mijn verlangen, maar de geluiden van de andere kant van de deur filterden erdoorheen.

'Ja, schatje. Ja. ¡Dios mío! Ik kom bijna!'

Ik knipperde naar Jamila. 'Bijna?', fluisterde ik. 'Is die vent zo snel?'

'Of Mimi is een expert in orale seks', mompelde Jamila. 'Dat zou je haar moeten vragen.'

'Nee... ooh.' Mijn verontwaardiging smolt weg toen ze twee vingers in me bracht. Ik voelde me van binnenuit oplichten, alsof ik de zon had ingeslikt en mee de cabana in had genomen. Het was zelfs helder achter mijn gesloten oogleden.

'Kijk me aan, schatje', fluisterde ze. 'Ik wil je zien klaarkomen.'

'Nee, niet zonder jou!'

'Ssst.'

Maar Mateo schreeuwde, waardoor het onwaarschijnlijk was dat ze ons zouden horen. Ik zuchtte, dankbaar – maar ook een beetje teleurgesteld – dat mijn voyeuristische verleiding voorbij was.

'Trek je broek uit', fluisterde ik. Toen ze een wenkbrauw optrok, voegde ik eraan toe: 'Alsjeblieft?'

Terwijl Jamila haar smokingbroek en haar eigen string uittrok en ze over een loungestoel legde, raakte ik mezelf lichtjes aan, een echo van wat Jamila had gedaan, om mijn motor draaiende te houden.

Jamila was net op het bed geknield toen we nog een kreun van buiten hoorden. Dit keer was het Mimi.

Jamila en ik knipperden naar elkaar. 'Shit', playbackte ze.

Was het verkeerd van me om te luisteren terwijl de vriend van mijn vriendin haar bevredigde? Misschien. Maar na de eerste helft van hun escapade gehoord te hebben, kon ik haar nu niet echt meer tegenhouden.

'Kom hier', fluisterde ik. 'Ga op mijn gezicht zitten.' Misschien zou ik mijn vriendin niet horen met Jamila's benen om mijn oren gewikkeld.

Jamila schudde haar hoofd. 'Ik wil je make-up niet verpesten. Zullen we het zo doen?' Ze trok me op mijn knieën en ging schrijlings op mijn dij zitten, haar gespierde been tegen mijn kern drukkend. Ik schuurde tegen haar dij en kreunde.

Jamila sloeg haar hand voor mijn mond, maar het was te laat.

'Hoorde je dat?', vroeg Mimi.

Na een seconde rommelde Mateo: 'Ik hoorde niets dan jou, mi tesoro. Hoewel je dijen over mijn oren zaten. Wat hoorde je?'

'Een dier, misschien? Zijn hier wilde katten?'

'Zwerfkatten, zeker. Misschien was een van hen ook wel bezig. En nu, concentreer je, mi vida. Iemand komt ons zo zoeken.'

Ze slaakte een langgerekte kreun. Mateo kon er ook wat van.

'Kom op, kleine meid', fluisterde Jamila. Ze was ook nat, terwijl ze langs mijn dij gleed. Haar blik werd zacht.

Ik duwde haar tanktop omhoog en speelde met haar tepels. Haar hoofd viel naar achteren en ze schuurde sneller tegen me aan. Ik? Ik liet me meevoeren en liet haar gespierde dijen het meeste werk doen tegen mijn clitoris. Zweet parelde op mijn haargrens en tussen mijn borsten. Ik zou er later bij de receptie als een zweterige puinhoop uitzien, maar dat kon me niet schelen. Het enige wat me kon schelen was de bliksem die langs mijn ruggengraat schoot.

Jamila's heupen pompten, wat me met heerlijke wrijving dichter bij een orgasme bracht. Ik keek in haar ogen. Ik zou hier nooit genoeg van krijgen, van haar, van ons. Binnenkort zou ik bij haar intrekken, en konden we elke dag duizend kleine aanrakingen delen, sommige seksueel, sommige troostend, sommige speels, elk ons dichter bij elkaar brengend.

Zij was van mij en ik was van haar, en op een dag in de niet al te verre toekomst zouden we dat aan iedereen bewijzen op onze eigen strandbruiloft. Ik stelde me Jamila voor in een witte jurk met een luchtige sluier op haar hoofd, die me aankeek zoals ze me nu aankeek, met verwondering en liefde.

Ik boog me voorover en kuste haar rode lippen. 'Ik hou van je, Mila.'

Ze kreunde, een laag gespin, en verstilde tegen me. 'Hou ook van jou, Nat.'

We waren niet stil geweest, maar dat maakte niet uit. Mimi slaakte een onverstaanbaar geluid en viel tegen de deur.

Ik liet me ook gaan. Met nog één duwtje tegen Jamila's dij dreef mijn geest weg over het zand en de oceaan, weg met de zeevogels en de warme bries. Ik legde mijn handen op haar schouders om mezelf stabiel te houden.

'Mazzeltof', mompelde ik in haar oor.

'Mazzel. We gaan zeker een Yichud doen op onze bruiloft.'

Toen Mimi en Mateo waren teruggekeerd naar de receptie, fristen Jamila en ik ons zo goed mogelijk op. Ze veegde mijn uitgelopen mascara weg en streek mijn verkreukelde haar glad. Ik friste haar langhoudende lippenstift op met de lippenbalsem in mijn zak. Hand in hand liepen we terug naar de bar van het resort voor de receptie.

'Mila. Natalie.' Cooper kwam ons tegemoet bij de treden vanaf het strand. Zijn kritische blik gleed over ons en ik kon het niet helpen dat ik aan mijn rok trok om mijn plakkerige dijen te bedekken. 'Fijn dat jullie erbij konden zijn.'

'We waren gewoon aan het genieten van het prachtige resort. De tropische bries. De roep van de wilde dieren.' Jamila hield zijn blik vast. Ik grinnikte toen Tyler en Marlee uit de gang kwamen die naar de toiletten leidde. Ze streek haar rok glad.

'Ah! Daar zijn jullie.' Ben slenterde naar ons toe, zijn smokingjasje ontbrak en zijn krullen begonnen te kroezen. 'Jullie zijn net op tijd voor de toost. Bobby,' riep hij naar de leuke barman, 'drie glazen champagne en een bruiswater, alsjeblieft?'

'Prachtige ceremonie, jongens. Welke setting is beter voor jullie huwelijk dan het eiland waar jullie verliefd werden?' Ik kneep in Jamila's hand. 'Het is zo romantisch.'

'Bedankt', zei Ben. 'Het was allemaal Coopers idee. En Luis en zijn personeel hebben ervoor gezorgd dat alles perfect was, tot in het laatste detail.' Hij streek Coopers kraag glad en fatsoeneerde de orchidee die op zijn revers was gespeld.

'Net als mijn echtgenoot', zei Cooper. 'Perfect.'

'Ugh.' Jamila rolde met haar ogen. 'Jullie zijn zoeter dan suikerspin. Ik heb een drankje nodig om het weg te spoelen.'

Met perfecte timing presenteerde Bobby een dienblad met flûtes. We namen er allemaal een.

'Laten we het doen, schatje', zei Ben. Hij hield zijn glas hoog in de lucht. 'Jackson! Het is tijd.'

Mijn broer kuste de wang van zijn vrouw en stapte toen naar het midden van de bar. Hij stak zijn vingers in zijn mond en floot schel om de gasten stil te krijgen. Daarna bracht hij een verrassend ontroerende toost uit.

Nadat we op het huwelijksgeluk hadden gedronken, begon een merengueband te spelen en wiegden Ben en Cooper op het sensuele ritme. Na een minuut wenkte Ben iedereen naar de vloer. 'Mijn man is zelfbewust. Kom erbij', riep hij. Coopers wangen werden nog roder, maar Ben trok hem naar zich toe voor een kus.

'Kom op, schatje. Laten we dansen.' Jamila bood me haar elleboog aan, en ik liet me door haar naar de dansvloer leiden.

We keken naar de andere stellen totdat we de basispasjes onder de knie kregen. Na een paar nummers waren we bezweet en lachten we om hoe slecht we waren, vergeleken met Coopers familieleden van het eiland.

Terwijl ik met Jamila over de dansvloer wervelde, wist ik dat het niet uitmaakte of we op een strand in de Caraïben of in Californië waren, of in een kantoor in Silicon Valley of Austin, Texas, zolang we samen waren, was er geen plek waar ik liever was dan in Jamila's armen.

―――

Hartelijk dank voor het lezen van *Daag me Uit!* Overweeg alsjeblieft een recensie te plaatsen op je favoriete webshop, BookBub, of Goodreads. Recensies helpen andere lezers nieuwe auteurs zoals ik te vinden.

Houd je van een leeftijdsverschilromance? *Frenemies and Lovers* start een serie van M/V-romances met leeftijdsverschil. Haal het bij je favoriete verkoper.

OVER DE AUTEUR

Michelle McCraw houdt van het lezen van romantische boeken en werken in de technologie. Op een dag besloot ze haar twee interesses te combineren, en nu schrijft ze pikante, nerdy hedendaagse romance die je misschien wel aan het lachen maakt. Haar boeken bevatten personages die zonder schaamte houden van wetenschap, techniek en technologie.

Als Amerikaanse auteur en geboren Texaan heeft Michelle sneeuw geschept tijdens sneeuwstormen in New England en is ze overgestapt op een sneeuwblazer in het Midwesten. Ze woont nu in Georgia, waar ze de sneeuw HELEMAAL NIET mist. Ze houdt van lezen, reizen, bourbon drinken en haar buitengewoon slecht opgevoede maar schattige hond verwennen. Ze is finaliste geweest in de RWA Vivian Contest, de Contemporary Romance Writers' Stiletto Contest en de Windy City Romance Writers' Four Seasons Contest.

facebook.com/MichelleMcCrawAuthor

instagram.com/MMOWriter

amazon.com/author/michellemccraw

goodreads.com/MichelleMcCraw

bookbub.com/authors/michelle-mccraw

BOEKEN VAN MICHELLE MCCRAW

Synergy Series

Werk met Mij

Doe Alsof met Mij

Reis met Mij

Baas me

Vergeet me Niet

Daag me Uit

40 and Fabulous

Fashion and Passion

Frenemies and Lovers

Books and Hookups

Conspiracies and Chemistry

Advances and Retreats

Marriage and Trouble

Sugar and Spice

www.ingramcontent.com/pod-product-compliance
Lightning Source LLC
Chambersburg PA
CBHW020128310726

48970CB00006B/1774